우리가 정말 알아야 할 우리 고전

가려 뽑은
가사

우리가 정말 알아야 할 우리 고전 기획 위원

고운기 | 한양대학교 문화콘텐츠학과 교수
김현양 | 명지대학교 방목기초교육대학 교수
정환국 | 동국대학교 국어국문학과 교수
조현설 | 서울대학교 국어국문학과 교수

우리가 정말 알아야 할 우리 고전

가려 뽑은 가사

초판 1쇄 발행 | 2015년 9월 25일

글 | 박연호
펴낸이 | 조미현

편집주간 | 김현림
책임편집 | 강가람
편집 | 김보은
디자인 | 유보람

펴낸곳 | (주)현암사
등록 | 1951년 12월 24일 · 제10-126호
주소 | 04029 서울시 마포구 동교로12안길 35
전화 | 365-5051 · 팩스 | 313-2729
전자우편 | editor@hyeonamsa.com
홈페이지 | www.hyeonamsa.com

글 ⓒ 박연호 2015
ISBN 978-89-323-1750-2 03810

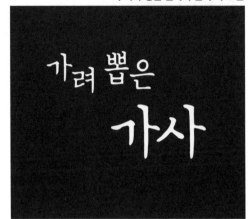

우리가 정말 알아야 할 우리 고전

가려 뽑은
가사

글 박연호

현암사

우리 고전 읽기의 즐거움

　문학 작품은 사회와 삶과 가치관을 총체적으로 담고 있는 문화의 창고이다. 때로는 이야기로, 때로는 노래로, 혹은 다른 형식으로 갖가지 삶의 모습과 다양한 가치를 전해 주며, 읽는 이에게 기쁨과 위안을 주는 것이 문학의 힘이다.

　고전 문학 작품은 우선 시기적으로 오래된 작품을 말한다. 그러므로 낡은 이야기일 수 있다. 그러나 그 속에 담긴 가치와 의미는 결코 낡은 것이 아니다. 시대가 바뀌고 독자가 달라져도 고전이라는 이름으로 여전히 많은 사람에게 읽히는 작품 속에는 인간 삶의 본질을 꿰뚫는 근본적인 가치가 담겨 있다. 그것은 시대에 따라 퇴색되거나 민족이 다르다고 하여 외면될 수 있는 일시적이고 지역적인 것이 아니다. 시대와 민족의 벽을 넘어 사람이면 누구나 공감할 수 있는 보편적이고 세계적인 것이다. 그렇기 때문에 우리가 톨스토이나 셰익스피어 작품에서 감동을 받고, 심청전을 각색한 오페라가 미국 무대에서 갈채를 받을 수도 있다.

　우리 고전은 당연히 우리 민족이 살아온 궤적을 담고 있다. 그 속에 우리의 지난 역사가 있고 생활이 있고 문화와 가치관이 있다. 타인에게 관대하고 자신에게 엄격한 공동체 의식, 선비 문화 속에 녹아 있던 자연 친화 의

지, 강자에게 비굴하지 않고 고난에 굴복하지 않는 당당하고 끈질긴 생명력, 고달픈 삶을 해학으로 풀어내며, 서러운 약자에게는 아름다운 결말을 만들어 주는 넉넉함…….

사람과 사람, 사람과 자연의 '어울림'을 중요하게 생각했던 우리의 가치관은 생활 속에 그대로 녹아서 문학 작품에 표현되었다. 우리 고전 문학 작품에는 역사가 기록하지 않은 서민의 일상이 사실적으로 전개되며 우리의 토속 문화와 생활, 언어, 습속이 구체적으로 드러난다. 작품 속 인물들이 사는 방식, 그들이 구사하는 말, 그들의 생활 도구와 의식주 모든 것이 우리의 피 속에 지금도 녹아 흐르고 있음이 분명하지만 우리 의식에서는 이미 잊힌 것들이다.

그것은 분명 우리 것이되 우리에게 낯설다. 고전을 읽음으로써 우리는 일상에서 벗어나 그 낯선 세계를 체험하는 기쁨을 얻게 된다. 몰랐던 것을 새롭게 아는 것이 아니라 잊었던 것을 되찾는 신선함이다. 처음 가는 장소에서 언젠가 본 듯한 느낌을 받을 때의 그 어리둥절한 생소함, 바로 그 신선한 충동을 우리 고전 작품은 우리에게 안겨 준다. 거기에는 일상을 벗어났으되 나의 뿌리를 이탈하지 않았다는 안도감까지 함께 있다. 그것은 남의 나라 고전이 아닌 우리 고전에서만 받을 수 있는 선물이다.

우리 고전을 읽어야 한다는 데는 이미 많은 사람이 공감한다. 고전 읽기를 통해서 내가 한국인임을 자각하고, 한국인이 어떻게 살아왔으며, 어떻게 살아가야 할지 알게 하는 문화의 힘을 느낄 수 있다.

하지만 고전은 지난 시대의 언어로 쓰인 까닭에 지금 우리가, 우리의 청소년이 읽으려면 지금의 언어로 고쳐 쓰는 작업이 반드시 선행되어야 한다. 우리가 쉽게 접하는 세계의 고전 작품도 그 나라 사람들이 시대마다 새롭게 고쳐 쓰는 작업을 거듭한 결과물이다. 우리는 그런 작업에서 많이 늦은 것이 사실이다. 이제라도 우리 고전을 새롭게 고쳐 쓰는 작업을 할 수 있는 것은 우리의 문화 역량이 여기에 이르렀다는 방증이다.

현재 우리가 겪는 수많은 갈등과 문제를 극복할 해결의 실마리를 고전 속에서 찾을 수 있다고 확신하면서 우리 고전을 지금의 언어로 고쳐 쓰는 작업을 시작한다. 이 작업은 여기에서 멈추지 않고 앞으로도 시대에 맞추어 꾸준히 계속될 것이다. 또 고전을 읽는 데서 끝나지 않을 것이다. 우리 고전은 우리의 독자적 상상력의 원천으로서, 요즘 시대의 화두가 된 '문화 콘텐츠'의 발판이 되어 새로운 형식, 새로운 작품으로 끝없이 재생산되리라고 믿는다.

'우리가 정말 알아야 할 우리 고전'을 기획하면서 우리는 다음과 같은 몇 가지 원칙을 세웠다.

먼저 작품 선정에서 한글·한문 작품을 가리지 않고, 초·중·고 교과서에 수록된 작품을 우선하되 새롭게 발굴한 것, 지금의 우리에게도 의미 있고 재미있는 작품을 포함시키기로 하였다.

그와 함께 각 작품의 전공 학자들이 적극적으로 참여하여 판본 선정과 내용 고증에 최대한 정성을 쏟았다. 아울러 원전의 내용과 언어 감각을 훼손하지 않으면서도 글맛을 살리기 위해 여러 차례 윤문을 거쳤다.

경험은 지혜로운 스승이다. 지난 시간 속에는 수많은 경험이 농축된 거대한 지혜의 바다가 출렁이고 있다. 고전은 그 바다에 떠 있는 배라고 할 수 있다.

자, 이제 고전이라는 배를 타고 시간 여행을 떠나 보자. 우리의 여행은 과거에서 출발하여 앞으로 미래로 쉼 없이 흘러갈 것이며, 더 넓은 세계에서 더 많은 사람을 만나며 끝없이 또 다른 영역을 개척해 갈 것이다.

우리가 정말 알아야 할 우리 고전 기획 위원

차례

우리 고전 읽기의 즐거움 • 4

강호 가사

상춘곡 賞春曲

홍진紅塵에 묻힌 분네 이내 생애 어떠한가

옛사람 풍류를 미칠까 못 미칠까

천지간 남자 몸이 나만 한 이 많건마는

산림에 묻혀 있어 지락至樂을 말겠는가

몇 칸[數間] 띠집[茅屋]을 푸른 시내[碧溪水] 앞에 두고

울창한 송죽松竹 속에 풍월주인 되었어라

엊그제 겨울 지나 새봄이 돌아오니

복사꽃[桃花] 살구꽃[杏花]은 석양[夕陽裏]에 피어 있고

푸른 버들[綠楊] 고운 풀[芳草]은 가랑비[細雨中]에 푸르도다

칼로 재단했나 붓으로 그려 냈나

조물주[造化]의 재주[神功]가 물물物物마다 헌사롭다●

수풀에 우는 새는 봄기운[春氣]를 못내 겨워

소리마다 교태로다

물아일체어니 흥 이에 다를소냐●

헌사롭다 야단스럽다. 화려하다. '헌사하다'는 '일을 벌이기를 좋아한다'는 뜻이다.
물아일체物我一體**어니 흥 이에 다를소냐** 봄을 대표하는 도화, 행화, 녹양방초, 수풀에 우는 새 등
의 자연물과 나의 흥취가 같다는 뜻이다. 이어지는 내용은 자연물의 흥취와 동일한 화자의 흥취를
표현한 것이다.

사립문[柴扉]에 걸어 보고 정자에 앉아 보니

소요음영•하여 산촌 생활[山日] 적적한데

한중진미•를 알 이 없이 혼자로다

이봐 이웃들아 산수 구경 가자스라

답청•을랑 오늘 하고 욕기•일랑 내일 하세

아침에 나물 뜯고[採山] 저녁에 낚시[釣水]하세

갓 괴어 익은 술•을 갈건[葛巾]으로 걸러 놓고

꽃나무 가지 꺾어 수 놓고 먹으리라•

봄바람[和風]이 살랑 불어 푸른 시내[綠水] 건너오니

맑은 향기[淸香] 잔에 지고 붉은 꽃[落紅]은 옷에 진다

술통[樽中]이 비었거든 나에게 아뢰어라

소동[小童] 아이에게 술집[酒家]에서 술을 사서

어른은 막대 짚고 아이는 술을 메고

미음완보•하여 시냇가에 혼자 앉아

백사장[明沙] 맑은 물에 잔 씻어 부어 들고

소요음영逍遙吟詠 천천히 거닐며 시를 읊조림.
한중진미閑中眞味 한가한 가운데서 느낄 수 있는 참맛.
답청踏靑 청명(淸明)절에 어린 풀을 밟으며 자연을 즐기는 놀이. 청명절은 양력 4월 5일 무렵이다.
욕기浴沂 기수에서의 목욕. 공자(孔子)의 제자 증석(曾晳)이 기수(沂水)에서 목욕하고 기산(沂山)의 무우(舞雩)에 올라가 시가를 읊조리고 돌아오겠다고 한 고사에서 유래한 말로, '명리(名利)를 잊고 유유자적함'을 비유한 말이다.
갓 괴어 익은 술 이제 막 익어서 고이기 시작한 술.
꽃나무 가지 꺾어 수數 **놓고 먹으리라** 술을 한 잔씩 먹을 때마다 잔의 수를 셀 수 있는 꽃나무 가지를 하나씩 꺾어 놓고 먹으리라.
미음완보微吟緩步 낮은 목소리로 시를 읊조리며 천천히 거닒.

맑은 시내[淸流] 굽어보니 떠오느니 도화桃花로다

무릉武陵이 가깝도다 저 뫼가 그것인가

솔숲 오솔길[松間細路]에 진달래[杜鵑花]를 꺾어 들고

봉우리[峯頭]에 급히 올라 구름 속에 앉아 보니

천촌만락*이 곳곳에 벌여 있네

연하일휘*는 금수*를 펼친 듯

엊그제 검은 들이 봄빛도 완연[有餘]할사

공명功名도 날 꺼리고 부귀富貴도 날 꺼리니

청풍명월淸風明月 외에 어떤 벗이 있사올고

단표누항*에 허튼 생각* 아니하니

아모타 백년행락*이 이만한들 어찌하리

천촌만락千村萬落 백성들이 사는 집이 매우 많은 것을 나타내는 말. 마을이 번성하여 인구가 많음을 의미한다.
연하일휘煙霞日輝 연하는 안개와 노을로 고요한 산수의 경치를 뜻하며, 일휘는 햇빛을 뜻한다.
금수錦繡 아름답게 수놓은 비단.
단표누항箪瓢陋巷 가난하고 소박한 살림살이.
허튼 생각 세속적인 욕망을 추구하려는 마음.
백년행락百年行樂 평생의 즐거움.

一

　이 노래는 정극인丁克仁(1401~1481년)이 지었다. 정극인은 여러 번 과
거에 응시했으나 낙방하였다. 성균관 재학 시절에 세종대왕에게 불교
를 배척하는 상소문을 올려 하옥되었다가 처가인 전북 태인으로 내려
가 은거하며 후진을 양성하였다. 후에 일민逸民으로 천거되어 사간원
司諫院 헌납獻納에 올랐다.

　이 작품에서는 강호에서의 지극한 즐거움(至樂)을 노래하였다. 강호
지락江湖至樂은 물아일체의 경지에서 느낄 수 있다. 석양과 어우러진
도화桃花와 행화杏花, 봄비에 촉촉이 젖은 녹음방초綠陰芳草, 봄기운을
못 이겨 교태를 부리며 숲에서 우는 새 등은 모두 자연물이 봄의 흥취
를 즐기는 모습을 대표한다. 수양을 통해 자연과 하나가 된 인간은 온
전히 자연의 일부가 되어 자연물과 더불어 봄의 흥취에 빠진다. "물아
일체어니 흥 이에 다를소냐"라고 한 부분이 그것이다. 따라서 이후에
이어지는 내용은 물아일체의 상태에서 봄의 흥취에 빠진 화자의 모습
을 그린 것이라 할 수 있다.

　그러면 화자의 모습은 무엇을 의미하는가? 이와 관련하여 주목되
는 작품이 중국 당나라 때의 문장가 한유韓愈가 속세를 떠나 은거하려
고 반곡으로 떠나는 이원李愿에게 준 글인 「송이원귀반곡서送李愿歸盤谷
序」이다. 이 글은 천자에게 중용되어 자신의 뜻을 펼칠 수 있는 대장
부大丈夫와 자신의 뜻을 펼칠 때를 만나지 못해 은거하는 은자隱者, 그
리고 권력만을 탐하는 무리에 대해 이야기하고 있다. 이 글에서 은자
는 때를 만나지 못해 산림에 은거한 사람으로, 때로 높은 산에 올라

먼 데를 바라보기도 하고, 녹음이 우거진 나무 밑에 앉아 하루를 보내기도 하며, 맑은 물에 심신을 씻으며 스스로를 깨끗하게 하기도 한다. 또한 산에서 산나물을 캐 먹거나 물에서 물고기를 잡아 맛있게 먹는다. 이렇게 때와 장소를 가리지 않고 마음 내키는 대로 할 수 있는 것은 벼슬에 매인 몸이 아니기 때문이다.

이원의 생활은 「상춘곡」에 제시된 화자의 생활과 거의 유사하다. 「상춘곡」의 '한중진미'는 이원과 같은 은자만이 맛볼 수 있는 것이다. 여기에서 한가하다(閒)는 것은 부귀공명과 같은 세속의 가치를 추구하지 않는 삶의 태도를 의미한다. 고전 문학에서 세속적 가치를 추구하는 마음을 기심機心이라고 하며, 기심에서 벗어난 마음을 무심無心이라고 한다. 따라서 한가함은 무심의 상태에서 느끼는 것이다. 즉 세속적인 욕망에서 벗어나 있기 때문에 어느 것에도 매이지 않고 자연과 더불어 봄의 흥취에 젖어 마음 내키는 대로 즐길 수 있는 것이며, 이 상태에서 맛볼 수 있는 즐거움을 한중진미라고 한 것이다.

화자는 냇물에 떠오는 도화를 보고 무릉도원을 생각하며 산꼭대기로 올라간다. 그곳에서 바라보니 멀리 번화한 마을이 여기저기 펼쳐져 있고, 아름다운 산수자연과 백성들의 삶의 터전인 들에 봄빛이 완연하다. 산꼭대기에서 바라본 풍경은 무릉도원이라 할 수 있다. 무릉도원은 두 가지 이미지가 있다. 하나는 이상향으로서의 이미지이고, 다른 하나는 외부와 철저히 차단된 은둔처(피난처)로서의 이미지이다. 산꼭대기에서 바라본 풍경도 두 가지 이미지가 함께 있는 것으로 보인다.

이 작품의 주제는 맨 마지막에 제시되어 있다. "공명도 날 꺼리고 부귀도 날 꺼리니 / 청풍명월 외에 어떤 벗이 있사올고 / 단표누항에 허튼 생각 아니하니 / 아모타 백년행락이 이만한들 어찌하리"라고 한 것이 그것이다.

청풍명월 이외에 다른 벗이 없다는 말은 외롭게 혼자 지낸다는 의미가 아니다. 부귀공명을 누리는 사람의 집은 문전성시를 이루지만 부귀공명과 거리가 먼 삶을 사는 사람에게는 아무도 찾아오지 않는다는 일반적인 세태를 말한 것이다. 부귀공명과 거리가 먼 삶을 표상하는 시어가 가난한 삶을 의미하는 '단표누항'이다. 그런 상황에서도 사대부가 견지해야 할 삶의 태도와 마음가짐을 굳건하게 지켜 나가고 있다는 것이 "허튼 생각 아니하니"라는 구절이다. 한마디로 불우한 상황에 매몰되지 않고 사대부로서의 정체성을 지켜 나가는 '안빈낙도'의 생활을 평생토록(百年行樂) 영위하겠다는 것이 이 작품의 주제라 할 수 있다.

면앙정가 俛仰亭歌

무등산 한 줄기 산이 동쪽으로 뻗어 있어

멀리 떨어져 나와 제월봉霽月峯이 되었거늘

끝없이 넓은 들[無邊大野]에 무슨 짐작하느라

일곱 굽이 한데 뭉쳐 무더기무더기 벌였는 듯

가운데 굽이는 구멍에 든 늙은 용이

선잠을 갓 깨어 머리를 얹었으니

너럭바위 위에 송죽松竹을 헤치고

정자를 앉혔으니

구름 탄 청학이 천 리를 가리라

두 나래를 벌렸는 듯

옥천산玉泉山 용천산龍泉山 흘러내린 물이

정자 앞 넓은 들에 올올兀兀이 퍼진 듯이

넓거든 길지 말든가 푸르거든 맑지 말거나

쌍룡雙龍이 뒤트는 듯 긴 깁*을 펼치는 듯

어디로 가느라 무슨 일 바빠

- -

깁 물을 들이지 않은 흰 비단.

달리는 듯 따르는 듯 밤낮으로 흐르는 듯

물을 쫓는 모래밭[沙汀]은 눈같이 퍼졌거든

어지러운 기러기는 무엇을 유혹하려

앉을락 내릴락 모일락 흩어질락

갈대꽃[蘆花]을 사이에 두고 울면서 쫓는가

넓은 길 밖이요 긴 하늘 아래

두르고 꽂은 것은 산인가 병풍인가

그림인가 아닌가 높은 듯 낮은 듯

끊어진 듯 이어진 듯 숨거니 뵈거니

가거니 머물거니 어지러운 가운데

이름난 양하여 하늘도 꺼리지 않고

우뚝 섰는 것이 추월산秋月山 머리 짓고

용구산龍龜山 몽선산夢仙山 불대산佛臺山 어등산魚登山

용진산湧珍山 금성산錦城山이 허공虛空에 벌였거든

원근遠近 창애*에 험한 모습 많고 많다

흰 구름 뿌연 연하* 푸른 것은 산기운[山嵐]이라

온 봉우리 골짜기[千岩萬壑]를 제집을 삼아 두고

나면서 들면서 분주하게 구는지고

오르거니 내리거니 하늘[長空]로 떠나거니

창애蒼崖 아주 높은 절벽.
연하煙霞 안개와 노을.

광야로 건너거니

푸르락 붉으락 옅으락 짙으락

석양[斜陽]과 섞여 가랑비[細雨]조차 뿌리느냐

남여*를 재촉해 타고 솔 아래 굽은 길로

오며 가며 하는 적에

버드나무[綠楊]에 우는 꾀꼬리[黃鸝] 교태嬌態 겨워 하는구나

나무 사이 빽빽해져 녹음이 어린 적에

백 척百尺 난간欄干에 긴 졸음 내어 펴니

수면水面 양풍*이야 그칠 줄 모르는가

된서리 빠진 후에 산 빛이 금수*로다

황운*은 또 어찌 넓은 들[萬頃]*에 편 것이오

어부 피리[漁笛] 흥에 겨워 달을 따라 불어 댄다

초목 다 진 후에 강산이 매몰커늘*

조물주[造物]가 헌사하여 빙설氷雪로 꾸며 내니

경궁요대*와 옥해은산*이

눈 아래[眼底] 벌였어라

남여藍輿 지붕이 없는 가마.
양풍凉風 시원한 바람.
금수錦繡 수놓은 비단.
황운黃雲 누런 구름. 곡식이 영글어 가는 가을 들녘.
경頃 밭의 넓이를 재는 단위. 매우 넓은 들녘.
강산江山**이 매몰**埋沒**커늘** 온 세상이 (눈과 얼음에) 묻혔거늘.
경궁요대瓊宮瑤臺 옥으로 만든 건물과 누대.
옥해은산玉海銀山 옥 바다와 은 산.

천지[乾坤]도 풍요롭다 간 데마다 절경[景]이로다

인간 세상[人間] 떠나와도 내 몸이 쉴 틈 없다

이것도 보려 하고 저것도 들으려 하고

바람도 쐬려 하고 달도 맞으려 하고

밤은 언제 줍고 고기는 언제 낚고

사립문[柴扉]은 뉘 닫으며 진 꽃은 뉘 쓸려뇨

아침이 나쁘거니• 저녁이라 싫을소냐

오늘이 부족커니 내일이라 넉넉[有餘]하랴

이 산에 앉아 보고 저 산에 걸어 보니

분주한[煩勞] 마음에 버릴 일이 아주 없다

쉴 사이 없거든 길이나 전하리라

다만 한 지팡이[靑藜杖]•가 다 무디어 가노매라

술이 익었으니 벗이라고 없을소냐

부르게 하며 타게 하며 켜게 하며 흔들게 하며•

온갖 소리로 취흥醉興을 돋우니

근심이라 있으며 시름이라 붙었으랴

누울락 앉을락 굽힐락 젖힐락

읊을락 휘파람 불락 마음껏 노니

나쁘거니 부족하거니.
청려장靑藜杖 명아주 지팡이.
부르게 하며 타게 하며 켜게 하며 흔들게 하며 노래를 부르게 하고, 현악기를 타게 하며, 활로 켜게 하고, 방울을 흔들게 함.

천지도 넓고 넓고 세월[日月]도 한가하다

희황*을 몰랐더니 지금이 그때로구나

신선이 어떻든지 이 몸이 그로구나

강산풍월 거느리고 내 평생[百年]을 다 누리면

악양루상岳陽樓上에 이태백李太白이 살아오더라도

호탕한 회포야 이에서 더할소냐

이 몸이 이렇게 구는 것도* 임금님의 은혜[亦君恩]로다

—

　송순宋純(1493~1582년)은 27세(1519년)에 과거에 급제하여 승문원 권지
부정자를 시작으로 주요 요직을 두루 역임했다. 정치적인 이유로 고향
으로 낙향하거나 1년 동안의 귀양살이를 경험하기는 했지만 전체적으
로는 별 굴곡 없이 1569년까지 50여 년 동안 중앙과 지방 관료를 역임
하였다. 40대 초반(1533년)에 초정草亭의 형태로 면앙정을 지었으며, 20
여 년 후 선산 도호부사로 재직하던 1552년에 면앙정을 증축하며 기와

희황義皇　복희씨. 중국 고대 전설상의 제왕으로 그물을 발명하여 고기잡이를 가르쳤다고 한다.
태평성대를 상징한다.
이렇게 구는 것도　이렇게 지내는 것도.

를 올렸다. 송순은 성격이 너그럽고 후하였으며, 특히 음률에 밝아 가야금을 잘 탔고, 풍류를 아는 인물로 일컬어졌다.

「면앙정가」는 정치 현실을 매우 부정적으로 인식하고 외부와 차단된 은둔을 지향했던 일반적인 강호 시가와 달리 사대부가 희구했던 이상적인 세계상을 담고 있다.

사대부들은 거처와 그 주변의 자연 사물을 통해 자신이 추구하는 삶의 양태와 거처하는 공간의 의미를 만들어 냈다. 이런 문학을 원림 문학園林文學이라고 한다. 면앙정과 그 주변을 소재로 한 원림 문학은 「면앙정기俛仰亭記」, 「면앙정삼십영俛仰亭三十詠」, 「면앙정부俛仰亭賦」, 「면앙정가俛仰亭歌」 등이 있다. 「면앙정기」는 면앙정이 만들어진 유래를 설명한 글이며, 「면앙정삼십영」은 제영題詠, 즉 제목을 붙이고 시를 지은 것이다. 면앙정 주변의 자연 사물 중 30가지를 골라 각각의 자연 사물에 누정 주인이 추구하는 의미를 부여하여 제목으로 삼고, 여러 사람이 제목의 의미에 어울리는 시를 지었다.

「면앙정삼십영」과 「면앙정가」의 차이점은, 전자는 개별적인 경관 요소가 각각 하나의 작품(한시)으로 이루어져 있는 반면, 후자는 30가지의 경관 요소가 어우러져 하나의 완성된 공간, 즉 사대부의 이상 세계와 그것을 바라보는 화자의 흥취를 표현하고 있다는 점이다.

서두에서는 풍수지리의 측면에서 면앙정의 위치가 매우 상서로운 명당에 자리를 잡았음을 이야기하고 있다. 무등산은 봉우리의 이름을 따서 서석산瑞石山이라고 불릴 정도로 호남에서는 매우 상서로운 산이다. 면앙정에서 굳이 멀리 떨어진 무등산을 끌어온 것은 산의 상서로운 이미지를 정자의 이미지로 가져오기 위한 것이다. 그 무등산의 한 줄기가 무변대야無邊大野를 가로질러 동쪽으로 뻗어 나와 일곱 굽이를 이루었는데, 가운데 굽이가 바로 제월봉이다. 제월봉 자락에 있는 너럭바위 위에 정자를 앉혔는데, 정자가 자리를 잡은 터는 "구멍에 든 늙은 용이 선잠을 갓 깨어 머리를 앉"힌 곳이라고 하였다. 풍수지리에서 산맥은 강물과 더불어 용으로 표현이 되는바, 용의 머리는 당연히 용맥龍脈의 정기가 모인 혈穴, 즉 명당明堂인 것이다.

그런데 이와 같이 상서로운 명당에 자리 잡은 정자의 모습이 정적靜的으로 다소곳이 앉아 있는 모습이 아니라 "구름 탄 청학이 천 리를 가리라 두 나래를 벌"린 매우 역동적인 모습이다. 이는 이 작품이 여타의 강호 시가와 달리 매우 역동적이고 희망차며 밝은 이미지로 세계를 구축할 것임을 암시한다.

다음 단락에서는 면앙정 앞의 넓은 들을 가로지르며 유유히 흐르는 물, 즉 두 개의 개울을 소재로 삼고 있다. 두 개울(백탄白灘과 여계餘溪)은 옥천산과 용천산에서 흘러내린 물로 넓고 길며 푸르고 맑다. 실제로 보면 멀리 떨어져서 길고 나른하게 흐르는 두 개울을 작품에서는 "쌍룡이 뒤트는 듯 긴 깁을 펼치는 듯 / 어디로 가느라 무슨 일 바빠 / 달리는 듯 따르는 듯 밤낮으로 흐르는 듯"이라고 하여 매우 역동적인 모습으로 그려 놓았다. 게다가 물가의 모래밭(사정沙汀)에서 노니는 기러기의 모습도 어지러운 기러기로 분주하게 "앉을락 내릴락 모일락 흩어질락" 하는 모습으로 형상화되어 있다. 이처럼 「면앙정가」는 서두에서부터 매우 역동적이고 활기찬 모습으로 면앙정 주변의 경관을 그리고 있다.

이어서 면앙정 원림을 둘러싼 산을 노래하였다. 산의 모습은 "높은 듯 낮은 듯 / 끊어진 듯 이어진 듯 숨거니 뵈거니 / 가거니 머물거니 어지러운 가운데"라고 하여 물과 마찬가지로 매우 동적인 이미지로 그려져 있다. 또한 개별적인 산 하나하나를 노래하기보다 "추월산 머리 짓고 / 용구산 몽선산 불대산 어등산 / 용진산 금성산이 허공에 벌었거든"이라고 하여 산의 이름을 빠른 리듬으로 숨 가쁘게 나열함으로써 산의 역동적인 이미지를 더욱 부각시키고 있다.

다음 단락에서는 흰 구름과 뿌연 연하, 푸른 산기운, 즉 산에서 피어오르는 구름과 안개 등을 소재로 하고 있다. 이것들도 산, 물과 마찬가지로 분주한 모습으로 그려져 있으며, 또한 "오르거니 내리거니 하늘로 떠나거니 / 광야로 건너거니 / 푸르락 붉으락 옅으락 짙으락"이라고 하여 매우 빠른 리듬으로 이들의 움직임을 표현하였다.

이어서 면앙정 원림의 사계절을 노래하고 있다. 사계절의 모습도 정적이지 않다. 봄은 교태로이 우는 황앵, 여름은 그칠 줄 모르고 불어오는 양풍, 가을은 풍년이 들어 흥에 겨워 불어 대는 어부의 피리 소리, 겨울은 조물의 헌사함 등에 초점을 맞춤으로써 매우 동적이고 활기차다. 또한 사계절이 모두 풍요롭고 계절의 흐름이 매우 조화롭다.

마지막 단락에서는 면앙정 원림에서 생활하는 화자의 모습을 그리고 있다. 화자의 모습도 이와 같은 역동적인 자연과 마찬가지로 매우 역동적이고 활기에 차 있다. 홀로 자연을 탐닉하기도 하고 벗을 불러 술과 음악을 곁들인 난만한 풍류를 즐기기도 한다. 자신의 이와 같은 모습을 태평성대(희황羲皇)의 백성과 신선에 비유하며, 자신의 삶과 풍류를 이태백에 비견하고 있다.

이처럼 「면앙정가」는 사대부가 소망하는 이상적인 공간과 삶의 모습, 즉 유가적 이상 세계를 그리고 있으며, 이것들은 모두 성군聖君에 의해 가능하다는 점에서 결사 부분에 "이 몸이 이렇게 구는 것도 임금님의 은혜로다"라고 맺고 있는 것이다.

여타의 강호 시가와 달리 어둡거나 정적이지 않고 매우 동적이며 풍요롭고 활기찬 모습으로 그려져 있는 것은 이 작품이 유가적 이상 세계를 담고 있기 때문이다. 가사에서 이와 같은 유가적 이상 세계를 담고 있는 또 다른 작품은 17세기에 창작된 신계영의 「월선헌십육경가」와 19세기 초에 창작된 「개암가」 정도가 있다. 가사에서는 유가적 이상 세계를 담고 있는 예가 드물기 때문에 이 작품은 매우 독특한 작품으로 평가되기도 했다.

그러나 누정을 노래한 한시(이른바 누정제영樓亭題詠 또는 누정집경시樓亭集景 詩) 중에는 「면앙정가」처럼 유가적 이상 세계를 그린 작품이 이미 고려 시대부터 활발하게 창작되었다는 점에서 「면앙정가」는 이질적이거나 특이한 작품이 아니다. 다만 가사 문학에서 활발하게 창작되지 않았을 뿐이다. 따라서 이 작품은 가사 문학을 넘어 누정 문학의 전통 속에서 이해되어야 한다.

또 하나 주목할 것은 누정집경시의 창작 전통이다. 누정집경시의 소재들은 누정 주변에 실제로 존재하는 사물들인데, 중요한 것은 누정 경영자가 어떤 사물을 선택하고 그것에 어떤 의미를 부여하느냐에 따라 누정 및 누정 문학의 성격이 결정된다는 점이다.

주지하다시피 중세 문학의 중요한 특징 중 하나는 관습성이다. 누정 집경시들도 이전 시기부터 관습적으로 선택된 소재들을 누정 주변에서 찾아내고 그것에 관습적인 의미를 부여함으로써 누정 및 누정을 둘러싼 공간의 전체적 의미를 구현한다. 즉 이 때문에 누정과 누정 문학뿐만 아니라, 누정 문학 상호 간, 예를 들어 누정가사(「면앙정가」)와 누정 집경시(「면앙정삼십영」), 누정기(「면앙정기」) 등은 상호텍스트성을 갖게 되는 것이다.

성산별곡 星山別曲

어떤 지날 손이 성산星山에 머물면서

서하당棲霞堂 식영정息影亭 주인아 내 말 들소

세상살이[人生世間]에 좋은 일 많건마는

어찌 한 강산을 갈수록 낫게 여겨

적막寂寞 산중山中에 들고 아니 나시는고

송근松根을 다시 쓸고 죽상竹床에 자리 보아

잠깐 올라 앉아 어떤고 다시 보니

천변天邊에 떴는 구름 서석瑞石을 집을 삼아 [서석한운瑞石閑雲]

나는 듯 드는 모양● 주인과 어떠한가●

창계● 흰 물결이 정자 앞에 둘렀으니 [창계백파蒼溪白波]

천손운금●을 뉘라서 베어 내어

잇는 듯 펼치는 듯 헌사도 헌사할샤

산중에 달력[冊曆] 없어 사시四時를 모르더니

눈 아래 펼쳐진 풍경 철마다 절로 나니

나는 듯 드는 모양 나가는 듯이 들어오는 모양. 자유로이 드나드는 모습.
주인主人과 어떠한가 주인과 비교해서 어떠한가?
창계蒼溪 식영정 아래로 흐르는 개울.
천손운금天孫雲錦 하늘에서 드리운 구름 비단.

듣거니 보거니 일마다° 선간°이라

매창° 아침 볕에 향기에 잠을 깨니

신선[仙翁]의 할 일이 없지도 아니하다

울 밑 양지 편에 오이씨를 뿌려 두고 [양파종과陽坡種苽]

매거니 돋우거니° 빗김°에 가꾸어 내니

청문고사°를 이제도 있다 할까

짚신을 재촉해 신고 대지팡이[竹杖] 흩 짚으니°

복사꽃[桃花] 핀 시내 길이 방초주에 이었어라 [도화경桃花逕] [방초주芳草洲]

달 밝은 거울 속[明鏡中]° 절로 그린 석병풍°

그림자 벗을 삼아 서하棲霞로 함께 가니

도원°은 어드메요 무릉武陵이 여기로다

남풍南風이 살랑 불어 녹음을 흩어 내니

철을 아는 꾀꼬리는 어디에서 오던고

듣거니 보거니 일마다 듣고 보는 것(일)마다.
선간仙間 신선의 공간. 신선의 세계.
매창梅窓 매화가 바라다 보이는 창문.
매거니 돋우거니 김을 매고 거름 등으로 땅의 기운을 돋움.
빗김 비의 기운.
청문고사靑門故事 중국 진나라의 동릉후(東陵侯)라는 벼슬을 지낸 소평(邵平)이라는 사람이 진나라가 망하자 벼슬에서 물러나 장안성 동쪽 청문 밖에 은거하면서 오이를 심었다는 고사. 이 오이가 유난히 달아서 '소평과(邵平瓜)'라고 불렀다. 이때부터 '오이를 심는 행위(種瓜)'가 벼슬에서 물러나 은둔하는 것을 상징하게 되었다.
흩 짚으니 이리저리 마음대로 짚음.
명경중明鏡中 거울 속. 달이 비친 물을 거울에 비유한 것이다.
석병풍石屛風 바위 병풍. 물에 비친 절벽의 모습.
도원桃源 무릉도원(武陵桃源).

희황羲皇 베개 위에 풋잠을 얼핏 깨니

공중에 젖은 난간 물 위에 떠 있구나●

베옷[麻衣]을 여며 입고 갈건●을 기울여 쓰고

굽힐락 비낄락● 보는 것이 고기로다 [수함관어水檻觀魚]

하룻밤 빗기운에 홍백련紅白蓮이 섞어 피니 [부용당芙蓉塘]

바람기 없어서 온 산[萬山]이 향기로다

염계濂溪를 마주 보아 태극太極을 묻는 듯

태을진인●이 옥자를 헤쳐 놓은 듯●

노자암鸕鷀巖 건너보며 자미탄紫微灘 곁에 두고

장송長松을 차일● 삼아 석정●에 앉으니 [석정납량石亭納凉]

인간 유월六月이 여기는 삼추三秋로다

청강淸江에 떴는 오리 백사白沙에 옮아 앉아

백구를 벗 삼고 잠 깰 줄 모르나니 [백사수압白沙睡鴨]

무심코 한가함이 주인과 어떠한가

오동 서리달●이 사경●에 돌아 오니 [벽오량월碧梧凉月]

공중空中에 젖은 난간欄干 물 위에 떠 있구나　정자(식영정)가 물에 비친 모습을 표현한 것이다.
갈건葛巾　거친 베로 짠, 은자(隱者)가 쓰는 모자의 일종.
굽힐락 비낄락　굽히기도 하고 비스듬히 기울이기도 하며.
태을진인太乙眞人　신선.
옥자玉字**를 헤쳐 놓은 듯**　시(玉字, 아름다운 글씨)를 써 놓은 듯. 못에 핀 연꽃을 신선의 시에 비유한 말이다.
차일遮日　햇빛 가리개.
석정石亭　자연석과 소나무로 이루어진, 자연이 만든 정자.
오동梧桐 **서리달**　오동나무에 걸린 가을(서리가 내리는 계절) 달.
사경四更　새벽 1~3시 사이.

온 봉우리와 골짜기[千巖萬壑]가 낮인들 그러한가

호주 수정궁[•]을 뉘라서 옮겨 온고

은하를 뛰어 건너 광한전[•]에 올랐는 듯[•]

짝 맞은 늙은 솔은 조대[•]에 세워 두고 [조대쌍송釣臺雙松]

그 아래 배를 띄워 갈 데로 던져두니 [송담범주松潭泛舟]

홍료화紅蓼花 백빈주白蘋洲 어느 사이 지났건데 [홍료화紅蓼花] [백빈주白蘋洲]

환벽당環碧堂 용龍의 소沼가 뱃머리에 닿았어라 [환벽영추環碧靈湫[•]]

청강淸江 녹초변綠草邊에 소 먹이는 아이들이

석양에 흥이 겨워 피리[短笛]를 비껴 부니 [평교목적平郊牧笛]

물 아래 잠긴 용이 잠 깨어 일어날 듯

안개 기운에 나온 학이 제 깃을 던져두고 [학동모연鶴洞暮烟]

공중[半空]에 솟아 뜰 듯

소동파 적벽부는 추칠월이 좋다 하되[•]

팔월 십오야[•]보다 어찌 더 낫겠는가

고운 구름 훅 걷히고 물결이 잔잔한 때

호주湖洲 **수정궁**水晶宮   호수에 있는 수정으로 만든 전설적인 궁.
광한전廣寒殿   옥황상제가 사는 궁전.
은하銀河**를 뛰어 건너 광한전에 올랐는 듯**   식영정 앞에는 창계라는 시냇물이 흐르고 식영정은 높다란 절벽 위에 자리 잡고 있다. 따라서 은하는 창계를, 광한전은 식영정을 의미한다.
조대釣臺   낚시터. 환벽당 앞 창계가에 있음.
환벽영추環碧靈湫   또는 환벽용추(環碧龍湫).
소동파 적벽부는 추칠월秋七月**이 좋다 하되**   중국 북송 때의 시인 소동파(蘇東坡)가 지은 「적벽부(赤壁賦)」는 7월에 벗들과 적벽에 놀러간 흥취를 노래한 작품이다.
팔월八月 **십오야**十五夜   8월 15일 밤, 즉 한가위 밤.

하늘에 돋은 달이 솔 위에 걸렸거든

잡다가 빠진 줄 이적선•이 헌사할샤

빈 산에 쌓인 잎을 삭풍•이 거둬 불어

떼구름 거느리고 눈조차 몰아오니

조물주[天公]가 호사•로다 옥으로 꽃을 지어

온 숲의 나무[萬樹千林]를 꾸며도 내었구나 [창송청설蒼松晴雪]

앞 여울가가 얼어 외나무다리[獨木橋] 비꼈는데 [단교귀승短橋歸僧]

막대 멘 늙은 중이 어느 절로 간단 말고

산옹山翁의 이 부귀를 남에게 헌사 마오•

경요굴 은세계•를 찾을 이 있을세라

산중에 벗이 없어 역사책[黃券]을 쌓아 두고

만고 인물을 거슬러 생각하니

성현도 많거니와 호걸도 많고 많다

하늘이 만드실 제 곧 무심할까마는

어떠한 시운•이 될락 말락 하였는고

잡다가 빠진 줄 이적선李謫仙 중국 당나라 때 시인 이백(李白 701~762). 채석강에서 술에 취해 뱃놀이를 하던 도중 물에 비친 달을 건지려다가 물에 빠져 죽었다고 함. 후에 고래를 타고 하늘에 올라가 신선이 되었다는 전설이 있음.

삭풍朔風 북풍(北風). 겨울바람.

호사好事 일 벌이기를 좋아함.

남에게 헌사 마오 '헌사하다'는 일 벌이기를 좋아한다는 의미이며, 여기에서는 여기저기 소문을 내는 것을 의미함.

경요굴瓊瑤窟 **은세계**銀世界 옥으로 만든 집과 은으로 만든 세계. 얼음과 눈으로 뒤덮인 세상을 이른다.

시운時運 때에 따른 운수.

모를 일도 많거니와 애달픔도 그지없다

기산의 늙은 노인• 귀는 어찌 씻었던고

박 소리• 핑계하고 거짓 절개[造節] 가장 높다

인심人心이 낯 같아서 볼수록 새롭거늘

세상사[世事]는 구름이라 험하기도 험하구나

엊그제 빚은 술이 어느 정도 익었느니

잡거니 밀거니 실컷 기울이니

마음에 맺힌 시름 누그러지는구나

거문고 줄을 얹어 풍입송風入松이 되었구나

손님인지 주인인지 다 잊어버렸어라

하늘[長空]에 떴는 학이 이 골의 진선眞仙이라 [선유동仙遊洞]

달의 요대[瑤臺月下]에서 행여 아니 만나셨나

손이 주인主人에게 이르되 그대 그인가 하노라

기산箕山**의 늙은 노인**　중국 고대 요임금 때의 은자 소부(巢夫)와 허유(許由)와 관련된 고사. 귀를 씻은 사람은 허유임.
박 소리　허유가 마을 사람이 준 표주박을 나무에 걸어 놓았는데 바람이 불 때마다 소리가 났다. 허유는 그 소리도 세속의 소리라고 하여 떼어 버렸다고 한다.

—

　정철鄭澈(1536~1593년)의 「성산별곡」은 어떤 지나가던 나그네(지날 손)가 서하당 식영정 주인에게 세상을 등지고 적막 산중에서 사는 이유를 묻는 것으로 시작한다. 이후의 내용은 이러한 물음에 대한 답을 나그네 스스로 찾아가는 방식으로 전개되어 있다. 나그네는 주인이 적막 산중에 사는 이유를 주인의 삶과 식영정이라는 원림의 공간적 특성에서 찾고 있다.

　주인의 삶과 식영정 원림의 공간적 성격은 「면앙정삼십영俛仰亭三十詠」과 마찬가지로 「식영정입영息影亭卄詠」[•]에 고스란히 담겨 있다. 본문에 [서석한운瑞石閒雲]과 같이 [ ] 안에 있는 것들이 「식영정입영」의 제목들이다. 식영정 주변의 경물 중 20가지를 선정한 후 의미를 부여하고 제목을 붙인 사람은 식영정 주인인 임억령이다. 임억령뿐만 아니라 송순, 정철, 김인후 등도 「식영정입영」을 지었는데, 이들은 임억령이 식영정을 통해 추구했던 식영정 원림의 의도를 찬양하고 부각시키기 위해 「식영정입영」을 지었던 것이다. 즉 식영정이 완성된 후 이를 축하하기 위해 지은 작품이 「식영정입영」이며, 이는 「성산별곡」도 마찬가지이다. 「식영정입영」이 식영정 원림의 개별적인 경물들의 의미를 독립된 작품으로 표현한 것이라면, 「성산별곡」은 20가지의 경물들을 관통하는 식영정 원림의 총체적인 의미를 시화한 것이라 할 수 있다.

「**식영정입영**息影亭卄詠」　'입(卄)'은 '스물'을 의미하기 때문에 「식영정이십영(息影亭二十詠)」이라고도 부른다.

본문에서 알 수 있는바,「성산별곡」에는 20가지의 경물들이 모두 포함되어 있다.

식영정 주인이 지향하는 삶과 식영정 원림이 지향하는 공간의 의미는「식영정입영」을 통해 구체적으로 드러나 있다는 점에서,「식영정입영」을 소재로 지은「성산별곡」은 당연히 식영정 주인이 지향하는 삶과 식영정 원림이 지향하는 공간의 의미를 담고 있다. 또한 식영정과 같은 원림이 완성된 후 주변 사람들이 원림을 찬양하기 위해 여러 작품을 짓게 되며, 이것들을 통칭하여 원림 문학이라 한다.

앞서 언급한바, 원림 문학은 원림과 원림 주인을 찬양할 목적으로 창작되며,「성산별곡」은「식영정입영」과 더불어 식영정 원림 문학의 하나라는 점에서 작품의 창작 의도는 식영정 원림과 원림 주인을 찬양하는 데 있음을 알고 작품을 읽어야 한다.「성산별곡」과「면앙정가」를 비교해 보면 전자는 남의 원림을 찬양할 목적으로 지어진 반면, 후자는 자신이 지향하는 삶과 자신이 경영하는 원림을 드러내기 위해서 지어졌다는 차이점이 드러난다. 때문에 후자는 면앙정 원림이 추구하는 바를 드러내는 데 초점이 맞추어져 있는 반면, 전자는 원림이 추구하는 바뿐만 아니라 원림과 원림 주인을 찬양하는 데 초점을 맞추고 있는 것이다.

그러면 작품의 흐름을 따라 지은이의 의도가 어떻게 구현되어 있는지 확인해 보도록 하자.

주인과 비교되는 첫 번째 경물은 서석을 집을 삼아 자유로이 드나드는 천변에 떠 있는 구름(서석한운)●이다. 지날 손은 구름의 모습이 "주인과 어떠한가"라고 물으며, 주인의 삶이 구름과 같이 자유로움을 이야기하고 있다. 두 번째 경물은 '창계백파蒼溪白波'로, 맑고 아름다운 모습이 부각되어 있다. 서석은 무등산의 봉우리 이름이자 무등산의 다른 이름으로, 예로부터 호남에서는 신령스러운 산으로 여겨져 왔다.° 서석산(무등산)은 외부로부터 식영정 원림을 숨겨 주는 거대한 장벽이자 경계이다. 그 안을 가로지르는 것이 식영정 앞으로 흐르는 창계인 것이다. 즉 산을 통해 외부와 내부를 경계 짓고, 물(강이나 냇물)을 통해 원림 내부의 공간을 크게 구획 짓는 것이다.°°

이어서 사시四時를 노래하고 있는데, 20가지 중 17가지의 경물이 여기에 배치되어 있다. 앞서 산과 물을 통해 원림을 외부와 차단시키고, 사시 부분에서는 원림을 시·공간적으로 세분화한 것이다. 즉 원경에서 근경으로, 큰 윤곽에서 세분화된 공간으로 작품 전체가 구조화되어 있음을 알 수 있다.

다시 작품을 따라가 보자.

사시의 첫 번째 경물은 '양파종과陽坡種苽'이다. 오이를 심는 행위(種苽)는 절개를 지키기 위해 스스로 벼슬을 버리고 은둔한 은자를 의미

서석한운瑞石閒雲 '한(閒)'은 어디에도 구속되지 않은 자유로운 상태를 의미한다.
° 「면앙정가」가 무등산으로 시작된 이유도 여기에 있다.
°° 이는 「면앙정가」도 마찬가지이다.

한다. 이는 윤원형 일파가 집권하여 권력을 농단하는 상황에서 벼슬을 버리고 성산에 은둔한 임억령의 행위와 일치한다. 따라서 이 부분도 참된 은자의 길을 수행하고 있는 식영정 주인(임억령)을 찬양한 것이라 할 수 있다.

이어지는 '도화경桃花逕', '방초주芳草洲' 등은 식영정 원림이 세속과 격절된 무릉도원임을 나타내는 소재로 사용되었다. 여기까지가 봄에 해당한다.

남풍이 부는 여름에는 '수함관어水檻觀魚', '부용당芙蓉塘', '석정납량石亭納涼', '백사수압白沙睡鴨' 등이 배치되어 있다. 유가의 사대부들은 사물을 관찰함으로써 우주 만물에 깃든 섭리(이치)를 깨달을 수 있다고 여겼다. 이것이 바로 관물궁리觀物窮理이다. 관어觀魚는 물고기를 관찰하는 것("보는 것이 고기로다")으로 가장 대표적인 관물觀物 행위이다. 연꽃(부용芙蓉)은 중국 송나라 때 주돈이周敦頤가 「애련설愛蓮說」이라는 글에서 연꽃이 혼탁한 물에서도 물을 정화하며 향기를 뿜어낸다는 점에서 유가의 군자에 비유한 이래, 우리나라에서도 동일한 의미로 사용되었다. 따라서 부용당도 식영정 주인의 수신修身을 의미한다. 석정납량은 식영정 원림과 세속(인간人間)의 차별성을 부각시키는 소재로 사용되었다.

백사에서 졸고 있는 오리(백사수압白沙睡鴨)는 무심코 한가함을 표상한다. 무심無心은 권력 등의 세속적 욕망(기심機心)이 없는 상태를 의미하며, 한가閒暇는 앞서 구름에서 언급한바, 세속적 욕망과 그로 인한 구속과 속박에서 벗어난 자유로운 상태를 의미한다. 화자는 이와 같은 오리의 모습이 "주인과 어떠한가"라고 함으로써 주인을 찬양하고 있다.

이상에서 주인의 모습은 혼탁한 정치 현실에서 스스로 물러나 세속과 격절된 공간에서 몸과 마음을 닦으며 세속적 욕망에서 벗어난 완전히 자유로운 존재로 표현되어 있다.

이후 가을과 겨울 부분은 탈속脫俗한 원림 공간의 모습과 그 안에서 식영정 주인처럼 유유자적하는 화자의 모습이 그려져 있다.

"산중에 벗이 없어 역사책을 쌓아 두고"라고 시작하는 결사 부분은 「성산별곡」 연구에서 가장 논쟁이 많은 부분이다. 자구字句의 해석뿐만 아니라 화자의 욕망, 작품의 주제 등과 관련하여 다양한 의견이 제출되었다. 그런데 이 작품을 읽을 때 가장 먼저 고려해야 할 점은 이 작품의 목적이 누정의 건립을 축하하고 누정 주인을 찬양하는 데 있다는 점이다. 따라서 화자의 갈등도 이와 같은 작품의 목적과 관련해서 해석해야 한다.

화자는 역사를 상고하며 하늘이 그 많은 성현과 호걸을 냈으면서 어째서 자신에게만은 될락 말락 하면서 성현 호걸을 허락하지 않은 것일까 하며 모를 일도 많고 애달픔도 끝이 없다고 한다. 그리고 난데없이 표주박 소리가 시끄럽다며 자리를 옮기고 기산에서 귀를 씻은 허유의 거짓이 가장 심하다고 비판한다. 그리고는 이어서 인심(人心, 本心, 本性)은 볼수록 새롭지만 세사世事는 험하다고 말한다. 또 술을 마시니 시름이 누그러지고 그로 인해 손인지 주인인지 다 잊어버렸는데, 다시 보니 식영정 주인 그대가 바로 장공에 떠 있던 학이며, 신선이라고 하며 작품을 마무리하고 있다.

자신의 운명을 한탄하다가 허유의 거짓을 비판하고, 이어서 인간의 본성과 욕망으로 뒤얽힌 세사를 말하며, 술을 마신 후 주인이 이 골짜기의 진선眞仙임을 깨달았다는 일련의 언급들은 전혀 앞뒤가 맞지 않는다.

이상을 이해하려면 식영정 원림의 지향과 「성산별곡」의 창작 목적을 알아야 한다. 식영정 원림이 지향하는 바는 「식영정기息影亭記」에 제시된바, 식영息影, 즉 '그림자를 없애는 것'이다. 「식영정기」에서 그림자는 사람들로부터 받는 비방과 질시, 즉 누(累, 누를 끼치다)이다. 그림자는 낮과 빛의 세계에서 더 짙어지며 밤과 그늘에서는 사라진다. 마찬가지로 사람들은 남의 비방과 질시(그림자)를 싫어하면서도 높고 드러나는 위치(낮과 빛의 세계)를 지향한다. 그림자는 다른 사람이 아닌 그림자 주인의 욕망이 만든 것이며, 그림자를 없애려면(식영息影) 남의 눈에 띄지 않는 어둠의 세계로 숨어 버리면 되는 것이다(은둔).

「식영정기」에 제시된 이와 같은 태도는 단순한 운명론으로 해석될 여지가 있다. 부귀빈천富貴貧賤이 오로지 조물주에 의해 결정되는 것이라면 인간의 노력은 아무런 의미가 없기 때문이다. 하지만 「식영정기」는 단순한 운명론과는 다르다. 사대부가 수기修己를 하는 것은 부귀를 얻기 위함이 아니기 때문이다. 벼슬에 나아가면 임금을 도와 좋은 세상을 위해 노력(치인治人)하고, 벼슬에 나갈 수 없는 상황에서는 수기에 힘쓰는 것이 유가 경전에 제시된 사대부가 지향해야 할 올바른 삶의 태도이다. 즉 이념적으로 옳기 때문에 이와 같은 삶을 지향하는 것이지 보상(부귀)을 받기 위함이 아니다. 이와 같은 인식은 '빈이무원(貧而無怨, 가난하고 불우한 처지에서도 남을 원망하지 않음)'과 '안빈낙도(安貧樂道, 가난한 상황에도 마음이 흔들리지 않고 유가의 도를 실천하며 즐거워함)'에서 압축적으로 표현된다.

한편 조물주와 나의 관계는 그림자 주인과 그림자의 관계와 같다. 즉 나의 귀천영욕貴賤榮辱 등의 운명은 내가 아니라 조물주에 의해 결정되는 것이어서 내가 알 수 있는 것이 아니다. 따라서 영귀榮貴하다고 좋아할 일도 아니요, 비천하다고 애달파할 일도 아닌 것이다. 이것이 「식영정기」에 제시된 식영의 의미이다. 「성산별곡」은 식영정 원림이 이와 같은 식영의 삶을 온전히 영위할 수 있는 완벽한 공간이며, 식영정 주인은 식영을 완벽하게 수행하고 있는 사람임을 찬양하고 있는 것이다.

「성산별곡」에서 화자는 자신의 삶을 돌아보며 모를 일도 많고 애달픔도 그지없다고 했는데, 이는 자신을 식영정 주인과 달리 상황에 따라 일희일비一喜一悲하는 존재로 낮추어 표현함으로써 영욕에 초연한 식영적 주인을 찬양한 것이다. 또한 허유에 대한 비판은 그의 한시에 잘 나타나 있다. 요약하자면 허유가 진정으로 식영의 삶을 영위했다면 세상 사람 누구도 그의 존재를 알지 못했을 터인데, 그가 후세에까지 이름을 남길 수 있었던 것은 자신의 은둔과 탈속성을 의도적으로 드러냈기 때문이며, 이것이 바로 조작되고 꾸며진 것이라는 것이다. 이는 훌륭한 은자로 추앙되던 허유마저도 진정한 식영의 삶을 영위하지 못했지만, 식영정 주인이야 말로 식영의 삶을 온전히 살아내고 있다고 찬양한 것이다.

식영정 주인의 수준에 턱없이 못 미치던 화자는 식영정 주인을 만난

이후 깨달음을 얻어 시름을 잊고 갈등을 해소한다(풍입송風入松). 또한 식영정 주인이야말로 진정한 식영의 삶을 영위하는 진선眞仙임을 알겠다고 함으로써 식영정 주인을 찬양하고 있다.

누항사 陋巷詞

어리석고 어수룩[迂闊]할손 나보다 더한 이 없다

길흉화복吉凶禍福을 하늘에 맡겨 두고

시골 마을[陋巷] 깊은 곳에 초가집[草幕]을 지어 두고

풍조우석•에 썩은 짚을 섶•을 삼아

서 홉 밥 닷 홉 죽•에 연기도 자욱하다

[얼마 만에 받은 밥에 누더기[懸鶉] 입은 아이[稚子]들은

장기 벌여 놓은 데 졸 밀듯 나아오니•

인정人情 천 리에 차마 혼자 먹을런가]°

설 데운 숭늉[熟冷]으로 빈 배 속일 뿐이로다

생애 이러하다 장부丈夫 뜻을 바꿀런가

풍조우석風朝雨夕 바람 부는 아침과 비 오는 저녁, 즉 고달프고 힘겨운 나날.
섶 불을 피울 때 쓰는 불쏘시개.
서 홉 밥 닷 홉 죽 예전에는 식량이 부족하여 집안의 제일 어른에게만 밥을 지어 올리고 나머지 식구들은 나물 등을 넣고 죽을 끓여 먹었다. 한 홉은 대략 종이컵 1컵보다 약간 적은 용량이다. 세 홉은 밥을 지어 가장에게 올리고, 나머지 식구들은 다섯 홉으로 죽을 끓여 먹는다는 뜻이다.
장기 벌여 놓은 데 졸 밀듯 나아오니 장기판에서 졸(卒)은 전진하거나 옆으로만 이동할 수 있을 뿐 후진은 할 수 없다. 자식들이 오랜만에 밥을 구경하자 염치를 불구하고 밥상 앞으로 점점 다가오는 상황을 표현한 것이다.
° [ ] 안은 고사본(古寫本)에만 있는 구절이다. (이하 같음)

안빈일념*을 적을망정* 품고 있어

뜻대로[隨宜] 살려 하니 갈수록 어긋난다[齟齬]

가을이 부족한데 봄이라 넉넉하며[有餘]

주머니 비었거든 병이라고 담겼으랴*

[다만 하나 빈 독 위에 어른 털 돋은 늙은 쥐는

탐욕스레 찾아 얻어[貪多務得] 방자하게 뽐내니[恣意揚揚]

대낮[白日]의 강도로다

어렵게 얻은 것을 다 쥐구멍[狡穴]에 빼앗기고

석서삼장*을 때때[時時]로 읊조리며[吟詠]

말없이 탄식하며[歎息無言] 머리만 긁을[搔白首] 뿐이로다

이중에 탐살*은 다 내 집에 모였구나]*

빈곤한 인생이 천지간에 나뿐이라

아무리 춥고 배고파도[飢寒切身] 일편단심[一丹心] 잊을런가

....

안빈일념安貧一念 안빈낙도(安貧樂道) 하겠다는 일념.
적을망정 '적을망정'은 '못났을망정'이라는 뜻. 안빈낙도는 공자나 그의 제자인 안회(顔回)와 같은 성인들이 행한 것이다. 따라서 자신이 그들의 경지에 훨씬 못 미치는 사람이라는 겸양의 의미로 '적다'는 표현을 쓴 것이다.
주머니 비었거든 병甁이라고 담겼으랴 양식이 부족할 때는 여러 개의 주머니나 병에 일정량의 식량을 나누어 넣어 한꺼번에 많은 양을 먹지 않도록 하였다.
석서삼장碩鼠三章 『시경(詩經)』「국풍 / 위풍(魏風) 제7편 석서삼장」을 이르며, 내용은 다음과 같다. "큰 쥐야, 큰 쥐야, 내 기장을 먹지 마라. 삼 년 동안 너를 위해 주었거늘, 나를 돌아보지 않는구나. 장차 너를 떠나서 저 낙토로 가리라. 낙토여, 낙토여, 내 살 곳을 찾으리라. 큰 쥐야, 큰 쥐야, 내 보리를 먹지 마라. 삼 년 동안 너를 위해 주었거늘, 나에게 덕을 베풀지 않는구나. 장차 너를 떠나서 저 낙국으로 가리라. 낙국이여, 낙국이여, 내 뜻을 펼치리라. 큰 쥐야, 큰 쥐야, 내 벼를 먹지 마라. 삼 년 동안 너를 위해 주었거늘, 내 수고를 알아주지 않는구나. 장차 너를 떠나서 저 낙교로 가리라. 낙교여, 낙교여, 누가 길이 부르짖으리."
탐살 탐욕스러운 기운.

의를 위해 목숨 걸고[奮義忘身] 죽기를 각오하고

전대와 주머니[于槖于囊]에 줌줌이 모아 넣고•

전쟁 오 년[兵戈五載]에 감사심•을 가져 있어

주검 밟고 피를 건너[履尸涉血] 몇백 전戰을 지냈던고

일신이 여가 있어 일가를 돌아보랴

수염 긴 노비[一奴長鬚]는 노주분•을 잊었거든

봄이 왔다 알리는 걸[告余春及]• 어느 사이 생각하리

경당문노•인들 누구에게 물을런고

손수 농사짓기[躬耕稼穡]• 내 분수[分]인 줄 알리로다

신야경수•와 농상경옹•을

천하다 할 이 없건마는

아무리 갈고자 한들 어느 소로 갈 것인가

가뭄[旱旣] 극심[太甚]하여 밭 갈 때[時節]가 다 늦은 때

서쪽 밭[西疇] 높은 논에 잠깐 갠 지나는 비에

전대와 주머니[于槖于囊]에 줌줌이 모아 넣고 식량을 한꺼번에 많이 먹는 것을 방지하기 위해 전대나 작은 주머니에 식량을 한 줌씩 나누어 담았다는 뜻이다.
감사심敢死心 죽음을 두려워하지 않는 마음.
노주분奴主分 노비와 주인의 구분. 주인이 시중들어야 할 정도로 종이 늙었기 때문에 누가 종인지 누가 주인인지 구분할 수 없다는 뜻이다.
고여춘급告余春及 동진 시대 문인 도연명(陶淵明)의 「귀거래사(歸去來辭)」의 한 구절. "농부가 내게 봄이 왔다고 알려주니(農人告余以春及)."
경당문노耕當問奴 밭갈이(의 시기)는 마땅히 노비에게 물어야 한다는 뜻이다.
궁경가색躬耕稼穡 자신이 직접 밭을 갈고 김매고 거두어들임.
신야경수莘野耕叟 신야에서 밭을 갈던 늙은이. 중국 은나라 탕왕 때 신야에서 밭을 갈다가 재상이 된 이윤(伊尹)을 말한다.
농상경옹壟上耕翁 밭두둑 위에서 밭을 갈던 늙은이. 중국 진나라의 진승(陳勝)을 말한다.

길 위에 고인 물[道上無源水]을 반 정도 대어 두고

"소 한 번 주마" 하고 엉성하게 하는 말씀

친절하다 여긴 집에

달 없는 황혼에 허겁지겁 달려가서

굳게 닫은 문밖에 우두커니 혼자 서서

큰 기침 에헴이*를 오래[良久]도록 한 연후에

"어와 그 뉘신고", "염치 없는 나입니다"

"초경*도 다 됐는데 게 어찌 와 계신고"

"해마다[年年] 이러하기 구차한 줄 알지마는

소 없는 가난한 집[窮家]에 걱정 많아 왔습니다"

"공짜로나 돈 받고나 빌려줄 수 있지마는

다만 어젯밤에 건넛집 저 사람이

목 붉은 수기치*를 기름지게[玉脂泣] 구워 내고

갓 익은 삼해주*를 취하도록 권하거든

이러한 은혜를 어이 아니 갚을런고

내일 빌려주마 하고 큰 언약 하였거든

약속 깨기 거북하니 말하기 어려워라"

"실상이[實爲] 그러하면 설마 어이할꼬"

에헴이 문밖에서 '에헴' 하며 부르는 것.
초경初更 저녁 7~9시 사이.
수기치 꿩 수컷. 장끼.
삼해주三亥酒 정월 세 번째 해일(亥日)에 빚은 좋은 술.

헌 멍덕* 숙여 쓰고 축 없는 짚신에

맥이 빠져 물러오니

초라한 모습에 개 짖을 뿐이로다

와실*에 들어간들 잠이 와서 누웠으랴

북창北窓에 기대 앉아 새벽을 기다리니

무정한 오디새[戴勝]는 이내 한을 돋운다

아침까지 슬퍼하다[終朝惆愴] 먼 들을 바라보니

즐기는 농가農歌도 흥 없이 들린다

세정* 모르는 한숨은 그칠 줄을 모르도다

술 고기 있으면 권당벗*도 맺으련만

두 주먹 비게 쥐고* 세태 없는* 말씀에

모습도 안 고우니*

하루아침 부릴 소도 못 빌려 말았거든

하물며 동곽번간東郭墦間*에서 취할 뜻을 가질소냐

멍덕 짚으로 만든 바가지 모양의 벙거지.
와실蝸室 달팽이집. 매우 초라하고 작은 집이라는 뜻.
세정世情 세상물정.
권당眷黨**벗** 일가친척처럼 가까운 벗. 즉 매우 친한 친구 관계.
두 주먹 비게 쥐고 빈주먹을 쥐고.
세태世態 **없는** 세태에 맞지 않는. 세상 사람들이 좋아하지 않는.
모습도 안 고우니 생긴 모습이 사람들에게 호감을 주지 않는다는 뜻.
동곽번간東郭墦間 제나라에 아내와 첩을 데리고 사는 자가 있었는데, 항상 밖에서 술과 고기를 배불리 먹고 돌아왔다. 아내가 누구와 함께 먹었느냐고 물으면, 항상 부귀한 사람과 함께 먹었다고 하였다. 그러나 남편이 한 번도 부귀한 사람을 집에 데려오지 않았기 때문에 어느 날 부인은 남편을 미행하였다. 그런데 남편은 길에서 아무와도 인사를 나누지 않고 동쪽 교외의 무덤이 있는 곳(동곽번간東郭墦間)으로 갔다. 남편은 무덤 사이를 돌아다니며 음식을 구걸해서 먹었다. 이것이 남편

아까운 저 쟁기는 볏보님®도 좋을시고

가시 엉킨 묵은 밭도 쉽게도[容易] 갈련만

텅 빈 벽[虛堂半壁]에 쓸데없이 걸렸구나

차라리 첫 봄에 팔아나 버릴 것을

이제야 팔려 한들 알 이 있어 사러 오랴

봄갈이[春耕]도 끝나간다 후리쳐 던져두자

강호 한 꿈을 꾼 지도 오래러니

목구멍이 포도청이라 어즈버 잊었도다

첨피기욱瞻彼淇澳한데 녹죽綠竹도 많고 많다

유비군자®들아 낚싯대 하나 빌려스라

갈대밭[蘆花] 깊은 곳에 명월청풍 벗이 되어

임자 없는 풍월강산에 절로절로 늙으리라

무심한 갈매기[白鷗]야 오라 하며 말라 하랴

다툴 이 없을손 다만인가® 여기노라

이 술과 고기를 배불리 먹는 방법이었다. 아내는 집으로 돌아와 첩에게 이상의 일들을 이야기하고 남편을 원망하며 울었다. 그러나 남편은 그러한 사실을 모르고 집으로 돌아와 아내와 첩에게 여전히 뽐냈다. 맹자는 이에 대해 "군자의 눈으로 보면 부귀와 영달을 구하는 사람이 (제나라 사람과 같으니), 그 아내와 첩이 부끄러워하며 울지 않을 사람이 드물 것이다"라고 하였다. 『맹자』「이루장하(下)」

볏보님 쟁기의 보습 위에 대는 쇳조각을 '볏'이라 하고, '볏'이 움직이지 않게 끼우는 일을 '보님'이라고 한다.

유비군자有斐君子**들아** 유비군자는 유가의 이상적인 군자를 말한다. 『시경』의 아래 시를 인용한 것이다. "저 기수(淇水)를 바라보니 푸른 대나무 무성하도다. 빛나는 군자여! 자른 듯 다듬은 듯 쪼아 놓은 듯 갈아 놓은 듯, 위엄 있고, 당당하고, 빛나고 점잖구나. 빛나는 군자여 끝까지 잊지 못하겠네(瞻彼淇奧 綠竹猗猗 有匪君子 如切如磋 如琢如磨 瑟兮僩兮 赫兮喧兮 有匪君子 終不可諼兮)." 『시경』「위풍, 기오」

다만인가 다만 풍월강산뿐인가.

이제야 소 빌리기 맹세코 다시 말자

못난[無狀] 이 몸에 무슨 지취* 있으랴만

두세 이랑 밭과 논을 다 묵혀 던져두고

있으면 죽이요 없으면 굶을망정

남의 집 남의 것은 전혀 부러워 않겠노라

내 빈천 싫게 여겨 손을 젓다 물러가며

남의 부귀 부럽게 여겨 손을 친다 나아오랴

인간 어느 일이 운명[命] 밖에 생겼으리

가난타 이제 죽으며 부유하다 백 년 살랴

원헌*이는 몇 날 살고 석숭*이는 몇 해 산고

빈이무원*을 어렵다 하건마는

내 생애 이러하되 서러운 뜻은 없노라

단사표음*을 이도 족히 여기노라

평생 한 뜻이 온포*에는 없노라

태평천하에 충효를 일삼아

형제화목[和兄弟] 친구신의[信朋友] 틀렸다 할 이 뉘 있으리

지취志趣 의지와 취향.
원헌原憲 공자의 제자인 자사(子思). 집이 매우 가난했다.
석숭石崇 중국 진나라 때의 부자.
빈이무원貧而無怨 가난해도 아무도 원망하지 않음.
단사표음簞食瓢飮 한 대바구니의 밥과 한 표주박의 물. 곧 최소한의 음식으로 영위하는 가난한 생활을 뜻한다.
온포溫飽 배부르고 따뜻한 것, 풍족한 생활을 뜻한다.

그 밖의 남은 일이야 생긴 대로 살리라

　박인로는 51세 되던 광해 3년(1611년) 봄에 이덕형의 은거지인 경기도 용진강 사제로 찾아갔다. 그때 이덕형이 어려운 산골 살림의 형편에 대해 묻자 즉석에서 지어 부른 노래라고 한다. 「누항사陋巷詞」라는 제목은 '어려운 산골 살림의 형편[山居窮苦之狀]에 대한 이야기'를 의미한다.

　작품의 서두에서는 자신이 세상에서 가장 '어리석고 어수룩하다(迂闊)'고 하였다. 이어지는 내용들은 모두 서두에서 말한 어리석고 어수룩한 화자의 모습을 그린 것이라고 할 수 있다. 따라서 이른바 어리석고 어수룩함의 의미를 파악하는 것이 이 작품을 이해하는 가장 중요한 열쇠라 할 수 있다.

　「누항사」의 이야기를 요약하면 다음과 같다.

　화자는 길흉화복을 운명으로 여기고 살았다. 그 때문에 끼니도 못 이을 정도로 궁핍하게 되었다. 그럼에도 불구하고 화자는 안빈일념을 품고 있다. 그러나 가난의 고통(窮苦) 때문에 안분일념을 지키기가 어렵다고 하였다. 하지만 아무리 춥고 배고파도(飢寒切身) 일편단심(一丹心)을 잊지 않았기에 목숨을 걸고 적과 싸울 수 있었다.

　나라를 위해 신명을 바치느라 집안을 돌아볼 여유가 없었다. 그래서 궁핍해졌고 손수 농사를 지어야 할 상황에 이르렀다. 밭을 갈려고 하지만 소가 없다. 밭 갈 시기가 거의 끝날 무렵에야 "소 한 번 주마" 하고 엉성하게 한 말(약속)을 믿고 소를 빌리러 간다. 하지만 "어젯밤에 건넛집 저 사람이 / 목 붉은 수기치를 기름지게 구워 내고 / 갓 익은 삼해주를 취토록 권하"는 바람에 소를 못 빌리고 돌아왔다. 아침에 먼 들에서는 즐거운 농가農歌가 들려오지만 밭을 갈 수 없는 화자는 슬퍼하며 한숨만 쉴 뿐이다.

탄식하며 하는 말이 "술 고기 있으면 권당벗도 맺으련만 / 두 주먹 비게 쥐고 세태 없는 말씀에 / 모습도 안 고우니 / 하루아침 부릴 소도 못 빌려 말았거든 / 하물며 동곽번간에서 취할 뜻을 가질소냐"라고 하였다. 술과 고기가 없는 것, 가진 게 없는 것, 세태 없는 말, 곱지 않은 모습 등이 권당벗도 맺지 못하고, 소도 빌릴 수 없는 핵심적인 이유이다. 때문에 동곽번간에서 취할 뜻은 엄두도 못 낸다고 하였다. 이 부분은 '어리석고 어수룩함'의 실체이자 지독한 반어反語로 이루어져 있다.

벗이란 믿음으로 맺는 것인데 세태는 술과 고기로 맺는다. 즉 소 주인은 '지나가는(엉성한) 말'로 소를 빌려주겠다고 했지만, 화자는 어리석고 어수룩하여 그것을 약속으로 믿고 소를 빌리러 간 것이다. 또 건넛집 저 사람은 세상살이의 요령을 알아서 술(삼해주)과 고기(수기치)로 소를 빌렸지만 화자는 어수룩해서(우활迂闊) 빈손으로 갔다가 온 것이다. 즉 세상은 올바른 가치인 약속(믿음)보다 재물과 권모술수에 의해 돌아가고 있는데, 화자는 그것을 모르고 성현의 가르침에 따라 살아가기에 하루아침 부릴 소도 못 빌린 것이다.

동곽번간에서 취할 뜻은 떳떳하고 당당하게 사는 것이 아니라 무덤가를 돌아다니며 구걸하여 먹고사는 것이다. 정도를 따르지 않고 비굴하게 부귀를 구하면서 남에게 거들먹거리는 행위를 가리키는 말이다. 따라서 술과 고기로 권당벗을 맺는 것과 동곽번간에서 취하는 것은 어법상 화자가 동경하는 것처럼 표현되어 있으나, 사실은 세태를 비판하는 것이라는 점에서 반어인 것이다.

화자는 밭갈이를 포기하고 임자 없는 풍월강산에서 자연을 벗하며 강호한 꿈을 실행하기로 결심한다. 다시는 소는 빌리지 않겠으며, 남의 부귀는 부러워하지 않겠다고 다짐한다. 그러면서 인간의 모든 일은 운명이니 빈이무원의 태도로 오륜을 지키며 살겠다고 하였다.

이상에서 주목되는 것은 작품의 구성방식이다. ① 길흉화복을 운명으로 여겼다 → 살림살이가 곤궁해졌다 → ② 안빈일념과 일편단심을 가지고 나라를 위해 신명을 바쳤다 → 집안을 돌보지 못해 곤궁해졌다 → ③ 궁경躬耕을 결심하고 소를 빌리러 갔다(정도를 지켰다) → 사도邪道가 횡행하는 세태 때문에 소를 빌리지 못했다 → ④ 모든 일을 운명으로 받아들이고 강호에서 빈이무원의 삶을 선택했다.

이상에서 보면 '정도를 지키려다가 곤궁해지고 그럼에도 불구하고 정도를 지킨다'는 구조로 되어 있다. ①→②→③으로 진행될수록 곤궁한 상황은 더욱더 심각해지며, 결사인 ④는 앞의 세 단락과 내용상 조응되며 세 단락을 아우른다.

① 단락에서 길흉화복을 운명으로 여겼기 때문에 살림살이가 곤궁해졌지만, 결사에서는 운명으로 여기겠다는 생각이 옳았음을 깨닫고

그와 같은 생각을 유지할 것임을 선언한 것이다. ② 단락의 안빈일념과 일단심도 집안을 돌보지 못해 곤궁하게 된 원인이지만, 결사인 ④ 단락에서 빈이무원과 나라에 대한 변함없는 충성을 다짐하였다는 점에서 조응된다. 소를 빌리는 대목인 ③ 단락은 다시는 소를 빌리지 않을 것이며 남의 부귀를 부러워하지 않겠다는 다짐과 조응된다. 즉 앞의 세 단락을 통해 서술한 현실적인 곤궁함을 운명으로 여기며 애초 생각했던 정도를 걷겠다는 것이 이 작품의 주제인 것이다.

또 하나 주목되는 것은 자기 자신을 바라보는 시각이다.

화자의 처지와 관련되어 주목되는 부분은 "서쪽 밭 높은 논에 잠깐 갠 지나는 비에 / 길 위에 고인 물을 반 정도 대어 두고"라는 표현과 아까운 쟁기가 "가시 엉킨 묵은 밭도 쉽게도 갈련만 / 텅 빈 벽에 쓸데없이 걸렸구나"라는 표현이다. 전자에서 물을 댈 수 없는 높은 논이기에 길가 웅덩이에 고인 물을 반 정도 댔다는 것은 어디에도 의지할 곳이 없는 곤궁한 처지를 의미하며, 후자는 정도와 신의가 통용되지 않는 부조리한 현실 속에서는 성현들이 빈궁한 상황에서 자신의 지조를 지키기 위해 영위했던 최소한의 삶의 방식[躬耕]조차도 실천할 수 없는 상황을 이야기한 것이라 할 수 있다.

유가에서, 즉 안빈낙도나 빈이무원에서 가난은 경제적 어려움보다는 부조리한 현실로 인해 사족으로서의 직분(治人: 관료가 되어 자신의 뜻을 펼치는 것)을 다할 수 없는 사士계급의 '불우한 정치적 처지'를 나타낸다. 이는 「누항사」에서도 마찬가지이다. 세상일에 어둡고 어수룩하다는 의미의 '우활'은 부조리한 현실에 영합하지 않고 사족으로서의 직분과 정체성을 올곧게 지켜 나가려는 화자의 신념과 의지를 반어적으로 표현한 것임을 알 수 있다.

따라서 이 작품은 정도가 어그러진 부조리한 현실을 비판하고, 이런 상황 속에서도 사족으로서의 직분과 정체성을 지키겠다는 화자의 의지를 표명하는 데 초점이 맞추어져 있다고 할 수 있다.

탄궁가 歎窮歌

하늘은 만드심*을 일정一定 고르게 하련만

어찌 한 인생이 이토록 괴로운가

한 달에 아홉 끼[三旬九食]*를 얻거나 못 얻거나

십 년 동안 갓 하나[一冠]를 쓰거나 못 쓰거나*

안표누공*인들 나같이 비었으며

원헌*의 가난[艱難]인들 나같이 심[已甚]할까

봄날[春日]이 길고 길어[遲遲] 소쩍새[布穀]가 재촉커늘

동쪽 집[東隣]에 따비* 얻고 서쪽 집[西舍]에 호미 얻어

집 안에 들어가 씨앗을 마련하니

올벼* 씨 한 말은 반 넘게 쥐 먹었고

만드심 (인간을) 생기게 하시다.
삼순구식三旬九食 삼십 일 (三旬) 동안에 아홉 끼(九食)를 먹다. 매우 가난함.
십 년 동안 갓 하나[一冠]**를 쓰거나 못 쓰거나** 동진 시대 문인 도연명(陶淵明)의 「의고(擬古) 9수」 중
제5수 "동방에 살고 있는 한 선비, 옷차림은 언제나 남루하도다. 한 달 서른 날에 아홉 끼 먹고, 십
년 동안 갓 하나로 지내 왔네. 고달픔은 비교할 데가 없지만, 언제나 즐거운 얼굴이라네.(東方有一士
被服常不完 三旬九週食 十年著一冠 辛苦無此比 常有好容顔)"를 차용한 것이다.
안표누공顔瓢屢空 안회(顔回)의 표주박이 자주 빔. 표(瓢)는 공자의 제자 안회가 생존을 위한 최소한
의 음식을 '한 대바구니의 밥과 한 표주박의 물(一單食一瓢飮)'이라고 한 데서 온 말이다.
원헌原憲 공자의 제자인 자사(子思). 집이 매우 가난했다.
따비 밭을 가는 데 쓰는 농기구.
올벼 빨리 수확할 수 있는 벼.

기장 피 조 팥은 서너 되 붙었거늘

많고 많은 식구 이리하여 어이 살리

이봐 아이들아 아무려나 힘써스라

죽의 물은 상전 먹고 건더기 건져 종을 주니

눈 위에 바늘 졌고● 코로 휘파람 분다

올벼는 한 발● 뜯고● 조 팥은 다 묵히니

싸리 피 바랭이는 나기도 싫잖턴가

환자장리●는 무엇으로 장만하며

요역● 공부●는 어찌하여 차려 낼꼬

백 가지로 생각해도[百爾思之] 감당할 길 전혀 없다

장초의 무지●를 부러워하나 어찌하리

시절時節이 풍년[豊]인들 지어미 배부르며

겨울이 덥다 한들 몸을 어이 가리울꼬

베틀 북[機杼]도 쓸데없어 빈 벽[空壁]에 걸려 있고

눈 위에 바늘 졌고 눈꺼풀 위에 바늘을 올려놓는다는 뜻으로, 눈을 찡그리며 치뜨고 화를 내는 모습을 뜻한다.
한 발 두 팔을 길게 벌린 길이.
뜯고 김을 매고.
환자장리還子長利 봄에 곡식을 빌리고 1년 후에 빌린 곡식의 반만큼의 이자를 더해 갚는 것.
요역徭役 국가를 위해 의무적으로 해야 하는 노동.
공부貢賦 세금.
장초萇楚**의 무지**無知 장초는 소맥(小麥)처럼 생긴 것으로, 『시경(詩經)』「습유장초(隰有萇楚)」에서는 부역에 시달린 백성들이 차라리 장초나무가 아무것도 모르는 것을 부러워하며 고난에 찬 자신의 처지를 탄식하고 있다.
"진펄에 있는 장초나무 그 가지 부드럽구나. 곱고도 윤택하니 아무것도 모르는 네가 부럽구나(隰有萇楚 猗儺其枝 夭之沃沃 樂子之無知)."

솥 시루[釜甑]도 버려두니 붉은빛이 다 되었다●

세시삭망● 명일●기제● 무엇으로 향사●하며

원근 친척 오가는 손님[來賓往客] 어이하여 접대할꼬

이 얼굴 지녀 있어 어려운 일 많고 많다

이 원수 궁귀●를 어이하면 여윌러뇨●

수레와 마른 밥을 갖추고● 이름 불러 전송餞送하여

좋은 날 좋은 때에 사방으로 가라 하니●

소리치고 화를 내며[啾啾憤憤] 원망하여[怨怒] 말하기를

어릴 적부터 늙도록[自少至老] 희로우락●을

너와 함께하여

죽거나 살거나 여윌 줄이 없었거늘

어디 가 뉘 말 듣고 가라고 이르느냐

이르는 듯 꾸짖는 듯 온가지로 위협[恐嚇]커늘

붉은빛이 다 되었다　붉게 녹이 슨 모양.
세시삭망歲時朔望　세시 풍속에서 음력 1일과 15일에 지내는 제사. 즉 설과 추석 차례.
명일名日　설, 삼월 삼짇날, 오월 단오, 칠월 칠석 등 세시 풍속에서 매달 있는 이름 있는 날.
기제忌祭　해마다 돌아가신 날에 지내는 제사.
향사饗祀　제사에 제물을 올림.
궁귀窮鬼　가난하게 만드는 귀신.
여윌러뇨　보낼 수 있을까? 이별할 수 있을까?
수레와 마른 밥[餱糧]을 갖추고　당나라의 문장가 한유(韓愈)의 「송궁문(送窮文)」에 "버드나무를 엮어 수레를 만들고 풀을 묶어 배를 만들어 볶은 쌀과 양식을 싣고(結柳作車 縛草爲船 載糗輿粻)"라는 표현이 있다.
좋은 날 좋은 때[日吉辰良]에 **사방**四方**으로 가라 하니**　한유의 「송궁문」에 "좋은 날짜에 좋은 때이니 사방으로 떠나기에 좋을 것입니다(日吉辰良 利行四方)"라는 구절이 있다.
희로우락喜怒憂樂　기쁨, 화남, 걱정, 즐거움.

돌이켜 생각하니 네 말도 다 옳도다

무정한 세상은 다 나를 버리거든

네 혼자 믿음 있어[有信] 나를 아니 버리거든

억지로[人威] 피[避絶]하여 잔꾀로 없앨소냐

하늘이 만든 이내 가난[窮]을 설마한들 어이하리

빈천貧賤도 내 분이어니 서러워해 무엇하리

一

　지은이는 정훈鄭勳(1563~1640년)으로 본관은 경주慶州이며 자字는 방로
邦老, 호號는 수남방옹水南放翁이다. 전라도 남원南原에서 태어나 임진왜
란, 이괄의 난, 정묘호란, 인조반정, 병자호란 등 격동기를 살았으며,
평생토록 남원 동문 밖 초야에서 생활하였다. 1624년(인조 2년) 이괄李适
의 난 때는 의병을 조직하여 출정하였으며, 정묘호란과 병자호란 때는
아들을 출정시켰다.

　「탄궁가」는 중국 당나라의 문장가 한유韓愈의 「송궁문送窮文」을 본떠
서 지은 작품이다. 「탄궁가」에서 "수레와 마른 밥을 갖추고"부터 "어디
가 뉘 말 듣고 가라고 이르느냐"까지는 「송궁문」의 내용과 일치한다.
서한西漢 때 양웅楊雄의 가난을 내쫓는 글인 「축빈부逐貧賦」도 역시 비
슷한 내용을 담고 있다. 즉 이 작품들은 가난을 쫓아내려 했는데 가난

(또는 궁귀窮鬼)이 화자의 처지에 관계없이 신의를 지키며 떠나지 않은 것은 자신뿐이라며 꾸짖자, 화자가 깨닫고 가난과 평생을 함께하기로 결심했다는 내용을 공통적으로 담고 있다.

서두는 자신의 가난으로 인한 고초가 안회顔回나 원헌原憲보다 훨씬 심하다고 하면서 시작된다. 봄에 농기구를 빌려 농사를 지으려 하는데 많은 식구를 감당하기에는 씨앗이 턱없이 부족하다. 그래도 봄 농사를 시작하면서 죽을 끓여 상전은 국물만 먹고 건더기를 건져 종을 주지만 늘 부족하기에 종들의 불평이 심하다. 노동력이 부족해서 논에는 싸리, 피, 바랭이가 무성하여 애초부터 풍족한 소출은 기대할 수 없기 때문에 환곡과 세금을 장만할 일이 막막하다. 가난은 사대부가 지켜야 할 가장 중요한 예禮인 봉제사奉祭祀 접빈객接賓客도 불가능하게 한다.

생각이 여기까지 미치자 궁귀窮鬼를 좇아 보낼 생각을 한 것이다. 하지만 세상은 모두 나를 버려도 궁귀만이 믿음이 있어 나를 버리지 않았기 때문에 운명으로 받아들이고 살겠다고 하였다.

이 작품의 주제는 결사의 "무정한 세상은 다 나를 버리거든 / 네 혼자 믿음 있어 나를 아니 버리거든 / 억지로 피하여 잔꾀로 없앨소냐 / 하늘이 만든 이내 가난을 설마한들 어이하리 / 빈천도 내 분이어니 서러워해 무엇하리"라는 말에 응축되어 있다. 가난이 아무리 삶을 고단하게 해도 나를 받아 주지 않는 세상보다는 덜 괴롭다는 의미이다. 원칙이 무시되고 세속적인 이해관계에 의해 사람을 버리고 취하는 세태에 대한 비판이 담겨 있는 것이다. 화자는 이런 세상에 영합해서 부유하게 살기보다는 가난(불우한 삶)을 운명으로 받아들이고 사는 쪽을 택

한 것이라는 점에서 안빈낙도를 실천하려는 의지를 담고 있음을 알 수 있다.

우활가 迂濶歌

어찌 생긴 몸이 이토록 우활*할꼬

우활도 우활할샤 그토록 우활할샤

이봐 벗님네야 우활한 말 들어 보소

이내 젊었을 제 우활함이 그지없어

이 몸 생겨남이 금수禽獸와 다르므로

애친경형*과 충군제장*을

분내사*로 여겼더니

한 가지 일도 못 되며 세월이 늦어지니

평생 우활은 나를 따라 길어 간다

아침이 부족한들 저녁을 근심하며

한 칸[一間] 초가집[茅屋]이 비 새는 줄 알았던가

현순백결*이 부끄러움을 어이 알며

우활迂濶 세상 물정에 어두움.
애친경형愛親敬兄 부모님을 사랑하고 형을 공경함.
충군제장忠君弟長 임금께 충성하고 어른을 공경함. '애친경형 충군제장'은 『소학(小學)』에 나오는 말이다.
분내사分內事 내 분수에 맞는 일.
현순백결懸鶉百結 메추리의 무늬처럼 누덕누덕 기운 옷.

어리석고 미친 말이 남 무일 줄 알았던가•

우활도 우활할샤 그토록 우활할샤

봄산의 꽃을 보고 돌아올 줄 어이 알며

여름 정자에 잠이 들어 꿈 깰 줄 어이 알며

가을에 달 맞아 밤드는 줄 어이 알며

겨울 눈에 시흥詩興 겨워 추움을 어이 알리

사철 좋은 경치[四時佳景] 어떤 줄 몰라라

늘그막[末路]에 버려진 몸이 무슨 일을 생각할꼬

인간 시비是非 듣도 보도 못하거든

일신一身 영고• 백 년을 근심할까

우활할샤 우활할샤 그토록 우활할샤

아침에 누워 있고 저녁도 그러하니

하늘이 만든 우활을 내 설마 어이하리

그래도 애달프도다 다시 앉아 생각하니

이 몸이 늦게 나서 애달픈 일 많고 많다

일백 번 다시 죽어 옛사람 되고 싶네

희황천지•에 잠깐이나 놀아 보면

요순堯舜 일월日月을 조금이나 쬘 것을

남 무일 줄 알았던가 남을 멀리하게 할 줄 알았던가? '무이다'는 '미다'의 다른 말로, 싫게 여겨 따돌리고 멀리한다는 뜻이다.
영고榮枯 성함과 쇠함. 잘되고 못됨.
희황천지羲皇天地 태평성대. 희황은 중국 고대 전설상의 황제 복희씨(伏羲氏)의 다른 이름이다.

좋은 풍속[淳風] 너무 머니[已遠] 투박*이 다 되었다

넘쳐 나는[汗漫] 정회情懷를 누구에게 말하겠나

태산泰山에 올라가

온 천지[天地八荒]나 다 바라보고 싶네

추로*에 두루 걸어

성현聖賢이 가르치던[講業] 자취나 보고 싶네

주공*은 어디 가고 꿈에도 뵈지 않는고

너무 심한[已甚] 내 늙음[衰]을 싫어해도 어이하리

만 리에 눈 뜨고 태고에 뜻을 두니*

우활한 심혼心魂이 가고 아니 오는구나

인간 중에 혼자 깨어 누구에게 말을 할꼬

축타*의 아첨[佞言]을 이제 배워 어이하며

투박偸薄 거칠고 천박함.
추로鄒魯 공자와 맹자 또는 그들의 나라. 공자는 노(魯)나라 사람이고 맹자는 추(鄒)나라 사람이다.
주공周公 중국 주나라 문왕(文王)의 아들이자 무왕(武王)의 아우로 이름은 단(旦)이다. 무왕을 도와 상(商)나라의 폭군 주왕(紂王)을 토벌하고 주나라를 세우는 데 많은 공을 세웠다. 그 공으로 곡부(曲阜)에 봉해졌지만, 봉지(封地)로 가지 않고 그의 장남 백금(伯禽)을 대신 부임시키면서 인재의 중요성에 대해 다음과 같이 말하였다. "나는 문왕의 아들이며 무왕의 동생이고 성왕의 숙부로, 나는 천하에서 역시 천하지 않다. 하지만 나는 한 번 목욕을 하다가 세 번 머리를 묶었으며, 한 번 밥을 먹다가 세 번 뱉고 일어나 선비를 맞이하였으니, 오히려 천하의 현자를 잃을 것을 두려워한 것이다. 너는 노나라에 가서 삼가 사람들에게 교만하지 말아라." 인재를 얻기 위해 자신을 낮춘 이 이야기에서 유래한 고사가 '악발토포(握髮吐哺)'이다.
만 리萬里**에 눈 뜨고 태고**太古**에 뜻을 두니** 시·공간적으로 너무 먼 곳에 마음을 둠.
축타祝鮀 춘추 시대 위나라의 대부로 말재주가 뛰어났다.

송조[●]의 미색을 얽은 낯에 잘할런가[●]

우첨산초실[●]을 어디서 얻어먹으러뇨

무이고 못 굄[●]이 다 우활의 탓이로다

이리저리 생각하고 다시 생각하니

일생사업一生事業이 우활 아닌 일 없노라

이 우활 거느리고 평생[百年]을 어이하리

아이야 잔 가득 부어라 취하여 내 우활을 잊자

―

　이 작품도 정훈鄭勳(1563~1640년)이 지은 것으로, 박인로의 「누항사」와
비교되는 작품이다.

　화자의 우활迂闊은 애친경형과 충군제장에만 열중할 뿐, 가족들이

송조宋朝　춘추 시대 송나라 왕자로 잘생겼다고 한다. 송나라의 공주이자 음탕한 이복동생 남자(南
子)와 관계를 맺었다.
송조의 미색美色**을 얽은 낯에 잘할런가**　『논어(論語)』 옹야편(雍也篇)에 "축타의 아첨이나 송조의 미
모가 없다면 지금 세상의 화를 면하기 어렵다(不有祝鮀之佞而有宋朝之美 難乎免於今之世矣)"라는 구절이
있다. 아첨과 미색으로 권력을 탐하는 세태를 비판한 것이다.
우첨산초실右詹山草實　"우첨산초(右詹山草)는 황제의 딸이 변한 것으로 열매를 먹으면 다른 사람이
좋아할 수 있게 만든다(㨾草 右詹山草 帝女所化 其葉鬱茂 其花黃 實如豆 服者媚于人)."라고 한다. 『박물지(博物
志)』
무이고 못 굄　사람들로부터 배척당하고 좋게 여겨지지 못하는 것.

끼니를 잇는지, 비가 새는지, 가난한 것이 부끄러운지, 남에게 미움을 받는 말이 어떤 것인지 아무것도 모르는 것이다.

사계절 자연의 흥취에 젖어 세월 가는 줄을 모르고, 인간의 시비와 일신의 영고를 생각하지 못한 것이 우활이다. 그러면서 백 번을 죽더라도 태평성대(희황천지, 요순일월)에 태어나고 싶다고 하며, 오늘날의 풍속을 투박이라고 하였다. 현재를 부정적으로 인식하고 바람직했을 것으로 생각되는 과거로 돌아가고 싶어 한다.

태산에 올라가 천하를 바라본 공자를 만나 보고 싶다거나 공맹의 나라에 가서 성현의 자취를 보고 싶다고 한 것, 꿈에서라도 주자를 만나 보고 싶다고 한 것은 성현의 도로만 투박한 풍속을 교화할 수 있다고 보았기 때문이다.

만 리에 눈 뜨고 태고에 뜻을 두었다는 말은 눈앞의 현실에 영합하기보다 인간 중에 혼자 깨어 천하를 걱정하며 바람직하다고 생각하는 과거를 지향하는 것을 의미한다. 이것이 바로 우활한 심혼인 것이다.

자신이 사람들에게 배척을 당하는 이유는 축타처럼 남이 듣기 좋아하는 말도 못하고 송조처럼 잘생기지도 못했기 때문이며, 그렇게 할 수 없는 것도 우활하기 때문이라고 하였다. 하지만 우활함을 고칠 수 없으니 술에 취해서 우활하다는 사실 자체를 잊자고 하며 작품을 마무리하였다.

이 작품에서 부정적인 어조로 서술된 '우활'은 박인로 「누항사」의 '우활'과 마찬가지로 사대부가 견지해야 할 바람직한 심성과 행동거지라는 점에서 반어라 할 수 있다. 또한 부러워하는 어조로 서술된 "축타의 아첨을 이제 배워 어이하며 / 송조의 미색을 얽은 낯에 잘할런가 / 우첨산초실을 어디 얻어먹으러뇨"도 「누항사」의 "술 고기 있으면 권당 벗도 맺으련만 / 두 주먹 비게 쥐고 세태 없는 말씀에 / 모습도 안 고우니 / 하루아침 부릴 소도 못 빌려 말았거든 / 하물며 동곽번간에서 취할 뜻을 가질소냐"와 마찬가지로 투박한 풍속을 의미한다는 점에서 반어적 표현이라 할 수 있다.

따라서 이 작품은 「누항사」와 마찬가지로 투박한 풍속하에서도 유자로서의 정체성을 지키겠다는 다짐을 노래한 작품이라 할 수 있다.

봉산곡 鳳山曲

가노라 옥주봉°아 있거라 경천대°야

요양° 만 리 길이 멀다고 얼마 멀며

북관 일주년°이 오래다 하랴마는

상봉산翔鳳山 별천지[別乾坤]를 처음에 들어올 제

노련의 분°을 겨워 속세[塵世]를 아주 끊고

발 없는 동솥° 하나 전나귀°에 실어 내어

추풍秋風 석경사°의 와룡강臥龍江 찾아와서

천주봉天柱峰 암혈하巖穴下에 초가 몇 칸[茅屋數間] 지어 두고

고슬단° 행화방°에 정자터를 손수 닦아

옥주봉玉柱峰 경상북도 상주시 사벌면의 자천동에 있는 봉우리.
경천대擊天臺 국사봉(國士峰) 오른쪽에 있는 언덕이며, 그 아래 기우제터였던 우담(雩潭)이 있다. 채득기의 호는 여기에서 따온 것이다. 우담 위에 채득기가 지은 무우정(舞雩亭)이 있다.
요양遼陽 중국 요녕성 심양 서남쪽에 있는 지명.
북관北關 **일주년**一周年 관북 지방(함경도)을 한 번 돌아보는 시간.
노련魯連**의 분**憤 노련은 노중련(魯仲連)으로 전국 시대 제나라의 절의가 높은 은사이다. 무도한 진나라가 천하를 차지한다면 "나는 동해로 걸어 들어가 죽겠다(連有踏東海而死耳)"라고 맹세하였다. 세속적인 욕망을 추구하지 않고 오직 천하가 올바른 도에 따라 다스려지기를 열망하였다.
발 없는 동솥 작고 오목한 솥. 옹솥. 옹달솥.
전나귀 다리를 저는 나귀.
석경사石逕斜 비탈진 돌길.
고슬단鼓瑟壇 자천대(自天臺) 남쪽에 쌓은 단. 행단고슬(杏壇鼓瑟 공자가 은행나무 강단에서 제자들에게 거문고를 타며 예의를 강론했다고 함)이라는 말에서 유래한 이름.
행화방杏花坊 살구꽃 핀 마을.

낮에나 일어나고 새 달이 돋아올 제

기둥 없는 거적문과 울타리 없는 가시 삽작*

적막寂寞한 골짜기[山谷間]에 자작촌*이 더욱 좋다

생애는 분내사*라 담박淡泊한들 어이하리

대명천지大明天地* 한구석[一片土]에 버려진 백성되어

송국松菊을 쓰다듬고 원숭이 학[猿鶴]을 벗하니

어위야 이 강산이 좋은 경치[景槪] 많고 많다

만 길[萬丈] 금연꽃[金芙蓉]이 공중[半空]에 솟아올라

귀암龜巖*을 앞에 두고 경호상에 선 모습*은

삼신산三神山 제일봉第一峰이 육오두*에 벌은 듯

붉은 놀[紅霞] 흰 구름[白雲]이 곳곳이 그늘이요

유리琉璃로 된 천만경千萬景이 빈 땅에 깔렸으니

용문龍門을 옆에 두고 학정두*에 벌었음은

가시 삽작 가시나무로 엮은 사립문.
자작촌自作村 자기 스스로 만든 마을.
분내사分內事 자신의 분수에 따라 사는 일.
대명천지大明天地 중국의 명나라를 높여 부르는 말.
귀암龜巖 옥주봉 아래 있는 너럭바위. 수백 명이 앉을 수 있다고 한다.
경호상鏡湖上**에 선 모습** 경호에 옥주봉이 비친 모습을 묘사한 것이다.
육오두六鰲頭 여섯 마리 자라의 머리. 『열자(列子)』 탕문(湯問)에 의하면 발해의 동쪽에 대여(岱興), 원교(員嶠), 방호(方壺, 또는 方丈), 영주(瀛洲), 봉래(蓬萊) 등 신선이 사는 다섯 개의 산이 있는데, 이 산들은 조수에 밀려 한곳에 정착하지 못하였다. 천제가 이 산들이 서쪽으로 떠내려갈 것을 염려하여 금자라 열다섯 마리로 하여금 이 산들을 머리에 이게 하여 정착시켰다. 그런데 용백국(龍伯國)의 거인이 자라 여섯 마리를 잡아가서 대여, 원교 두 산은 서쪽으로 떠내려가고 방호, 영주, 봉래 세 산만 남았다고 한다.
학정두鶴汀頭 학정의 머리. 학정은 조선 시대 학자 채득기의 호이다.

여덟 폭[八疊] 운모병[•]을 옥난간玉欄干에 두른 듯

맑은 모래 흰 돌[明沙白石]이 굽이굽이 절경[景]이다

그중에 좋은 것 무엇이 더 나은가

귀암龜巖이 물을 굽혀 천백 척千百尺을 솟아올라

구름 속[雲霄間]에 우뚝 서서[特立] 큰 하늘[太空]을 괴었으니

어위야 자천대自天臺야 네 이름이 과연 허득[•] 아니로다

문장이 화려[富贍]한들 뉘 시로 다 써내며

화공畵工이 신묘神妙한들 한 붓으로 다 그릴까

추풍秋風이 선들 불어 잎잎이 붉었으니

물들인 직녀 비단[織女錦][•] 거울[鏡面][•]에 건 듯

꽃향기[花香] 코 찌르고[擁鼻] 백과百果는 익었는데

매화 화분[梅花盆] 치자 그릇[梔子器]에 황백 국화[黃白菊] 섞였어라

풍경도 좋거니와 물색物色도 그지없다

공산空山 자규성[•]은 소상죽[•]을 때리는 듯

운모병雲母屏 운모로 만든 병풍. 절벽을 아름답게 표현한 말이다.
허득虛得 근거 없이 그냥 얻음.
직녀금織女錦 단풍을 아름답게 표현한 말이다.
경면鏡面 호수나 냇물의 수면을 아름답게 표현한 말이다.
자규성子規聲 소쩍새의 소리. 자규는 소쩍새를 말하며, 두견새, 귀촉도(歸蜀道)라고도 부른다. 중국의 촉나라 임금 망제는 별령이라는 신하에게 나라를 빼앗기고 쫓겨나 울다가 죽었는데, 그의 혼이 두견새가 되어 불여귀(不如歸)라고 울부짖었다고 한다. 이후에 사람들이 두견새를 망제의 죽은 넋이 변해서 된 새라고 해서 촉혼(蜀魂) · 원조(怨鳥) · 두우(杜宇) · 귀촉도(歸蜀道) · 망제혼(望帝魂) 등으로 불렀다.
소상죽瀟湘竹 중국의 순임금이 남쪽 지방을 순행하다가 소상강 근처의 창오산에서 숨을 거두었다. 이에 순임금의 두 아내 아황(娥皇)과 여영(女英)이 소상강 변에서 피눈물을 흘렸는데, 피눈물이 주변의 대나무에 뿌려져 붉은 반점이 있는 반죽(班竹)이 되었다고 한다. 자규성과 소상죽은 모두 슬

평사平沙 낙안영*은 형포석*을 꿈꾸는 듯

한밤중 강 가운데[江心子夜半] 달[玉浮圖]을 걸었으니

소선의 적벽취*를 저 혼자 자랑할까

추운 날[天寒] 백옥*에 옥가루[玉屑]가 흩날리니[霏霏]

온 산과 골짜기[千巖萬壑中]가 경요굴*이 되었어라

창염장부* 봉일정捧日亭은 외로운 절개[孤節] 굳이 가져

돌 위[石上]에 우뚝[特立]하니 세한歲寒에 더욱 귀하다

늙은 어부[漁翁] 나를 불러 고기잡이 하자거늘

석양을 비껴 띠고 낚시터[苔磯]*로 내려가서

외로운 배[孤舟] 손수 저어 언 그물[氷網]을 걷어 내니

곱고 큰 물고기[銀鱗玉尺]가 그물[罟]마다 걸렸어라

난도*로 회膾를 치고 고기 팔아 빚은 술을

깊은 잔에 가득 부어 취토록 먹은 후에

픈 사연을 담고 있다.
낙안영落雁影 모래톱에 내려앉는 기러기 그림자.
형포석衡浦夕 형포의 석양. 형포는 형양의 포구로, 왕발(王勃)의 「등왕각서(滕王閣序)」에, "저물녘 고깃배에서 들리는 노랫소리는 팽려의 물가까지 이르고, 추위에 놀란 기러기 떼의 울음소리는 형양의 포구에서 끊어진다(漁舟唱晚 響窮彭蠡之濱 雁陣驚寒 聲斷衡陽之浦)"라는 표현이 있다. 매우 평화로운 모습을 표현한 것이다.
소선蘇仙**의 적벽취**赤壁趣 소선은 중국 북송 때의 시인 소동파(蘇東坡)를 말한다. 그가 지은 「적벽부(赤壁賦)」는 7월에 벗들과 적벽에 놀러 갔던 흥취를 노래한 작품이다.
백옥白屋 벼슬을 하지 않은 선비의 집.
경요굴瓊瑤窟 옥으로 꾸민 집 또는 거처.
창염장부蒼髥丈夫 푸른 수염을 길게 늘인 대장부. 가지가 길게 늘어지고 키가 큰 소나무(낙락장송)를 말한다.
태기苔磯 이끼 낀 물가. 낚시터.
난도鸞刀 종묘제사 때 희생 제물을 잡기 위해 쓰던 칼.

검은 두건[烏巾] 비껴쓰고 영귀문詠歸門 돌아들어

천대산天臺山 난가석*을 높이 베고 기댔으니

장송長松 낙설落雪은 취한 얼굴[醉眠]을 깨우는 듯

스산한[蕭索] 추동秋冬에도 경물이 이렇거든

화월삼춘 녹음하*야 한 입으로 다 이르랴

물외연하* 혼자 좋아 부귀공명 잊었으니

인간 세상[人世上] 메조[黃粱]는 몇 번이나 익었는고

유정문幽靜門 낮에 닫아 인적人跡이 끊겼으니

천지가 무너진들[天崩地坼] 그 누가 전傳할쏜가

고사리[薇蕨]를 손수 캐어 샘물[石泉]에 씻어 먹고

숭정일월* 보전保全하여 목숨[軀命]이나 살아나면

장성長城 만 리 밖에 백골이 쌓였은들

이것이 낙원[桃園]*이라 젊음[綠髮]*이 부러우랴

오현금* 줄을 골라 자지곡* 노래하니

난가석爛柯石 도끼 자루가 썩는 바위. '신선놀음(바둑)에 도끼 자루 썩는 줄 모른다'는 말에서 유래한 것으로, 바둑판이 그려진 바위를 말한다.
화월삼춘花月三春 **녹음하**綠陰夏 꽃피는(花月) 삼 개월의 봄(三春)과 녹음이 짙은(綠陰) 여름(夏).
물외연하物外煙霞 세속적인 기운이 전혀 없는(物外) 아름다운 경치(煙霞).
숭정일월崇禎日月 명나라의 세상 또는 세월. 숭정은 중국 명나라 의종의 연호이다. 조선은 공자와 맹자의 유학을 숭상했기 때문에 명나라가 망하고 청나라가 중국을 지배한 후에도 유학을 숭상한 명나라의 연호를 사용하였다. 즉 청나라가 아무리 크고 강성해도 유학을 숭상하지 않았기 때문에 중화(中華)가 될 수 없었다. 명나라가 멸망한 상황에서 조선만이 중화(문명국)라는 의식이 담겨 있다.
도원桃園 무릉도원(武陵桃源)
녹발綠髮 젊은이의 머리털. '녹(綠)'은 젊다는 뜻이다.
오현금五絃琴 순임금이 태평성대를 노래하며 탔다는 5줄짜리 거문고.
자지곡紫芝曲 한나라 때 고조가 상산에 은거한 사호(四皓)를 등용하려 하자, 사호가 탄식하며 불렀

소금도 장醬도 없이 맛 좋을사 강산이야

비듬밥● 풀떼죽●에 배부를사 풍경이야

시비영욕是非榮辱 다 던지고 백구해로● 하렸더니

무슨 재덕● 있다고 나라조차 아시고

쓸데없는 이 한 몸을 찾으시니 할 수 없네[窮極]

상산● 섯달[季冬月]에 심양● 가라 부르시니

그 누구의 일이라 잠깐인들 머물쏜가

군은君恩을 감격感激하여 여행 짐을 전도하니●

삼 년● 입은 겹중치막● 이불 요 겸하였다

남쪽 고을[南州] 더운 땅도 추움이 이렇거든

북쪽 그늘[北極窮陰] 깊은 곳의 우리 임 계신 데야

다시금 바라보고 우리 임 생각하니

다는 노래. "빛나고 빛난 영지여, 주림을 면할 수 있네. 태평성대가 가 버렸으니, 나는 어디로 가
나(曄曄靈芝 可以療飢 唐虞往矣 吾當安歸)"상산사호(商山四皓)란 상산에 숨어 살던 네 늙은이로, 동원공(東
園公)·기리계(綺里季)·하황공(夏黃公)·녹리선생(甪里先生)을 말한다.
비듬밥 비듬나물에 곡식을 조금 섞어서 지은 밥.
풀떼죽 잡곡 가루로 풀처럼 쑨 죽 또는 잡곡의 날것을 갈아 만든 즙을 다른 잡곡과 섞어 쑨 죽.
풀떼기라고도 한다.
백구해로白鷗偕老 죽을 때까지 갈매기와 함께함.
재덕才德 재주와 덕망.
상산商山 경상북도 상주의 옛 이름.
심양瀋陽 오늘날 중국 만주의 봉천.
여행 짐[行裝]을 전도顚倒하니 여행 짐을 거꾸로 싸니. 경황이 없어서 허둥대며 짐도 제대로 싸지
못함을 말한다.
삼 년 작가가 은둔했던 1636~1638년까지의 기간.
겹중치막 소매가 넓고 길이가 길며 앞은 두 자락, 뒤는 한 자락으로 된, 무가 없이 옆이 터진 네
폭으로 된 웃옷. 벼슬을 하지 않은 사람이 입는 옷이다.

오국[*] 찬 달[寒月]을 뉘 땅이라 바라시며

타국[異域]에서 고생[風霜]을 어이 그리 겪으신고

언덕[旄邱][*]에 뻗은 칡이 삼 년[*]이 되었어라

뒤바뀜[倒懸][*]이 이렇거든 굽힌 무릎[屈膝] 언제 펼꼬

한나라[漢朝]에 사람 없어 견양신[*]이 되었으니

삼백 년 예악문물[禮樂文物] 어디로 갔단 말고

오늘날 항로첩[*]이 다 옛날 관주빈[*]이라

요천[*]이 너무 멀고[久閑] 송일[*]이 잠겼으니

동해수[東海水] 어이 둘러 이 치욕[羞辱] 씻을런가

오궁에 섶을 쌓고 월산에 쓸개 다니[*]

오국五國 중국의 길림성 동북부에 있는 지명. 송나라의 휘종과 흠종이 금나라의 포로로 잡혀가서 구금되었다가 죽은 곳이다.
모구旄邱 앞이 높고 뒤가 낮은 언덕.
삼 년 청나라에게 치욕을 당한 햇수.
도현倒懸 존비(尊卑)와 귀천(貴賤)의 위치가 뒤바뀜. 즉 중화인 명나라와 조선이 오랑캐인 청나라에게 치욕을 당한 것을 뜻한다.
견양신犬羊臣 개와 양의 신하, 즉 짐승 같은 오랑캐의 신하를 말한다.
항로첩降虜妾 항복하여 포로가 된 사람.
관주빈觀周賓 은나라가 망하자 은나라를 멸망시킨 주나라에 관광을 하러 갔다가 주나라의 손님이 됨. 즉 굴욕을 당한 나라가 설욕할 생각은 안하고 굴욕을 준 나라에 동화되어 버리는 것을 말한다.
요천堯天 요순 시대. 태평성대.
송일宋日 송나라의 해. 즉 송나라 시절. 주자가 성리학을 집대성했던 때로, 철학과 문화가 융성했던 시대이다.
오궁吳宮에 섶을 쌓고 월산越山에 쓸개 다니 와신상담(臥薪嘗膽). 중국 춘추 시대에 오나라 임금 부차는 부왕의 원수인 월나라 임금 구천에게 원수를 갚으려고 항상 섶 위에서 잠을 자면서 고생한 결과 원수를 갚았다. 이후에 월나라 임금 구천은 부차에게 당한 치욕을 씻기 위해 쓸개를 핥으며 보복을 잊지 않았다는 고사에서 유래한 말이다.

주욕신당사[●]는 고금의 도리[常經][●]라

하물며 우리 집이 대대로 국은[世世國恩] 입었으니

아무리 촌구석[溝壑]인들 대의大義를 잊을쏜가

평생에 못난 계교計較 기도광란[●] 막으려 해도

재주 없는 약한 몸이 대하장경[●] 어이할꼬

방 안에서 눈물 내면 아녀자의 태도로다

이 원수 못 갚으면 어느 얼굴[面目] 다시 들꼬

악수[●]에 침을 뱉고 조집[●]에 맹세盟誓하니

내 몸이 죽고 사는 것 기러기 털[一鴻毛]에 비껴 두고[●]

동서남북 만 리 밖에 명命 좇아 다니리라

있거라 가노라 가노라 있거라

무정한 갈매기[白鷗]들은 맹세기약盟誓期約 비웃건만

성은이 하 망극하시니 갚고 다시 오리라

- -

주욕신당사主辱臣當死   임금이 치욕을 당하면 신하는 마땅히 죽어야 한다.
상경常經   반드시 지켜야 할 마땅한 도리.
기도광란旣倒狂瀾   이미 쓰러져서 걷잡을 수 없는 상태.
대하장경大廈將傾   큰 집이 장차 기울어지려 함. 즉 나라가 기울어 감을 뜻한다.
악수岳手   악비의 손. 악비는 남송 초기의 무장으로 금나라에 대항하여 연전연승하였다. 중원을
거의 회복할 무렵 악비의 세력을 두려워한 송나라 황제 고종은 금나라와의 화친을 도모하였다. 그
러나 악비는 화친을 물리치고 정벌을 주장했다가 고종과 진회에 의해 독살당했다.
조집祖楫   조적(祖逖)의 노. 조적은 진나라 사람으로 원제(元帝) 때 예주자사가 되어 강을 건널 때 노
를 치며 맹세했다고 한다.
기러기 털[一鴻毛]에 비껴 두고   기러기 털처럼 가볍게 여김.

「봉산곡鳳山曲」은 1638년에 우담雩潭 채득기蔡得沂(1605~1646년)가 지은 작품이다. 「봉산곡」의 봉산은 상봉산翔鳳山을 말하며, 그곳에 있는 자천대自天臺의 이름을 가져와 「천대별곡天臺別曲」이라고 부르기도 한다. 작품에 제시된 경천대는 자천대의 다른 이름이다.

서사는 3년 전에 들어와 은거한 자천동自天洞을 떠나 심양으로 떠나게 되어 작별을 고하는 말로 시작된다.

본사는 자천동에 은거한 후의 생활을 그리고 있다. "노련의 분을 겨워 속세를 아주 끊고", "천주봉 암혈하에 초가 몇 칸 지어 두고" 정자를 지었다고 하였다. 노중련은 전국 시대 제나라의 은사로 무도한 진나라가 천하를 차지한다면 동해 바다에 빠져 죽겠다고 맹세한 사람이다. 이는 무도한 청나라에 굴복하는 것에 반대했다가 고난을 겪은 화자의 상황을 빗대어 말한 것이다. '대명천지'라고 한 데서 알 수 있는 바, 작가의 이념적 기반은 중화사상中華思想이다. 중화사상, 즉 화이론華夷論은 세계를 중화(華, 문명, 정통)와 오랑캐(夷, 야만, 이단)로 나누는 것이다. 유학을 숭상하면 중화이며, 그렇지 않으면 오랑캐로 규정된다. 명나라는 국가의 근간이 유교 이념이었기 때문에 중화이지만 청나라는 그렇지 않았기 때문에 오랑캐로 인식한 것이다. 중화인 명나라와 조선이 오랑캐인 청나라에 굴복하는 것을 용납할 수 없었기에 세속과의 연을 끊고 자천동에 은거하게 된 것이다.

은거지 주변의 풍광은 16세기 강호 가사의 형식과 이념을 그대로 계승하고 있다. "만 길 금연꽃이 공중에 솟아올라"부터 "여덟 폭 운모병을 옥난간에 두른 듯"까지는 은거지 주변의 전체적인 풍광을 노래한 것이다.

이어서 자천대의 우뚝하고 늠름한 모습을 찬양하였다. 자천대는 세속적 논리에 휘둘리지 않고 자신의 뜻을 굽히지 않는, 그렇기 때문에 큰 하늘을 능히 떠받칠 수 있는 존재로 형상화되었다는 점에서 오랑캐인 청나라와 힘의 논리에 압도되어 그들에게 굴복하려고 하는 조정의 무리들에 대항하여 어떤 고난이 닥쳐도 대의명분을 굳건히 지키려는 화자의 모습을 담고 있다.

이어서 가을과 겨울의 풍광을 노래하고 있다. 가을의 풍광은 자규성과 소상죽이 표상하는바 우울하고 어두운 분위기이면서 태평성대인 형포석을 꿈꾼다는 점에서 화자의 현실 인식과 지향을 읽어 낼 수 있다. 겨울의 풍광에서는 고고한 절개를 지키는 소나무에 초점을 맞추고 있다는 점에서 자천대의 이미지와 맥을 같이한다.

이 안에서 화자가 할 수 있는 일은 벗들과 고기를 잡고 술을 마시는 일뿐이다. 그러면서 이와 같은 생활을 황량반에서 알 수 있는바, 속세를 초월한 선계의 생활이라고 하였다.

이어지는 내용도 속세와의 격절성과 그 안에서의 질박한 삶의 즐거움을 노래하고 있는데, 이는 흡사 안회의 안빈낙도를 연상케 한다.

여기까지가 3년 동안의 자천동에서의 은거 생활이며 이어지는 단락에서 12월에 조정으로부터 심양으로 떠나라는 명령을 받아 지체 없이 행장을 꾸려 떠남으로써 자천동 생활은 끝을 맺는다. 이어지는 내용은 치욕스럽게 청나라로 떠나는 상황에서의 이러저러한 회포를 표현하고 있다.

이 부분은 앞서 언급한바, 중화가 오랑캐에 의해 굴복당한 상황에 대한 회한으로 점철되어 있다. 기필코 원수를 갚겠다는 다짐을 여러 가지 표현을 통해 드러내는 것으로 작품이 마무리된다.

이 작품은 전기 강호 가사의 강호 형상이 17세기에 어떻게 계승되고 있으며, 명나라와 조선, 청나라 등에 대한 17세기 사대부의 인식이 어떠했는가를 살펴볼 수 있다는 점에서 의미가 있다.

월선헌십육경가 月先軒十六景歌

오산烏山 서쪽 외로운 마을이 나의 은거지[菟裘]•로다

돌밭[石田]과 초가집[茅屋]에서 평생 살려[終老] 기약期約터니

명강•이 힘이 있어 십 년[十載]을 분주•하니

높고 높은 붉은 티끌[千丈紅塵]에 검은 머리 다 세었다

전원田園이 거칠거든 송국•을 뉘 가꾸며

구맹이 차 있으니• 학의 원망[鶴怨]• 없을소냐

객지[旅館]의 등불[靑燈]• 아래 장석음•을 제 뉘 알리

벼슬길[宦海]에 풍랑이 갑자기[猝然] 일어나니

굴곡[岨峿] 많은 외로운 몸[孤蹤] 죄는 어이 지었던고

토구菟裘 본래는 춘추 시대 노나라의 지명인데, 정계에서 물러나 은거하는 곳이나 노년을 보내는 곳이라는 의미로 쓰인다. 『춘추좌씨전(春秋左氏傳)』에 "은공(隱公)이 '토구에 집을 짓고 내 장차 그곳에서 늙으리라' 하였다(隱公曰 使營菟裘 吾將老焉)"라는 기록이 있다.

명강名韁 명예라는 굴레.

분주奔走 바쁘게 뛰어다님.

송국松菊 소나무와 국화.

구맹鷗盟**이 차 있으니** 갈매기와 맹세한 날짜가 다 됐으니. '구맹(鷗盟)'은 갈매기와 벗하기로 맹세하였다는 뜻으로, 자연에 은거함을 말한다.

학원鶴怨 중국 남제(南齊) 때 공치규는 「북산이문(北山移文)」이라는 글에서, 일찍이 북산에서 은거하다가 변절하여 벼슬길에 나간 주옹(周顒)을 책망하며 다음과 같이 썼다. "혜초의 장막은 텅 비어 밤학이 원망하고, 산중 사람이 떠나니 새벽 원숭이가 놀란다(蕙帳空兮夜鶴怨 山人去兮曉猿驚)."

장석음莊舃吟 장석은 중국 전국 시대 월나라 사람으로, 초나라에서 벼슬을 하며 높은 관직에 올랐으나, 병이 들자 고국을 그리워하며 월나라의 노래를 불렀다고 한다.

밝은 때[明時] 허물 있어[負譴] 버려진 몸 되었으니

주저하는[遲遲] 모습[行色]이 그립다[眷戀] 어이하리

서호西湖 옛집[舊業]에 필마匹馬로 돌아오니

적막한 촌구석[荒村]에 헌 집 몇 칸[破屋數間]뿐이로다

어와 이 생애 이리하여 어이하리

원림園林 높은 곳에 작은 집[小堂]을 지어 내니

창문[軒窓]이 맑은데[蕭灑] 시야[眼界]조차 넓을시고

오솔길[三逕]의 솔과 대[松篁]*는 새 빛을 띠어 있고

십리강산十里江山이 눈앞[望中]에 벌었으니

창문과 난간[月戶風欄]*에 일없이 기대 있어

듣거니 보거니 흥취[勝趣]도 많고 많다

호수[湖天]의 봄빛이 북두칠성[斗柄] 따라 돌아오니

양지편[陽坡] 가는 풀은 새싹이 푸르렀고

모래톱[沙汀]의 약한 버들 옛 가지를 늘일 적에

강성江城의 늦은 빗발 긴 들로 건너오니

상쾌한[淸爽] 저 경치[景槪] 시흥詩興도 돕거니와

약밭[藥圃] 산전山田을 금방이면 갈리로다

이봐 아이들아 소 잘 먹여스라

오솔길[三逕]의 솔과 대[松篁]　삼경(三逕)은 뜰 앞에 난 세 갈래 오솔길로, 은자의 은거지를 의미한다. 동진 시대 문인 도연명(陶淵明)의 「귀거래사(歸去來辭)」에 "세 오솔길은 황폐해져 가는데 소나무와 국화는 오히려 남아 있네(三逕就荒 松菊猶存)."라는 구절이 있다.
월호풍령月戶風欄　달빛이 들이비치는 창문과 서늘한 바람이 불어오는 난간.

여와씨* 하늘 깁던 늙은 돌이 남아 있어

서창西窓 밖 지척에 난필봉[亂筆]이 되었으니

쌓였거니 서 있거니 기이도 하구나

큰 소나무[長松] 흩은 속에 포기마다 꽃이 피니

적성赤城 아침 비에 붉은 안개 젖은 듯

술 차고 노는 사람 빈 날 없이 올라가니

흐드러진[爛熳] 봄 경치[春光]를 몇 가지나 본떴던고

금오산* 십이봉이 넓은 들[大野]에 둘렀으니

나는 듯 머무는 듯 기상도 뛰어나다[奇勝]

분주[多事]한 산기운[靑嵐]이 푸른 산[翠黛]*에 비껴 있어

모였다 흩어졌다 모양[態度]도 다양하다

푸른[蒼然] 진면목이 보이는 듯 숨는 모양은

용면*의 솜씨[妙手]로 수묵병풍[水墨屛]을 그린 듯

남은 꽃[殘花] 벌써 지고 낮[白日]이 점점 길어지니

긴 둑[長堤]의 여린 잎[嫩葉]이 새 그늘 어릴 적에*

사립문[荊扉]을 기대 닫고 낮잠을 잠깐 드니

여와씨女媧氏 중국의 천지 창조 신화에 나오는 여신. 오색 돌을 가지고 하늘의 갈라진 곳을 메우고, 큰 거북의 다리를 잘라 하늘을 떠받쳤으며, 갈짚의 재로 물을 빨아들이게 하였다고 한다. 얼굴은 사람이며 몸은 뱀이다.
금오산金烏山 충남 예산군 예산읍에 있는 산.
취대翠黛 눈썹을 그리는 데 쓰는 먹이나 미인의 고운 눈썹을 뜻한다. 멀리 보이는 푸른 산의 모양을 비유적으로 이르는 말이다.
용면龍眠 중국 송나라 때의 유명한 화가 이공린(李公麟)의 호.
새 그늘 어릴 적에 새로운 그늘이 만들어져 어른거릴 적에.

교만한 꾀꼬리 깨울 일이 무엇인고

깊고 좁은 길에 풀과 안개[草煙] 깊은 곳에

목동의 피리 소리[牧笛三弄聲] 한가한 흥[閑興]을 돕는다

오서산* 뚜렷한 봉 공중[半空]에 닿았으니

천지[乾坤]의 원기元氣를 네 혼자 타고났구나

아침저녁[朝暮] 잠긴 안개 바라보니 기이하다

몇 번이나 시우* 되어 세공*을 이루었나

오동잎이 지고 흰 이슬 서리 되니

서담* 깊은 곳에 가을빛[秋色]이 늦어 있다

온 숲의 단풍잎이 이월화를 부러워할까*

동녘 언덕 밖의 크나큰 넓은 들에

넓디넓은[萬頃] 누런 구름[黃雲]* 한 빛이 되어 있다

중양절[重陽]*이 가까웠다 내 놀이[川獵]* 하자스라

붉은 게 여물고 누런 닭이 살졌으니

오서산烏棲山 충남 홍성과 보령에 있는 산.
시우時雨 농사철에 때맞춰 내리는 비.
세공歲功 해마다 철을 따라 짓는 농사. 곡식을 자라게 한 공.
서담西潭 서쪽에 있는 못.
온 숲[千林]**의 단풍잎**[錦葉]**이 이월화**二月花**를 부러워할까** 중국 당나라 시인 두목(杜牧)의 시 「산행(山行)」의 한 구절이다. "멀리 늦가을 산 비탈길을 오르니 흰 구름 이는 곳에 인가가 있네. 수레 멈추고 앉아 늦가을 단풍 숲을 즐기니 서리 맞은 이파리 이월의 꽃보다 붉구나 (遠上寒山石徑斜 白雲生處有人家 停車坐愛楓林晚 霜葉紅於二月花)."
황운黃雲 벼가 누렇게 익은 가을 들판.
중양重陽 음력 9월 9일.
천렵川獵 냇가에서 고기나 가재 등을 잡고 노는 놀이.

술이 익었으니 벗이야 없을소냐

전가田家의 흥미는 날로 깊어 가노매라

살여울 긴 모래밭에 밤불[夜火] 밝았으니

게 잡는 아이들이 그물을 흩어 놓았고

호두포* 감돈 굽이에 아침 물(밀물)이 밀려오니

돛단배 뱃노래[欸乃聲]는 고기 파는 장사로다

풍경[景]도 좋거니와 생활[生理]이 괴로우랴

가을이 다 지나고 겨울바람[北風] 높이 부니

긴 하늘 넓은 들에 저녁 눈[暮雪]이 날리더니

이윽고 온 마을[境落]이 각별各別한 천지 되어

원근遠近 봉우리[峯巒]는 백옥白玉을 묶어 놓은 듯

들의 집과 강 마을[野堂江村]을 옥[瓊瑤]으로 꾸몄으니

조물주[造化]가 헌사한 줄 이제야 더 알겠노라

날씨[天氣]가 매섭게 추워[凜烈] 얼음과 눈[氷雪] 쌓였으니

들과 뜰[郊園]의 초목이 다 시들어[摧折] 버렸거늘

창밖에 심은 매화 은은한 향[暗香] 머금었고

언덕 위에 서 있는 솔 푸른빛이 그대로니[依舊]

본래 생긴 절개[節]가 날이 춥다[歲寒] 변할소냐

앞산에 자던 안개 햇볕을 가리니

....

호두포狐頭浦   충남 예산군 신암면 종경리에 있는 포구로 무한천의 하류이다.

대밭[竹林]에 뿌린 서리 미처 못 녹았구나

작은 향로[小爐] 내서 켜고 창을 닫고 앉아 있어

한 줄기[一炷] 맑은 향기[淸香]에 세상 걱정[世念] 그쳤으니

그릇[簞瓢]*이 비었다고 흥이야 없을소냐

내 건너 딴뫼* 아래 거친 마을 두세 집이

고목나무[老樹] 사립문[柴門]에 성긴 내* 비꼈으니

희미[依稀]한 울타리 그림 속[畵圖中] 같을시고

소와 양[牛羊]이 내려오니 오늘도 저무누나

석문* 높은 봉에 석양이 밝았는데

울며 가는 기러기 가는 듯 돌아오니

형양[衡陽]이 아니로되 회안봉*은 여기런가

석양[斜陽] 긴 다리에 오며 가며 하는 행인

어디로 향하느라 바삐 가는가

용산[龍山] 외로운 절 언제부터 있었던고

경자* 맑은 소리 바람 섞여 지나가니

단표簞瓢　최소한의 먹을거리인 '한 대바구니의 밥과 한 표주박의 물', 즉 '일단사일표음(一簞食一瓢飮)'의 준말이다.
딴뫼　외따로 떨어져 있는 산이나 마을을 '딴뫼'라고 부른 경우가 많다. 독산동(獨山洞)의 옛 이름이 '딴뫼마을'이다.
성긴 내　안개나 연기.
석문石門　충남 예산에 있는 가야산의 봉우리.
회안봉廻雁峯　회안봉은 중국 호남성 형양현 남쪽에 있는 형산 72봉 중 하나이다. 전설에 의하면 북쪽에서 날아온 기러기가 가을에 회안봉까지 와서 머물렀다가 봄이 되면 다시 북쪽으로 돌아간다고 해서 붙여진 이름이라고 한다.
경자磬子　절에서 부처님께 예불을 드릴 때 치는 작은 종.

알겠도다 늙은 중이 예불할 때로다

강 다리[江橋] 찬 나무에 어둠[暝色]이 드리우니

갈까마귀[棲鴉] 날아들고 푸른 산이 멀리 뵌다

괜한 시름[閑愁] 금치 못해 휘파람을 길게 불고

대나무[修竹]에 기대어 달빛을 기다리니

심술궂은 열구름* 가리기는 무슨 일고

거센 바람[長風] 헌사하여 하늘[玉宇]을 쓸어 내니

한 조각[一片] 빙륜*이 맑은 빛이 여기로 왔다

온 봉우리[千岩] 골짜기[萬壑]에 싫도록 밝았으니

단대[檀臺] 늙은 솔의 가지를 세리로다

성긴 발[疎簾]을 다시 걷고 깊은 밤에 앉았으니

동산[東峯]에 돋은 달이 서산[西嶺]에 걸리도록

발 기둥에 가득 비쳐 잠자리[枕席]에 쏘였으니

넋이 다 맑으니 꿈[夢寐]엔들 잊을소냐

어와 이 맑은 경치[淸景] 값이 있었다면

적막히 닫은 문에 내 분수로 들어오랴

사조* 없다 함이 거짓말 아니로다

열구름　지나가는 구름.
빙륜冰輪　얼음 바퀴. 얼음처럼 차게 보이는 달을 비유한 말이다. 빙경(冰鏡).
사조私照　삼무사(三無私) 중 하나. 『예기(禮記)』 공자한거(孔子閒居)에 나오는 공자의 말이다. "하늘은 사사로이 덮는 것이 없으며, 땅은 사사로이 실어 기르는 것이 없고, 해와 달은 사사로이 비추는 것이 없다(天無私覆 地無私載 日月無私照)."

초가[茅齋]에 비친 빛이 궁궐[玉樓]이라 다를소냐

맑은 술독[淸樽] 바삐 열고 큰 잔에 가득 부어

죽엽주[竹葉] 약한 술을 달빛 따라 기울이니

표연*한 흥취[逸興]가 제기면* 날리로다

이적선* 이러하여 달을 보고 미쳤도다

춘하추동에 풍경[景物]이 아름답고

주야와 조석[晝夜朝暮]에 보는 것[玩賞]이 새로우니

몸이 한가하나 귀와 눈은 겨를 없다

남은 삶[餘生]이 얼마리 백발이 날로 기니

세상 공명은 계륵*과 다를소냐

강호 어조魚鳥와 새 맹세 깊었으니

옥당금마*의 몽혼*이 섞이었다

태평성대[草堂煙月]에 시름없이 누워 있어

표연飄然 매인 곳이나 거침이 없음.
제기면 발뒤꿈치를 들면.
이적선李謫仙 중국 당나라 시인 이태백.
계륵鷄肋 닭의 갈비. 전국 시대 위나라의 승상 조조는 촉나라 유비와 한중이라는 땅을 차지하기
위해 싸우다가 계속 싸울지 말지 고민하였다. 밤이 되어 부하가 암호를 묻자 '계륵'이라고 했다. 부
하들은 대부분 계륵이 무슨 뜻인지 몰랐으나, 주부로 있던 양수만이 조조의 마음을 읽고 짐을 꾸
리라고 하였다. 사람들이 이유를 묻자 "닭갈비는 먹을 만한 살은 없지만 버리기는 아까운 것이다.
한중 땅을 버리기는 아깝지만 희생을 감수할 만큼 대단한 곳도 아니라는 뜻이니 승상께서 돌아가
기로 결심하신 것이다"라고 했다. 이후 조조는 양수가 군기를 누설했다는 이유로 목을 베었다.
옥당금마玉堂金馬 금마는 금마문(金馬門)을 말한다. 중국 한나라 때 미앙궁의 문 앞에 구리 말을 세
웠기 때문에 이를 금마문이라고 하였다. 옥당(玉堂)은 옥당서(玉堂署)로, 왕의 명령을 문서로 만들어
관리하던 한림원의 별칭이다. 두 가지 모두 임금을 가까이서 모시는 고관대작을 의미한다.
몽혼夢魂 꿈속의 넋.

막걸리[村酒]에 물고기[江魚]로 종일 취키[長日醉] 원하노라

이 몸이 이렇게 구는 것도 임금님의 은혜[亦君恩]로다

———

신계영辛啓榮(1577~1669년)의 본관은 영산靈山이며, 자는 영길英吉, 호는 선석仙石으로, 호조좌랑 종원宗遠의 아들이다. 1601년(선조 34년) 사마시에 합격하여 생원이 되었으나 벼슬에 대한 뜻을 버리고 충남 예산으로 낙향하였다. 1619년(광해군 11년) 알성문과에 병과로 급제한 이후, 검열을 거쳐, 병조 좌랑과 예조 좌랑 등을 역임하였다. 1624년(인조 2년) 통신사 정립鄭岦의 종사관이 되어 일본에 건너가 임진왜란 때 포로가 되어 잡혀간 조선인 146명을 데리고 돌아왔다. 1634년에 동부승지가 되었고, 1637년에는 속환사贖還使로 심양에 가서 병자호란 때 포로로 잡혀간 600명의 여인을 데리고 돌아왔다. 그 뒤 나주 목사, 강화 유수, 전주 부윤 등을 역임하였으며 1639년과 1652년에도 청나라에 다녀왔다. 79세인 1655년에 사직하고 고향에 돌아왔으며, 1665년(현종 6년)에 지중추부사가 되어 기로소耆老所에 들어갔고, 1667년에는 판중추부사에 특제되었다. 시호는 정헌靖憲이며, 시문집『선석유고仙石遺稿』가 있다.

이 작품은 작가가 79세인 1655년에 고향인 충남 예산에 돌아와 지은 작품이다.

「월선헌십육경가」의 공간은 한마디로 조화와 풍요의 공간이다. 이 작품은 서사-본사-결사로 구성되어 있다. 서사에서는 관료 생활에 대한 회고와 귀전원歸田園의 과정을 서술하고 있다. 본사에는 월선헌 주변의 자연 경관과 백성들의 삶, 화자의 모습 등 자연과 인간의 모습이 함께 서술되어 있는데, 전반부에서는 사계의 자연과 인간의 모습을, 후반부에서는 계절과 관련이 없는 자연과 인간의 모습을 담아내고 있다. 이것들은 모두 자연의 섭리와 조화(성리학적 이법) 그리고 자연의 섭리에 따라 여유롭고 풍요롭게 생활하는 백성들의 모습을 상징한다.

즉 「월선헌십육경가」에 제시된 공간은 조화로운 자연과 자연의 섭리에 따라 풍요롭고 평화롭게 살아가는 백성들로 이루어진 태평성대를 표상하는 공간이라 할 수 있다. 그리고 이런 성격의 공간은 앞서 살펴본바, 송순의 「면앙정가」에서 구현된 바 있으며, 그것은 유교적 이상 사회의 비전을 담고 있다.

아래 인용문은 조선 시대 국문 시가의 자연 공간이 '관념적 강호'에서 '구체적인 삶의 공간', 즉 '전가田家'로 변화된 모습을 보여 준다는 점에서 17세기 시가사에서 주목을 받은 바 있다.

"서담 깊은 곳에 가을빛이 늦어 있다 / 온 시우 숲의 단풍잎이 이월화를 부러워할까 / 동녘 언덕 밖의 크나큰 넓은 들에 / 넓디넓은 누런 구름 한 빛이 되어 있다 / 중양절이 가까웠다 내 놀이 하자스라 / 붉은 게 여물고 누런 닭이 살졌으니 / 술이 익었으니 벗이야 없을소냐 / 전가의 흥미는 날로 깊어 가

노매라 / 살여울 긴 모래밭에 밤불 밝았으니 / 게 잡는 아이들
이 그물을 흩어 놓았고 / 호두포 감돈 굽이에 아침 물(밀물)이
밀려오니 / 돛단배 뱃노래가 고기 파는 장사로다"

　그런데 인용문에 제시된 '누런 구름', '붉은 게 여물고 누런 닭', '밤
불', '뱃노래', '고기 파는 장사' 등은 아무런 걱정 없이 생업에만 종사
하는 백성들의 모습을 의미하며, 이것들은 조선 초기부터 관료 문인들
에 의해 태평성대를 형상하는 데 관습적으로 사용된 소재(code)들이다.
이전 시기와 차이가 있다면, 16세기까지는 '황운黃雲', '자해황계紫蟹黃
鷄', '어화漁火', '어가漁歌' 등이 단순한 단어 차원에서 사용된 데 비해,
이 작품에서는 이 소재들이 보다 구체적인 상황으로 제시되었다는 점
이다.

　상황의 구체적 제시는 사실성의 강화와 관련하여 17세기부터 나타
나는 가사 문학의 중요한 변화 중 하나라는 점에서 문학사적으로 주
목할 필요가 있다. 따라서 이 작품은 관습적 소재의 활용을 통해 전형
적 세계(유가적 이상 세계)를 구현하고, 공간의 형상 및 성격 등은 조선 초
기 원림 문학 및 16세기 송순의 「면앙정가」를 계승하고 있으며, 상황
의 구체적 제시라는 서술 태도의 측면에서는 사실성과 구체성의 강화
라는 조선 후기 근대이행기 문학의 특성을 보이고 있다고 할 수 있다.

유배 가사

만분가 萬憤歌

천상天上 백옥경白玉京 십이루十二樓 어드메요

오색구름[五色雲] 깊은 곳에 자청전紫淸殿이 가렸으니

하늘 문[天門] 구만 리를 꿈에라도 갈동말동

차라리 사그라져 억만 번 변화하여

남산南山 늦은 봄에 두견杜鵑의 넋이 되어

배꽃[梨花] 가지 위에 밤낮을 못 울거든

삼청동•안에 저문 한 열구름 되어

바람에 흘려 날아 자미궁紫微宮에 날아올라

옥황상제[玉皇] 상 앞[香案前]의 지척에 나아 앉아

가슴속[胸中]에 쌓인 말씀 실컷 아뢰리라

어화 이내 몸이 천지간에 늦어 나니

황하수黃河水 맑다마는

초객•의 후신後身인가 상심도 끝이 없고

가태부•의 넋이런가 한숨은 무슨 일고

삼청동 삼청동은 신선이 사는 마을이다.
초객楚客 초나라의 굴원.
가태부賈太傅 중국 한나라 때의 충신 가의.

형강荊江은 고향이라 십 년을 유랑[流落]하니

백구와 벗이 되어 함께 늙자 하였더니

어르는 듯 괴는 듯* 남에 없는* 임을 만나

금화성 백옥당*이 꿈에조차 향기롭다

오색실 이음 짧아 임의 옷을 못 하여도

바다 같은 임의 은혜 추호*나 갚으리라

백옥 같은 이내 마음 임 위하여 지키더니

장안長安 어젯밤에 무서리 섞어 치니

일모수죽*의 취수도 냉박할샤*

난초[幽蘭]를 꺾어 쥐고 임 계신 데 바라보니

약수* 가려진 데 구름 길이 험하구나

다 썩은 닭의 얼굴 첫맛도 채 몰라서

초췌한 이 얼굴이 임 그려 이러한가

천 겹 파도 한가운데 백척간*에 올랐더니

어르는 듯 괴는 듯 '어르다'는 '배필로 삼는다'는 뜻이며, '괴다'는 '사랑한다'는 뜻이다.
남에 없는 남에게는 없는 특별한.
금화성金華省 **백옥당**白玉堂 중국 절강성 금화현의 북쪽에는 금화산이 있는데, 이곳에서 적송자(赤松子)가 득도를 하여 신선이 되었다고 한다.
추호秋毫 가을 기러기 털. 아주 미세한 크기나 양을 의미하는 말이다.
일모수죽日暮脩竹 해 질 녘 긴 대나무에 의지하여 섬.
취수翠袖**도 냉박**冷薄**할샤** 푸른 소매도 얇고 차구나. 두보의 시 「가인(佳人)」의 한 구절. "차가운 날씨에 얇은 옷 입고 저물녘 긴 대나무에 기대어 섰네(天寒翠袖薄 日暮倚脩竹)."
약수弱水 부력이 전혀 없어서 인간은 건널 수 없는 강.
백척간百尺竿 백 척 높이의 장대 끝.

무단無端한 돌개바람[羊角風] 환해* 중에 내리나니

억만 길[億萬丈] 소沼에 빠져 하늘 땅을 모르겠다

노나라 흐린 술에 한단이 무슨 죄며*

진인이 취한 잔에 월인이 무슨 탓인고*

성문城門 모진 불에 옥석玉石이 함께 타니

뜰 앞에 심은 난蘭이 반이나 시들었네

오동梧桐 저문 비에 외기러기 울며 갈 제

관산만리關山萬里 길이 눈에 암암 밟히는 듯

청련시* 고쳐 읊고 팔도 한을 스쳐보니

화산華山에 우는 새야 이별도 괴로워라

망부* 산전山前에 석양이 거의로다

기다리고 바라다가 안력*이 다했던가

낙화落花 말이 없고 벽창碧窓이 어두우니

환해臣海 벼슬살이.
노魯**나라 흐린 술에 한단**邯鄲**이 무슨 죄며** 중국의 춘추 전국 시대에 초왕이 제후들을 모이게 하니, 노나라와 조나라가 모두 초왕에게 술을 바쳤다. 노나라의 술은 묽고 조나라의 술은 독했다. 초나라의 술을 담당하는 관리가 조나라에서 술을 구했는데, 조나라가 주지 않았다. 이에 관리가 화를 내며 조나라의 독한 술을 노나라의 묽은 술과 바꾸라고 아뢰었다. 초왕은 조나라의 술이 묽다는 이유로 한단(조나라의 수도)을 포위하였다. 즉 본문에서는 노나라의 술이 흐린 것이 조나라(한단)와 무슨 상관이 있느냐는 의미이다.
진인秦人**이 취한 잔에 월인**越人**이 무슨 탓인고** 중국 춘추 시대에 진나라와 월나라는 너무 멀리 떨어져 있었기 때문에 서로 아무런 관심이 없이 살았다. 진월(秦越)이라는 말은 아무 관련이 없는, 소 닭 보듯 하는 사이라는 의미이다.
청련시靑蓮詩 당나라 시인 이백의 시.
망부望夫 남편이 돌아오기를 기다림.
안력眼力 시력.

92 • 유배 가사

입 노란 새끼 새들* 어미도 그리는가

팔월 추풍秋風이 띠집을 거둬 내니

빈 깃에 싸인 알이 재앙을 못 면토다*

생리生離 사별死別을 한 몸에 혼자 만나

삼천 길[三千丈] 백발白髮이 하룻밤[一夜]에 길었구나

풍파에 헌 배 타고 함께 놀던 저 무리[類]야

강천江天 지는 해에 배와 노[舟楫]는 걱정 없나[無恙]

밀거니 당기거니 염예퇴*를 겨우 지나

만 리 붕정*을 멀리나 견주더니

바람에 다 부딪혀 흑룡강*에 떨어진 듯

천지 끝이 없고 어안*이 무정하니

옥 같은 얼굴[面目]을 그리다가 말런지고

매화나 보내고자 역로驛路를 바라보니

옥량명월*을 예보던 낯빛인 듯*

봄볕[陽春]을 언제 볼까 눈비를 혼자 맞아

입 노란 새끼 새들 어린 새의 부리는 대체로 노랗기 때문에 노란 색은 어린 것을 의미한다.
빈 깃에 싸인 알이 재앙을 못 면토다 보호를 받지 못하는 알이 물과 불의 재앙을 못 면한다.
염예퇴灩澦堆 중국 사천성에 있는 물길이 험한 곳.
붕정鵬程 대붕이 날아가는 여정. 대붕은 하루에 구만 리를 날아간다는, 매우 큰 상상의 새로, 붕정은 매우 먼 여정을 뜻한다.
흑룡강黑龍江 만주 북쪽에 있는 강.
어안魚雁 물고기와 기러기.
옥량명월玉樑明月 옥으로 만든 대들보에 걸린 밝은 달.
예보던 낯빛인 듯 옛날에 보던 모습인 듯.

푸른 바다[碧海] 넓은 가에 넋이 따라 흩어지니

나의 긴 소매를 누굴 위해 적시는고

옥황상제[太上] 일곱 분[七位]이 신선[玉眞君子]의 명이시니

천상 남루南樓에서 생황 피리[笙笛] 울리시며

지하 북풍北風의 죽을 운명[死命] 벗기실까

죽기도 운명[命]이요 살기도 하늘이니

진채지액*을 성인聖人도 못 면하니

죄 없이 갇히기[縲絏非罪]를 군자인들 어이하리

오월 서릿발[飛霜]이 눈물로 어리는 듯

삼 년 큰 가뭄[大旱]도 원한[冤氣]으로 되었도다

초수남관*이 고금에 한둘이며

백발황상*에 서러운 일도 많고 많다

온 세상[乾坤]이 병이 들어 어지러이[混沌]이 죽은 후에

하늘이 신음[沈吟]할 듯 관색성*이 비치는 듯

나라 위한 충정[孤情依國]에 원통함[冤憤]만 쌓였으니

차라리 할마*같이 눈 감고 지내고저

진채지액陳蔡之厄 공자가 진나라와 채나라에서 겪은 고난.
초수남관楚囚南冠 초나라의 종의(鐘儀)가 초나라의 관(冠)인 남관(南冠)을 쓰고 갇혔다는 말에서 유래
한 것으로 죄수를 뜻한다.
백발황상白髮黃裳 고위직의 늙은 신하.
관색성貫索星 별자리 중에서 관색성은 감옥을 의미하는데, 사람의 운명에 관색성이 비치면 감옥
에 있을 운명이라고 한다.
할마瞎馬 한쪽 눈이 먼 말.

아득하고[蒼蒼] 막막하여 못 믿을손 조물주[造化]로다

이러나저러나 하늘을 원망할까

도척•도 잘 놀고 백이伯夷도 굶어 죽으니[餓死]

동릉이 높은 것인가 수양이 낮은 것인가•

남화• 삼십 편篇에 의논도 하도 할샤

남가의 지난 꿈•을 생각하니 싫고 밉네

고국 송추•를 꿈에 가 만져 보고

조상[先人] 무덤[丘墓]을 깬 후에 생각하니

구회간장•이 굽이굽이 끊어졌네

더운 바다 습한 구름[瘴海陰雲] 대낮[白晝]에 흩어지니

호남湖南 어느 곳이 요괴[鬼魅]•의 소굴[淵藪]•인지

이매 망량•이 많이많이 퍼진 끝에

백옥은 무슨 일로 쉬파리의 집이 되고•

도척盜跖 옛날 큰 도둑의 이름.
동릉東陵**이 높은 것인가 수양**首陽**이 낮은 것인가** 백이와 숙제는 수양산 아래서 죽었고, 도척은 동릉 위에서 죽었기 때문에, 수양과 동릉은 각각 백이·숙제와 도척을 의미한다.
남화南華 남화진경(南華眞經), 즉 『장자(莊子)』의 다른 이름이다.
남가南柯**의 지난 꿈** 남가일몽(南柯一夢). 부귀공명을 이룬 한바탕의 헛된 꿈.
고국故國 **송추**松楸 고향의 나무.
구회간장九回肝腸 구곡간장(九曲肝腸). 굽이굽이 서린 창자라는 뜻으로, 깊은 마음속 또는 시름이 쌓인 마음속을 비유적으로 이르는 말이다.
귀역鬼魅 사람을 해치는 요괴. 음험한 마음으로 몰래 남을 해치는 소인배를 의미한다.
연수淵藪 물고기와 육지 동물이 모여드는 못과 숲. 사람과 온갖 사물이 모이는 곳이라는 뜻이다.
이매魑魅 **망량**魍魎 이매와 망량은 산속의 요괴와 물속의 괴물로, 남을 해치는 악인을 의미한다.
백옥白玉**은 무슨 일로 쉬파리**[靑蠅]**의 집이 되고** 석관휴(釋貫休)의 「고의(古意)」라는 시에 다음과 같은 구절이 있다. "어느 날 고력사에게 신을 벗기게 한 후 옥구슬 위에 푸른 파리 한 마리 생겼네. 황제의 책상 앞에 있던 오색 기린이 갑자기 황금 사슬을 끊었네(一朝力士脫靴後 玉上靑蠅生一箇 紫皇案前

북풍에 혼자 서서 끝없이 우는 뜻을

하늘 같은 우리 임이 전혀 아니 살피시니

목련 추국*에 향기로운 탓이런가

반첩여* 왕소군*이 박명*한 몸이런가

군은君恩이 물이 되어 흘러가도 자취 없고

고운 얼굴[玉顔]이 꽃이로되 눈물 가려 못 볼로다

이 몸이 녹아져도 옥황상제 처분이요

이 몸이 사그라져도 옥황상제 처분이라

녹아지고 사그라져 혼백조차 흩어지고

빈 산[空山]의 해골[骷髏]같이 임자 없이 구르다가

곤륜산崑崙山 제일봉의 큰 소나무[萬丈松] 되어 있어

바람비 뿌린 소리 임의 귀에 들리기나

윤회 만겁萬劫하여 금강산 학이 되어

五色麟 忽然制斷黃金鎖)." 고력사는 중국 당나라 현종의 총애를 받던 환관이다. 어느 날 이백이 술에 취해 고력사에게 자신의 신발을 벗기게 하였다. 이에 원한을 품은 고력사는 이백이 「청평조사(淸平調詞)」라는 시를 지어 양귀비를 모욕했다고 모함하여 이백을 조정에서 물러나게 하였다. 옥(玉)은 황제를, 쉬파리(靑蠅)는 간신 고력사를, 기린(五色麟)은 이백을 상징한다. 황금 사슬을 끊었다는 것은 이백이 황제의 곁을 떠난 것을 의미한다.
목련[木蘭] 추국秋菊 "아침엔 목련에서 떨어진 이슬을 먹고, 저녁에는 가을 국화의 떨어진 잎을 먹는다네(朝飮木蘭之墜露兮 夕餐秋菊之落英)." 중국 초나라 굴원이 지은 「이소경(離騷經)」의 한 구절이다.
반첩여班婕妤 중국 한나라 성제의 후궁으로, 처음에는 황제의 총애를 받았으나 중국 4대 미인 중 한 사람인 조비연이 궁에 들어오면서 황제의 총애를 잃게 된다. 황제의 총애를 잃은 슬픔을 노래한 작품이 「원가행(怨歌行)」이다.
왕소군王昭君 중국 전한 원제의 후궁으로 매우 뛰어난 미인이었다. 하지만 황제의 눈에 띄지 못하여 B.C. 33년 흉노의 호한야선우에게 시집갔다. 오랑캐에게 시집가는 슬픔을 노래한 작품이 많다.
박명薄命 기구한 운명.

일만이천봉一萬二千峯에 마음껏 솟아올라

가을 달 밝은 밤에 두어 소리 슬피 울어

임의 귀에 들리기도 옥황상제 처분이다

한이 뿌리 되고 눈물로 가지 삼아

임의 집 창밖에 외나무 매화 되어

눈 속[雪中]에 혼자 피어 머리맡[枕邊]에서 시드는 듯

달빛 받은 성근 그림자[月中疎影] 임의 옷에 비취거든

가여운 이 얼굴을 너로구나 반기실가

봄바람[東風]이 유정하여 향기[暗香]를 불어 올려

고결한 이내 생계 대숲[竹林]에나 붙이고저

빈 낚대 비껴들고 빈 배를 혼자 띄워

백구● 건너 저어 건덕궁●에 가고 지고

그래도 한 마음은 궁궐[魏闕]에 달려 있어

안개 묻은 도롱이 속에 임 향한 꿈을 깨어

일편장안一片長安을 일하●에 바라보고

그르게 여기든 옳게 여기든 이 몸의 탓일런가

이 몸이 전혀 몰라

하늘 길[天道] 막막하니 물을 길이 전혀 없다

백구白溝   중국의 송나라와 요나라의 경계를 가르는 하천. 여기에서는 한강을 의미한다.
건덕궁乾德宮   황제가 있는 궁궐.
일하日下   임금이 계신 곳.

복희씨* 육십사괘六十四卦 천지만물天地萬物 생긴 뜻을

주공周公을 꿈에서 뵈어 자세히 묻고저

하늘이 높고 높아 말없이 높은 뜻을

어와 이내 가슴 산이 되고 돌이 되어

어디 어디 쌓였으며

비가 되고 물이 되어 어디 어디 울며 갈고

아무나 이내 뜻 알 이 곧 있으면

평생토록 사귀며[百歲交遊] 길이 교감[萬世相感]하리라

ㅡ

　「만분가萬憤歌」는 조위曺偉(1454~1503년)가 무오사화(戊午士禍 연산군 4년, 1498년)에 연루되어 의주로 유배되었다가 전남 순천으로 유배지가 옮겨진 후 지은 작품이다. 유배 가사의 효시로 알려져 있으며, 정철鄭澈의 「사미인곡思美人曲」에 영향을 미친 것으로 평가되고 있다. 내용은 임과 이별하게 된 이유와 임에 대한 그리움, 이별의 원통함 등을 옥황상제에게 하소연하는 것이다.

복희씨伏羲氏　중국 전설상의 제왕으로 주역(周易)의 팔괘를 만들었으며, 그물을 발명했다고 한다.

이 작품의 서사는 인간의 몸으로는 옥황상제가 있는 천상 백옥경에 갈 수 없기 때문에 구름이 되어서 옥황상제에게 나아가 "가슴속에 쌓인 말씀 실컷 아뢰리라"라는 내용으로 되어 있다. 이어지는 본사의 내용은 모두 옥황상제에게 화자가 하소연하는 내용이다.

본사의 서두에는 화자가 임과 헤어지게 된 이유가 제시되어 있다. 핵심적인 이유는 무서리와 양각풍羊角風(회오리바람으로 표현된 무오사화戊午士禍)이다. 무오사화로 인해 "옥석이 함께 타니 뜰 앞에 심은 난이 반이나 시들었네"라고 하여, 충신과 귀한 인재들이 수없이 화를 당했음을 이야기하고 있다.

이어서 이별한 임에 대한 그리움과 이유 없이 죄를 뒤집어쓰게 되어 억울하고 원통한 심정을 토로하고 있다. 화자의 억울한 심정은 "노나라 흐린 술에 한단이 무슨 죄며 / 진인이 취한 잔에 월인이 무슨 탓인고"와 "죄 없이 갇히기를 군자인들 어이하리 / 오월 서릿발이 눈물로 어리는 듯 / 삼 년 큰 가뭄도 원한으로 되었도다"라는 언급에서 잘 드러난다.

이어서 암울한 현실을 노래하고 있다. 현실은 소인배들이 득세를 하여 온갖 악행을 저지르는데 충신은 다만 외로이 눈물만 흘릴 뿐이다. 그런데도 "하늘 같은 우리 임이 전혀 아니 살피시니 / 목련 추국에 향기로운 탓이런가"라며 임을 원망하고 있다. 그러면서도 "곤륜산 제일봉의 큰 소나무 되어 있어"라거나 "금강산 학이 되어"라며 슬픈 울음소리를 임에게 들리게 하고 싶은 심정을 토로하고, "그래도 한 마음은 궁궐에 달려 있어"라고 함으로써 임을 향한 연모의 정은 변치 않았음을 이야기하고 있다.

유배 가사에서 중요한 것은 화자와 임의 관계이다. 이 작품에는 「사미인곡」과 마찬가지로 '임'과 '옥황상제'가 등장하는데, 「사미인곡」에서는 '임'과 '옥황상제'가 숙종이라는 동일한 인물인 반면, 이 작품에서는 서로 다른 인물이다.

일반적으로 이 작품에 등장하는 옥황상제를 성종으로 보고 있다. 이는 「사미인곡」에서의 화자와 임의 관계를 그대로 적용한 결과인데, 성종과 조위가 선조와 정철만큼 각별한 군신 관계를 맺고 있었기 때문이다. 하지만 조위에게 성종은 선왕先王이기 때문에 조위가 처한 문제를 해결해 줄 수 없는 반면, 정철에게 선조는 금상今上이기 때문에 정철의 운명을 좌우할 수 있는 힘을 가지고 있었다. 때문에 정철에게 선조는 연모의 대상인 임이었던 것이다.

그러나 이 작품에서 옥황상제는 화자의 억울한 사연을 들어 주고 원한을 풀어 줄 수 있는 존재일 뿐, 그리움이나 연모의 대상은 아니다. 옥황상제는 "이 몸이 녹아져도 옥황상제 처분이요 / 이 몸이 사그라져도 옥황상제 처분이라", "가을 달 밝은 밤에 두어 소리 슬피 울어 / 임의 귀에 들리기도 옥황상제 처분이다"라는 언급에서 알 수 있는바, 인간의 운명을 결정하고 소원을 들어줄 수 있는 신적인 존재이다. 옥황상제에게 억울한 사정을 하소연한 것은 현실에서 화자 자신의 억울함을 풀 방법이 거의 없다고 여겼기 때문이다.

이 작품에서 연모의 대상인 임은 이미 서거한 군주가 아니라 현재 권좌에 있는 군주, 즉 연산군이다. 임을 연모하면서도 목련 추국의 향

기에 빠져 "하늘 같은 우리 임이 전혀 아니 살피시니"라는 임에 대한
탄식과 원망은 연산군의 실정에 대한 원망이라 할 수 있다.

사미인곡 思美人曲

이 몸 만드실 제 임을 따라 만드시니

한평생 연분이며 하늘 모를 일이런가

나 하나 젊어 있고 임 하나 날 사랑하시니

이 마음 이 사랑 견줄 데 전혀 없다

평생에 원하오되 함께 살자 하였더니

늙어서 무슨 일로 홀로 두고 그리는고

엊그제 임 모시고 광한전*에 올랐더니

그 사이에 어찌하여 인간계[下界]에 내려왔나

올 적에 빗은 머리 흐트러진 지 삼 년일세

연지분臙脂粉 있건마는 누굴 위해 곱게 할고

마음에 맺힌 시름 겹겹[疊疊]이 쌓여 있어

짓느니 한숨이요 지느니 눈물이라

인생은 유한하되 시름도 그지없다

무심한 세월은 물 흐르듯 하는구나

덥고 춥기[炎涼] 때를 알아 가는 듯 다시 오니

광한전廣寒殿 옥황상제가 사는 천상의 궁전 건물.

듣거니 보거니 느끼낄 일도 많고 많다

봄바람[東風]이 산들 불어 쌓인 눈[積雪]을 헤쳐 내니

창밖에 심은 매화 두세 가지 피었어라

가뜩이나 담백[冷淡]한데 향기[暗香]는 무슨 일고

황혼에 달이 따라와 베갯머리를 비추니

느끼끼는 듯 반기는 듯 임이신가 아니신가

저 매화 꺾어 내어 임 계신 데 보내고저

임이 너를 보고 어떻다 여기실고

꽃 지고 새잎 나니 녹음이 깔렸는데

비단 장막[羅幃] 적막하고 수놓은 장막[繡幕] 비어 있다

연꽃 병풍[芙蓉] 걷어 놓고 공작 병풍[孔雀] 둘러 두니

가뜩이나 시름 많은데 날은 어찌 길단 말가

원앙 이불 베어 놓고 오색실 풀어내어

금자로 재어서 임의 옷 지어 내니

손재주는 물론이고 격식[制度]도 갖추었네

산호수[珊瑚樹] 지게 위 백옥함[白玉函]에 담아 두고

임에게 보내고저 임 계신 데 바라보니

산인가 구름인가 험하기도 험할시고

천 리 만 리 길에 그 누가 찾아갈고

가더라도 열어 두고 나인가 반기실가

하룻밤 서릿김에 기러기 울며 갈 제

높은 누각 혼자 올라 수정렴*을 걷으니

동산東山에 달이 나고 북극에 별*이 뵈니

임이신가 반기니 눈물이 절로 난다

맑은 빛을 만들어 내니 봉황루鳳凰樓에 부치고저

누樓 위에 걸어 두고 온 천하를 다 비추어

깊은 산 골짜기도 대낮같이 만드소서

온 세상이 뒤덮여서 백설이 한 빛일 제

사람은 물론이고 나는 새도 그쳐 있다

소상瀟湘 남쪽도 추움이 이렇거든

옥루玉樓 높은 데야 더욱 일러 무엇하리

봄기운을 가져다가 임 계신 데 쏘이고저

붉은 치마 여미고 푸른 소매 반만 걷어

저물녘 대밭에서 생각도 많고 많네

짧은 해 쉽게 지니 긴 밤을 곧추어 앉아

푸른 등 건 곁에 세공후* 놓아두고

꿈에라도 임을 보려 턱 받치고 기대니

원앙 이불 차갑구나 이 밤은 언제 샐고

하루도 열두 때 한 달도 서른 날

수정렴水晶簾 수정주렴. 수정을 꿰어서 만든 발.
북극北極**에 별** 어디에서든 북쪽은 임금이 있는 상징적인 방향이다. 따라서 북극성은 임금을 의미한다.
세공후細箜篌 현악기의 일종이다.

잠시라도 생각 말고 이 시름 잊자 하니

마음에 맺혀 있어 뼛속[骨髓]에 사무치니

편작*이 열이 와도 이 병을 어찌 하리

어와 내 병이야 이 임의 탓이로다

차라리 사그라져 범나비나 되오리라

꽃나무 가지마다 간 데 족족 앉았다가

향기 묻힌 날개로 임의 옷에 옮겨 가리

임이야 나인 줄 모르셔도 내 임 따르려 하노라

―

　정철鄭澈(1536~1593년)의 「사미인곡」은 조위의 「만분가萬憤歌」와 비슷하다. 두 작품 모두 유배 가사이며, 임과 살던 곳이 천상이었으며, 임의 사랑을 잃고 지상으로 내쳐진 처지로 설정되어 있다. 이 때문에 조위의 「만분가」를 계승한 작품으로 평가된다.

　주지하다시피 「사미인곡」의 주제는 제목에 표방된 바와 같이 임(美人)을 향한 사랑이다. 임에 대한 사랑은 문학의 가장 보편적인 주제라

편작扁鵲　중국 전국 시대의 유명한 의사.

는 점에서 감상의 초점은 작가가 임에 대한 사랑을 표현하기 위해 어떤 문학적 장치를 사용하고 있느냐가 될 것이다.

정철은 여러 작품에서 자신을 천상에서 인간 세상(하계下界)에 귀양을 온 신선으로 설정하고 있다. 국문 시가 중에서는 「관동별곡」이 대표적인 예이다. 「사미인곡」과 「속미인곡」에서도 화자는 옥황상제와 함께 천상에 살았다고 하였다. 옥황상제가 사는 곳은 신선의 세계이니 화자의 신분은 선녀仙女임을 알 수 있다.

천상에서 화자는 임의 처분에 따라 처지가 바뀌는, 임에게 철저하게 종속된 존재였다. 즉 임의 사랑을 받을 때만 존재할 의미가 있다. 따라서 사랑을 잃은 것은 존재의 의미를 상실한 것이다. 임의 사랑을 잃은 대가는 하계로의 추방이다. 천상에서는 어떤 방식으로든 임과 재회할 가능성이 있다. 하지만 하계의 인간은 우연이라도 천상의 임을 만날 수 없다. 하계로의 추방은 이처럼 재회의 가능성이 완전히 없어진 절대적인 절망의 상태인 것이다. 서사는 이와 같은 화자의 절대적 절망 상태를 이야기하였다. 따라서 화자 자신을 천상계에서 지상계로 귀양 온 신선(적강선謫降仙)으로 설정한 것은 자신의 상황이 그만큼 어렵고 절망적이라는 것을 표현한 문학적 기교라고 할 수 있다.

이어지는 본사는 임을 향한 화자의 변함없는 그리움을 노래하고 있다. 화자의 임에 대한 사랑은 임을 따를 수만 있다면 자신의 몸이 사그라져 범나비가 되어도 좋다고 할 정도로 강렬하고 절대적이다. 임이 알든 말든 상관없다는 것은 자신의 사랑이 그만큼 순수하고 절대적임을 의미한다.

본사의 내용은 '만날 가능성이 전혀 없는 절망적인 상태에서도 임을 향한 순수하고 절대적이며 비할 데 없는 강렬한 사랑은 영원히 변치 않겠다는 다짐'으로 요약할 수 있으며, 이것이 이 작품의 주제이다. 수사와 작품의 구조, 임과 화자의 관계 등은 모두 이와 같은 화자의 의도를 부각시키고 강조하기 위한 문학적 장치라고 할 수 있다.

춘하추동春夏秋冬이라는 시간적 흐름, '절망적 처지(서사)-그리움(본사)-사랑의 영원함 다짐(결사)'이라는 전개 방식은 이 작품의 구조적 특징이다. 계절에 따른 풍경을 먼저 서술한 후 자신의 내면을 풀어내는 선경후정先景後情의 수사 기법, 임에 대한 그리움에 집중된 정서, 임에게 철저히 종속적인 화자의 위치 등도 이 작품의 또 다른 특징이다. 이와 같은 특징들은 '애정 가사'의 전형적인 특징이라 할 수 있다.

여기에서 우리는 중세 문학의 한 특징을 발견할 수 있다. 개성적인 표현보다 주제를 부각시키는 데 초점을 맞춘다는 것이다. 이른바 '관습慣習의 미학美學'이라는 것이 그것이다. 중세 문학에서 느끼는 천편일률적인 표현과 정서 등은 중세 문학 작품이 작가성이나 개성보다는 중세적 가치에 기반한 전형적 주제를 얼마나 선명하게 드러내는가에 관심을 집중하고 있음을 의미한다. 「사미인곡」과 「속미인곡」은 이와 같은 동아시아 중세 문학의 특징을 잘 담고 있으면서, 조선 후기 애정 가사의 전범이 되고 있다는 점에서 의미가 있다.

한편 유배 가사에서 나타나는 군주에 대한 변치 않는 충성심은 재출사를 위한 아부가 아니다. 불우한 처지에서도 원망하지 않고(빈이무원貧而無怨) 도를 즐기는 것(안빈낙도安貧樂道)과 마찬가지로, 극도의 고난 속에서도 군주, 즉 나라를 걱정하며 충성심이 변치 않는 것이 사대부가 견지해야 할 올바른 삶의 태도였기 때문이다.

속미인곡 續美人曲

【갑녀】

저기 가는 저 각시 본 듯도 하구나

천상 백옥경[•]을 어찌하여 이별하고

해 다 져 저문 날에 누굴 보러 가시는고

【을녀】

어와 그대구려 이내 사설 들어 보오

내 얼굴 이 거동이 임 사랑할 만한가마는

어쩐지 날 보시고 너로구나 여기실세

나도 임을 믿어 다른 뜻이 전혀 없어

응석이야 교태야 어지러이 하였던지

반기시는 낯빛이 예와 어찌 다르신고

누워 생각하고 일어나 앉아 헤아리니

내 몸에 지은 죄 산같이 쌓였으니

하늘이라 원망하며 사람이라 허물하랴

백옥경白玉京　옥황상제가 사는 곳.

서러워 풀어 생각하니 조물주[造物]의 탓이로다

【갑녀】

그것일랑 생각 마오 맺힌 일이 있소이다

【을녀】

임을 모신 바 있어 임의 일을 내 알거니

물 같은 얼굴이 편하실 적 몇 날인고

봄추위[春寒] 무더위[苦熱] 어찌하여 지내시며

가을철[秋日] 겨울날[冬天]은 누가 모셨는고

죽조반[粥早飯] 조석 진지 예와 같이 드시는고

임 계신 곳 소식을 어떻게든 알자 하니

오늘도 저물었네 내일이나 사람 올까

내 마음 둘 데 없다 어디로 가잔 말고

잡거니 밀거니 높은 산에 올라가니

구름은 물론이고 안개는 무슨 일고

산천이 어두우니 일월을 어찌 보며

지척을 모르거든 천 리를 바라보랴

차라리 물가에 가 뱃길이나 보려 하니

바람이야 물결이야 어지럽게 되었구나

사공은 어디 가고 빈 배만 걸렸는고

강가[江天]에 혼자 서서 지는 해를 굽어보니

임 계신 곳 소식이 더욱 아득하구나

초가[茅簷] 찬 자리에 밤중에 돌아오니

벽에 걸린[半壁] 청등靑燈은 누굴 위해 밝았는고

오르며 내리며 헤매며 서성이니

잠깐 사이 지쳐서[力盡] 풋잠을 잠깐 드니

정성이 지극하여 꿈에 임을 보니

옥 같은 얼굴이 반이 넘게 늙었구나

마음에 먹은 말씀 실컷 사뢰자 하니

눈물이 바로 나니 말씀인들 어이하며

정회情懷를 못다 풀고 목조차 메어 오니

방정맞은 닭 소리[鷄聲]에 잠은 어찌 깨었던고

어와 허사로다 이 임이 어디 갔나

잠결에 일어나 앉아 창을 열고 바라보니

가여운 그림자 날 따를 뿐이로다

차라리 죽어서 지는 달[落月]이나 되어서

임 계신 창 안에 환하게 비추리라

【갑녀】

각시님 달은 물론이려니와 궂은비나 되소서

—

「속미인곡」은 두 여인의 대화라는 점에서 연구자들의 주목을 받았다. 위 본문에서는 두 여인의 대화를 '갑녀'와 '을녀'로 구분하였다. 두 여인의 말이 정확하게 어느 부분인가에 대해서는 다양한 주장이 있지만 중요한 것은 대화체를 활용한 이유이다.

본문에 제시된바, 갑녀의 말은 을녀의 말을 이끌어 내기 위한 도구 역할을 하고 있다. 서두에서 갑녀는 을녀에게 무슨 이유로 백옥경을 떠났으며, 저물녘에 누구를 만나러 가느냐고 하였다. 이는 을녀가 원래 천상(백옥경)에서 살던 존재이며, 지금은 누군가를 만나기 위해 날이 저물도록 어디론가 가고 있음을 의미한다. 이상 갑녀의 말은 을녀의 정체에 관한 정보를 제공할 뿐만 아니라, 왜 저물녘에 집이 아닌 다른 곳에서 헤매고 있는지에 대한 대답이 제시될 수 있는 동기를 제공한다.

을녀는 백옥경에서 임의 사랑을 받으며 잘 살았는데, 갑자기 자신을 반기는 임의 표정이 예전과 달라져서 백옥경을 떠나 인간 세계에서 살게 되었다고 하였다. 백옥경을 떠나야만 했던 이유를 알 수 없어 이리저리 추측해 보니 임에게 미움을 받을 만한 짓이 산더미 같다고 하였다. 자신의 잘못이기에 하늘도 사람도 원망할 수 없고 오직 이렇게 될 수밖에 없었던 운명(조물주)을 탓할 뿐이라고 하였다.

이에 대해 갑녀는 그렇게 생각하지 말라며 맺힌 일이 있다고 하였다. 그러나 맺힌 일이 무엇인지에 대해서는 아무런 정보가 없다.

이에 대해 을녀는 자신이 전에 임을 모셔 봤기 때문에 임에게 일어났던 일을 자신도 안다고 하였다. 자신이 임을 모셨을 때 물같이 고운

(귀티 나는) 얼굴이 편안한 날이 며칠 되지 않았다고 하였다. 항상 고뇌에 찬 표정이었다는 것이다.

이런 사정을 알기에 자신이 모시지 못하는 상황에서 사시사철을 어떻게 지내시는지, 매일 끼니는 잘 드시는지, 잠은 잘 주무시는지 걱정만 할 뿐이다. 그래도 어떻게든 임의 소식을 알아보려고 강가에서 서성이지만 거센 바람과 물결에 사공조차 없다. 한밤에 집에 돌아와 잠 못 들고 서성이다가 어렵게 잠이 들어 꿈에서 임을 만난다. 꿈에 본 임의 얼굴은 걱정으로 늙었고 서러운 말을 하려 하지만 눈물에 목이 메어 한마디도 못 하다가 때마침 닭이 울어 잠에서 깬다. 그리운 마음에 창을 열고 바라보지만 달빛 아래 가여운 자신의 그림자만이 자신을 따를 뿐이다. 허공에 뜬 달을 보며 달이라도 되어서 임을 보고 싶어 한다. 그러자 갑녀가 달은 물론이려니와 궂은비가 되라고 하였다. 달은 멀리서 임을 바라볼 수만 있지만 궂은비는 임에게 내려 다가갈 수 있기 때문이다.

임과 이별을 하게 된 책임을 철저하게 자신에게 돌리고 임과 함께하고 싶은 마음, 즉 임을 향한 변함없는 사랑과 그리움만을 표현하였다.

이런 점에서 「속미인곡」도 「사미인곡」에서 설명한바, '관습慣習의 미학美學'을 활용한 것이라 할 수 있다.

기행 가사

관서별곡 關西別曲

관서關西 명승지에 왕명으로 보내실새

여행 짐[行裝]을 챙겨 보니 칼 하나뿐이로다

연조문* 내달아 모화고개* 넘어 드니

갈 마음[歸心]*이 급하니 고향을 생각하랴

벽제에서 말 갈아타고* 임진臨津에서 배 건너

천수원* 돌아드니

송경*은 고국*이라 만월대*도 보기 싫다

황강*은 전쟁터라 가시덤불[荊棘] 우거졌다

산의 해가 기울거늘

채찍[歸鞭]*을 다시 빼어 구연*을 넘어 드니

연조문延詔門 서대문 밖에 있던, 중국 사신을 맞아들이던 문.
모화고개 서대문 밖에 있던 모화관 근처를 이르는 듯.
귀심歸心 임지로 가고 싶은 마음.
벽제碧蹄**에서 말 갈아타고** 벽제에는 말을 갈아타는 역(驛)이 있었다.
천수원天水院 천수원(天壽院)의 잘못. 개성의 동대문 밖에 있던 건물이다.
송경松京 송도(松都), 즉 지금의 개성.
고국故國 오래된 나라. 송도는 고려의 수도였다.
만월대滿月臺 고려 왕궁터 연경궁(延慶宮) 앞의 섬돌.
황강黃岡 황해도 황주군(黃州郡)의 다른 이름.
귀편歸鞭 부임지로 가는 말의 채찍.
구연九硯 구현원(駒峴院)의 잘못.

생양관* 기슭에 버들조차 푸르렀다

감송정* 돌아들어 대동강 바라보니

십리파광*과 만중연류*는

상하에 어리었다

봄바람[春風]이 헌사하여 화선*을 비껴 부니

고운 미인[綠衣紅裳]* 비껴 앉아 곱디고운 손[纖纖玉手]으로

녹기금* 타며

아리따운 입[皓齒丹脣]*으로 채련곡采蓮曲 부르니

하늘의 신선[太乙眞人]이 연잎 배[蓮葉舟]를 타고

은하수[玉河水]로 나리는 듯

설마 나랏일 미룬들[王事靡鹽] 풍경風景에 어이하리

연광정 돌아들어 부벽루에 올라가니*

능라도* 고운 풀[芳草]과 금수산* 꽃무리[煙花]는

생양관生陽館　생양(지금의 평양특별시 중화군 금산리)에 있던 공관.
감송정感松亭　재송원(栽松院) 또는 재송정(栽松亭)의 잘못. 재송원은 평양부 북쪽에 있으며 손님을
전송하는 곳이다.
십리파광十里波光　십 리에 퍼진 물에 비친 노을빛.
만중연류萬重烟柳　안개 속에 겹겹이 서 있는 버드나무.
화선畵船　지붕을 얹은 놀잇배.
녹의홍상綠衣紅裳　푸른 저고리에 붉은 치마. 미인의 아름다운 모습을 의미한다. 여기에서는 기생
을 말한다.
녹기금綠綺琴　중국 한나라 때 사마상여가 타던 거문고.
호치단순皓齒丹脣　흰 이와 붉은 입술. 미인을 의미하는 말이다.
연광정練光亭 **돌아들어 부벽루**浮碧樓**에 올라가니**　연광정과 부벽루는 모두 평양 대동강가에 있는
누정의 이름이다.
능라도綾羅島　대동강에 있는 섬.
금수산錦繡山　평양성 북쪽에 있는 산.

봄빛을 자랑한다

천년 평양[千年箕壤]의 태평문물은

어제인 듯 하다마는

풍월루風月樓에 꿈 깨어 칠성문七星門 돌아드니

세마태 홍의*에 객홍客興이 어떠하뇨

누대樓臺도 많고 많고 산수도 바라보니

세 갈래 형세[三叉形勢]는 장함도 끝이 없다

하물며 쾌승정快勝亭 내려와 철옹성鐵瓮城 돌아드니

구름 같은 성가퀴[連雲粉堞]는 백 리에 벌어 있고

겹겹의 높은 산[天設重崗]*은 사면에 비꼈도다

사방의 큰 군영[四方巨陣]과 웅장한 모습[一國雄觀]이

팔도의 으뜸이로다

이원梨園에 꽃 피고 진달래[杜鵑花] 못다 진 제

영중*이 무사커늘 산수를 보려 하여

약산동대*에 술을 싣고 올라가니

발아래 구름이 끝없이 펼쳐졌네

백두산 내린 물이 향로봉香爐峯 감돌아

세마태細馬駄 **홍의**紅衣   관원(紅衣, 화자 자신)을 조랑말(細馬)에 실음.
천설중강天設重崗   하늘이 만든 겹겹의 험한 산등성이.
영중營中   관할 지역.
약산동대藥山東臺   평안북도 영변군 영변읍에 있는 산. 약산은 산에 유난히 약초가 많고 약수가 나온다는 뜻이며, 동대는 영변이 무주 · 위주 · 연주의 세 지역으로 나뉘어 있을 때 무주의 동쪽에 있다 하여 동대라고 불렀다고 한다. 관서 8경의 하나이며, 김소월의 시 「진달래꽃」으로 유명하다.

천 리를 비껴 흘러 대臺 앞으로 지나가니

감돌고 굽이쳐 늙은 용[老龍]이 꼬리 치고

해문•으로 드는 듯

절경[形勝]도 끝이 없다 풍경인들 아니 보랴

작약선아•와 선연옥빈•이

비단으로 단장[雲錦端粧]•하고 좌우左右에 벌어 있어

거문고 가야고伽倻鼓 봉생• 용관•을

불거니 흔들거니 하는 모습은

주목왕 요대• 위에서 서왕모• 만나

백운곡• 부르는 듯

서산에 해 지고 동령東嶺의 달 오르고

녹빈운환•이 교태를 머금고

잔 받드는 모습은

낙포선녀•

해문海門　민물이 바닷물과 만나는 물길의 입구.
작약선아綽約仙娥　가냘프고 맵시 있는 선녀. 미인을 의미한다.
선연옥빈嬋娟玉鬢　곱고 아름다운 머리카락. 미인을 의미한다.
운금단장雲錦端粧　선녀가 짠 비단(雲錦)으로 단장함.
봉생鳳笙　봉황이 새겨진 생황(笙篁).
용관龍管　용이 새겨진 대나무로 만든 관악기.
주목왕周穆王 **요대**瑤臺　주나라 목왕이 만든 대로, 미녀들과 놀던 곳.
서왕모西王母　중국의 곤륜산에 살고 있다는 도교의 여신.
백운곡白雲曲　거문고의 곡조인 백설곡(白雪曲)의 오기.
녹빈운환綠鬢雲鬢　젊은 여자의 아름답고 풍성한 머리. 미인을 의미한다.
낙포선녀洛浦仙女　낙포는 중국의 낙수(洛水)가 있는 곳의 지명이며, 이곳에서 중국의 전설적 황제 복희씨(伏羲氏)의 딸 복비(宓妃)가 빠져 죽어 물의 신이 되었다고 한다.

양대[•]에 내려와

초왕楚王을 놀래킨 듯

이 백운곡白雲曲 풍경도 좋거니와

앞일인들 잊을소냐

감당소백[•]과 세류장군[•]이

일시에 동행하여 강변으로 내려가니[巡下][•]

찬란한 옥절[煌煌玉節]과 나부끼는 깃발[偃蹇龍旗][•]은

하늘[長天]을 비껴 지나 푸른 산[碧山]을 떨쳐 간다

도성 남쪽[都南] 넘어 들어 배고개 올라 앉아

설한재[•] 뒤에 두고 장백산長白山 굽어보니

겹겹의 산과 관문[重岡複關] 갈수록 어렵도다

백이중관과 천리검각[•]도 이렇던고

팔만 군사[八萬貔貅[•]]는 길을 열며 앞서가고[啓道前行]

양대陽臺 중국 사천성 무산현에 있는 양대산.
감당소백甘棠召伯 중국 주나라 문왕 때의 관리 소공이 백성들을 살피며 다닐 때, 백성들에게 폐를 끼치지 않기 위해 팥배나무(甘棠) 밑에서 잤다고 한다.
세류장군細柳將軍 중국 한나라 때 장군 주아부(周亞夫). 군기를 엄하게 지킨 장군으로 유명하다.
순하巡下 관할 구역을 돌아보고 살피며 내려오는 것을 뜻한다.
황황옥절煌煌玉節**과 언건용기**偃蹇龍旗 옥절은 옥으로 만든 관원의 부절로, 용을 그린 깃발(龍旗)과 함께 관원임을 나타내는 신표이다.
설한雪寒**재** 배고개와 설한재는 모두 평양에서 백두산으로 가는 길에 있는 고개의 이름이다.
백이중관百二重關**과 천리검각**千里劍閣 검각은 중국 장안에서 촉으로 가는 길목인 대검산과 소검산 사이에 있는 군사요지로 현재 사천성 검각현에 있다. 102개의 관문과 천 리나 되는 검각은 모두 촉으로 가는 길이 험난하여 천혜의 군사 요새임을 나타내는 말이다.
비휴貔貅 호랑이 같기도 하고 곰처럼 생기기도 했다는 상상의 맹수. 일반적으로 용맹한 군사를 의미한다.

삼천 기마병[三千鐵騎]은 뒤에서 따라오니[擁後奔騰]●

오랑캐 마을[胡人部落]이 망풍투항●하여

백두산 나린 물에 하나[一陣]도 없도다

장강●이 요새[天塹]●인들 지리로 혼자 하며●

군사력이 강한들[土馬精强] 인화● 없이 할소냐

태평하고 무사[時平無事]함도 성인의 교화[聖人之化]로다

봄날[韶華]도 쉽게 가고 산수도 한가할 제

아니 놀고 어이하리

수항정●에 배 꾸며 압록강 내리 저어

강가의 진영들[連江列鎭]●은 장기 벌 듯● 하였거늘

오랑캐 땅[胡地]● 산천을 하나하나[歷歷] 지나 보니

황성皇城은 언제 쌓았으며 황제묘皇帝墓는 뉘 묘인고

옛일에 흥이 일어[感古興懷] 잔 고쳐 부어라

용후분등擁後奔騰 후면을 옹위하며 거세게 날아오르니.
망풍투항望風投降 풍화(우리나라 어진 정치와 발달된 문물)를 누리기를 바라고 투항함.
장강長江 중국의 양자강.
천참天塹 천혜의 요새.
지리地利로 혼자 하며 지형적 이점만으로 굳건한 요새가 될 수 없다는 말로, 이어서 언급한 인화가 더 중요함을 말하기 위한 것이다.
인화人和 인화단결(人和團結). 상하가 모두 한마음으로 뭉치는 것.
수항정受降亭 압록강 근처 만포에 있던 정자로, 이곳에서 여진족의 항복을 받았기 때문에 수항정이라 하였다.
연강열전連江列鎭 강가를 따라 늘어선 진.
장기 벌 듯 장기판 위에 장기말이 늘어선 듯.
호지胡地 오랑캐, 즉 여진족이 사는 지역.

비파곶* 내리 저어 파저강* 건너가니

층암절벽 보기도 좋도다

구룡九龍소에 배를 매고 통군정*에 올라가니

대황*은 장려壯麗하여 침이하지교*로다

황제 땅[帝鄕]이 어드메요 봉황성* 가깝도다

서귀*할 이 있으면 소식[好音]이나 보내고저

천 잔盞에 크게 취해[大醉] 너울너울 춤을 추니[舞袖]

추운 저물녘[薄暮寒天]에 북과 피리[鼓笛聲] 지저귄다

하늘과 땅 높고 멀고[天高地迥] 흥 다하자 서글퍼지니[興盡悲來]

이 땅이 어드메요

사친객루*는 절로 흘러 모르노라

서쪽[西邊]을 다 보고 관아로 돌아오니[返旆還營]

대장부의 마음[丈夫胸襟]이 적으나마 풀렸도다

설마 화표주천년학*인들 나 같은 이 또 보았는가

비파곶琵琶串 황해도에 있는 곶.
파저강婆潴江 압록강 유역에 있는 강으로, 여진족의 근거지였다.
통군정統軍亭 압록강 기슭 삼각산 봉우리에 세워진 의주 읍성의 북쪽 장대. 통군정은 군사를 지휘하는 대(정자)라는 의미이다.
대황臺隍 돈대와 해자. 돈대는 넓은 지역을 멀리 조망할 수 있도록 높다랗게 조성한 시설이고, 해자는 특정 지역의 둘레의 땅을 깊게 판 시설이다. 둘 다 외부의 적을 방비하기 위한 시설이다.
침이하지교枕夷夏之交 오랑캐(夷)와 중화(夏 우리나라)가 교차하는 곳을 베고(枕) 있다. 즉 대황(臺隍)이 이하(夷夏)가 만나는 곳에 위치하고 있다는 의미이다.
봉황성鳳凰城 압록강 건너편에 있는 성.
서귀西歸 서쪽(중국)으로 돌아감.
사친객루思親客淚 객지(타향)에서 부모님을 그리워하여 흘리는 눈물.
화표주천년학華表柱千年鶴 전설에 중국 한나라 때 요동 사람 정령위가 영허산에 가서 도술을 배운

어느 때나 절경[形勝]을 기록하여 구중궁궐[九重天]에 아뢰랴

조만간[未久] 임금님께 아뢰리라[上達天門]

—

　이 작품은 백광홍白光弘(1522~1556년)이 1556년에 평안도 평사評事가 되어 임지로 가는 여정과 임지에서 견문한 바를 서술한 작품이다. 조선 전기 기행 가사는 대부분 관료들에 의해 창작되었다. 때문에 작품도 임지로 가는 여정과 임지에 도착해서 관할 지역을 돌며 보고 들은 것들로 구성되어 있다. 「관서별곡」도 왕명을 받고 한양을 출발한 후 임지에 도착해서 관할 지역을 돌아보며 견문한 내용을 담고 있다.

　화자는 한양을 출발하여 모화고개, 벽제역, 임진나루, 개성(천수원, 황강)을 경유한 후, 구현을 넘어 임지인 평안도 대동강변에 도착한다. 임지에 도착하기 전까지의 여정은 대부분 반 행(2음보)으로 서술되어 있으며, 상대적으로 서술 비중이 높은 개성 부분도 4음보 2행에 불과하다. 즉 이 작품은 여정보다는 임지인 관서 지방에서 견문한 바를 담아

후에 학이 되어 고향으로 돌아와 성문의 화표주(무덤 앞에 세우는 돌기둥)에 앉았다. 이때 마을 아이들이 활을 쏘자 공중으로 날아올라 빙빙 돌며 "성곽은 옛날과 같은데 사람은 다르다"라고 했다는 데서 온 말이다.

내는 데 초점이 맞추어져 있음을 알 수 있다.

임지인 평안도에 도착해서 화자의 눈에 가장 먼저 들어온 것은 대동강과 그 주변의 풍경이다. 물오른 버드나무가 늘어선 생양관을 거쳐 감송정에 올라 대동강을 바라보니, 강변에 늘어선 수양버들이 봄날의 나른한 아지랑이, 대동강의 반짝이는 물결과 어우러져 봄의 흥취를 더한다. 대동강에는 아리따운 기녀들이 거문고를 타며 「채련곡」을 부르는데, 그 풍경이 천상의 모습을 방불케 한다. 이렇듯 이 작품의 본사는 넘쳐나는 봄의 흥취로 시작되고 있다.

이처럼 다소 흐트러진 모습으로 작품을 시작한 이유는 무엇일까? 더구나 풍경이 너무 아름다워서 관료로서의 직분도 미룰 수밖에 없다고 하며 일을 뒤로하고 풍류를 즐기는 모습을 어떻게 이해해야 할까?

화자는 평양의 모습을 '천년기양千年箕壤의 태평문물太平文物'이라는 말로 요약하였다. 즉 북쪽 변방 오랑캐가 투항할 정도로 조선의 문물이 발달했다는 문화국으로서의 자부심을 난만한 봄의 흥취로 표현한 것이라 할 수 있다. 또한 임지에 부임한 관료로서의 자부심도 흥을 돋우는 요인으로 작용했을 것으로 보인다.

대개의 기행 가사가 그렇듯이 자신이 부임한 지역을 이상적으로 그리는 것이 상례이다. 이 작품도 외적을 방어하는 변방 요새의 견고함이 무엇보다 강조되어 있다. 그 사이사이에 풍류적인 요소가 첨가되어 있다. 즉 변방이 지향해야 할 본연의 특성인 견고한 요새와 태평문물이라는 두 가지 이미지가 복합되어 있는 것이다.

관동별곡 關東別曲

강호에 병이 깊어 죽림에 누웠더니•

관동關東 팔백 리의 관찰사[方面]를 맡기시니

어와 성은이야 갈수록 망극하다

연추문• 들이 달아 경회남문• 바라보며

하직下直하고 물러나니 옥절•이 앞에 섰다

평구역• 말을 갈아 흑수•로 돌아드니

섬강•은 어드메요 치악•이 여기로다

소양강昭陽江에서 내려온 물이 어디로 들어가나

궁궐 떠난 외로운 신하[孤臣] 백발도 많고 많네

죽림竹林**에 누웠더니** 죽림은 죽림칠현(竹林七賢)에서 나온 말로, 죽림칠현이란 중국 위·진의 정권 교체기에 부패한 정치권력에는 등을 돌리고 죽림에 모여 거문고와 술을 즐기며 청담(淸談)으로 세월을 보낸 일곱 명의 선비를 말한다. 따라서 죽림에 누웠다는 말은 벼슬을 버리고 강호자연에 은거했다는 의미이다.

연추문延秋門 경복궁의 서쪽 문. 영추문(迎秋門)이라고도 한다.

경회남문慶會南門 경회루의 남쪽에 있는 문.

옥절玉節 옥절은 옥으로 만든 부신(符信). 관직을 제수할 때 받던 증표이다. 즉 강원도 관찰사의 증표를 들고 있는 모습을 말한다.

평구역平丘驛 경기도 양주에 있는, 말을 갈아타는 역참(驛站).

흑수黑水 여주 남한강의 다른 이름.

섬강蟾江 강원도 횡성군에서 발원하여 여주, 원주 등지를 지나서 한강으로 들어가는 강.

치악雉岳 강원도 원주에 있는 산.

동주* 밤 겨우 세워 북관정*에 오르니

삼각산三角山 제일봉이 어찌하면* 뵈리로다

궁예[弓王] 대궐터에 까막까치[烏鵲] 지저귀니

천고千古 흥망을 아는가 모르는가

회양* 옛 이름이 마침 같을시고

급장유* 풍채風彩를 다시 아니 볼 것인가

영중*이 무사하고 시절이 삼월인 제

화천* 시내 길이 풍악*으로 뻗어 있다

여행 짐[行裝]을 다 버리고 돌길[石逕]에 막대 짚어

백천동百川洞 곁에 두고 만폭동萬瀑洞 들어가니

은 같은 무지개 옥 같은 용의 꼬리

섞여 돌며 뿜는 소리 십 리에 퍼졌으니

들을 제는 우레더니 직접 보니 눈이로다

금강대金剛臺 맨 위층에 선학仙鶴이 새끼 치니

봄바람[春風] 옥피리 소리[玉笛聲]에 첫잠을 깨었던지

동주東州 강원도 철원의 옛 이름.
북관정北寬亭 철원 북쪽에 있는 정자.
어찌하면 원문의 'ᄒ마'는 '바라건데, 행여나, 어쩌면'이라는 뜻이다.
회양淮陽 강원도 북부의 지명.
급장유汲長孺 중국 한나라 때 회양(淮陽) 태수를 지낸 인물로, 선정을 베푼 것으로 유명하다.
영중營中 관찰사가 기거하며 일을 하는 감영 또는 관할 지역.
화천花川 강원도 북쪽의 지명.
풍악楓岳 금강산의 가을 이름.

흰 저고리 검은 치마● 공중에 솟아 뜨니

서호西湖 옛 주인主人을 반겨서 넘노는 듯

소향로小香爐 대향로大香爐 눈 아래 굽어보고

정향사正陽寺 진헐대眞歇臺 다시 올라 앉아 보니

여산● 진면목眞面目이 여기서 다 보인다

어와 조물주[造化翁]가 야단도스럽도다

날거든 뛰지 말거나 섰거든 솟지 말거나

연꽃[芙蓉]을 꽂은 듯 백옥白玉을 묶은 듯

동해[東溟]를 박차는 듯 북극성[北極]을 떠받친 듯

높을시고 망고대望高臺 외로울사 혈망봉穴望峰이

하늘에 치밀어 무슨 일을 사뢰려고

천만겁● 지나도록 굽힐 줄 모르는가

어와 너로구나 너 같은 이 또 있는가

개심대開心臺 다시 올라 중향성衆香城 바라보며

만이천봉을 하나하나[歷歷] 헤아리니

봉마다 맺혀 있고 끝마다 서린 기운

흰 저고리[縞衣] 검은 치마[玄裳]   몸통은 희고 날개와 꽁지의 끝부분이 검은 학의 모습을 표현한 말
이다.
여산廬山   중국 강서성 구강시 남쪽에 있는 명산. 이백과 소동파 등 중국의 유명한 시인들이 여산
의 아름다움을 읊었다.
천만겁千萬劫   겁(劫)은 상상할 수 없는 긴 시간으로, 1겁은 우주가 시작되어 파괴되기까지의 시간
이나 사방 10리(4km) 되는 바위가 천 년에 한 번씩 내려오는 선녀의 옷깃에 닿아 모두 닳아 없어지
는 시간 등에 비유된다.

맑거든 깨끗하지 말거나 깨끗하거든 맑지 말거나

저 기운 흩어 내어 인재[人傑]를 만들고저

모양[形容]도 끝이 없고 형세[體勢]도 다양하네

천지 만드실 제 자연히 됐건마는

이제 와 보게 되니 유정有情도 유정할사

비로봉毘盧峰 꼭대기[上上頭]에 올라 본 이 그 뉘신고

동산東山 태산泰山이 어느 것이 더 높던고

노나라[魯國] 좁은 줄도 우리는 모르거든

넓거나 넓은 천하 어찌하여 작단 말가•

어와 저 경지를 어찌하면 알 것인가

오르지 못하니 내려감이 괴이할까

원통圓通골 가는 길로 사자봉獅子峰을 찾아가니

그 앞의 너럭바위 화룡소火龍沼가 되었어라

천 년 노룡老龍이 굽이굽이 서려 있어

밤낮[晝夜]으로 흘러내려 바다[滄海]로 이었으니

풍운風雲을 언제 얻어 삼일우三日雨를 내릴까

음지[陰崖]에 시든 풀을 다 살려 내었으면

마하연摩訶衍 묘길상妙吉祥 안문雁門재 넘어가

넓거나 넓은 천하天下 **어찌하여 작단 말가** 노나라의 공자가 태산에 올라 천하가 작다는 것을 알
았다고 한 것을 이른 말이다. 화자 같은 평범한 사람은 노나라가 좁은 줄도 모르는데 그보다 훨씬
넓은 천하가 작다는 것을 어떻게 알겠는가라며 공자의 고매한 경지를 찬양하였다.

외나무 썩은 다리 불정대(佛頂臺)에 오르니

천길[千尋] 절벽을 공중[半空]에 세워 두고

은하수(銀河水) 한 굽이를 마디마디[寸寸] 베어 내어

실같이 풀어서 베같이 걸었으니

그림 속[圖經]의 열두 굽이 내 보기엔 여럿이라

이태백* 이제 있어 다시 의논하게 되면

여산이 여기보다 낫단 말 못하리라*

산중(山中)을 계속 보랴 동해로 가자꾸나

남여* 타고 천천히 걸어[緩步] 산영루(山暎樓)에 오르니

영롱한 푸른 내[碧溪]와 지저귀는 새소리[數聲啼鳥]는

이별을 원망하는 듯

깃발[旌旗]을 휘날리니 오색(五色)이 넘노는 듯

북과 나발[鼓角] 섞어 부니 구름[海雲]이 다 걷히는 듯

명사(鳴沙)길 익숙한 말 취한 신선[醉仙] 비껴 실어

바다를 곁에 두고 해당화(海棠花)로 들어가니

백구(白鷗)야 날지 마라 네 벗인 줄 어찌 아나

금란굴(金幱窟) 돌아들어 총석정(叢石亭)에 오르니

이적선(李謫仙)　중국 당나라 때 시인 이백(李白)을 말한다. 이백은 스스로 하늘에서 인간 세계로 귀양 온 신선(謫仙)이라고 자처하였다.
여산(廬山)**이 여기보다 낫단 말 못하리라**　이백은 「망여산폭포수(望廬山瀑布水)」를 비롯한 많은 시에서 여산의 아름다움을 노래하였다.
남여(藍輿)　지붕과 벽면이 없는 가마.

백옥루白玉樓 남은 기둥 다만 넷이 서 있구나

공수●의 솜씨인가 귀부●로 다듬었나

구태여 육각형[六面]은 무엇을 본떴던고

고성高城을랑 저만치 두고 삼일포三日浦를 찾아가니

붉은 글씨 완연하되 사선은 어디 갔나●

여기 사흘 머문 후에 어디 가 또 머물꼬

선유담仙遊潭 영랑호永郎湖 거기나 가 있는가

청간정淸澗亭 만경대萬景臺 몇 곳에 앉았던고

배꽃[梨花]은 벌써 지고 소쩍새 슬피 울 제

낙산洛山 동쪽[東畔]으로 의상대義相臺에 올라 앉아

일출을 보리라 밤중에 일어나니

상운●이 피어나는 듯 육룡六龍이 떠받치는 듯

바다에서 떠날 제는 천지[萬國]가 일렁이더니

하늘[天中]에 치뜨니 기러기 털[毫髮]을 세리로다

아마도 지나는 구름 근처에 머물세라

시선●은 어디 가고 시구[咳唾]만 남았나니

공수工倕　중국 고대 순임금 시대에 살았다는 뛰어난 목수.
귀부鬼斧　귀신의 도끼. 좋은 연장을 뜻한다.
붉은 글씨[丹書] **완연**宛然**하되 사선**四仙**은 어디 갔나**　삼일포에는 신라 시대 4선(四仙)인 영랑(永郎)·
술랑(述郎)·안상(安祥)·남랑(南郎)이 놀고 갔다는 사선정이 있다. 이들이 썼다는 글씨가 '영랑도남
석행(永郎徒南石行)'이며, 그중 2자는 단서(丹書 붉은 글씨)로 되어 있어 단서석이라고 한다.
상운祥雲　상서로운 구름.
시선詩仙　당나라 때 시인 이백.

천지간 장한 기별 자세하기도 하구나

석양斜陽에 현산●의 철쭉꽃[躑躅]을 이어 밟아

신선의 수레[羽蓋芝輪]가 경포鏡浦로 내려가니

십 리의 흰 비단[氷紈]이 다려지고 또 다려져

큰 솔[長松] 울창한 속에 싫도록 펴졌으니

물결도 잔잔하다 모래를 셀 것 같다

외로운 배[孤舟] 닻줄 풀어[解纜] 정자 위에 올라가니

강문교● 넘은 곁에 대양大洋이 거기로다

차분[從容]●하다 이 기상氣像 넓고 넓다[闊遠] 저 경계境界

이보다 더 갖춘 곳 또 어디 있단 말고

홍장고사●를 야단스럽다 하리로다

강릉 대도호大都護 풍속이 좋을시고

절의 효자[節孝] 홍살문[旌門]이 온 마을에 널렸으니

집집마다 가봉함●이 지금도 있다 하리

현산峴山 양양의 옛 지명. 현산은 중국 호북성 양양현 동쪽에 있는 산으로, 진나라 때 양호라는
사람이 관리로 부임하여 이곳에서 술을 마시며 놀았다고 한다. 양호는 품성이 강직하고 선정을 베
풀어서 후에 양호가 죽자 많은 사람들이 그의 죽음을 애도하며 현산 위에 비석을 세웠다고 한다.
이 부분은 양양과 현산이라는 지명이 양호의 고사와 일치하기 때문에 작가인 정철이 선정을 베푼
양호를 떠올린 것이라 할 수 있다.
강문교江門橋 경포호의 물이 동해로 흘러나가는 어귀에 있는 다리.
종용從容 차분하고 침착한 모양. 잔잔하면서도 무게감 있는 바다(동해)의 모습을 표현한 것이다.
홍장고사紅粧古事 고려 말 강원도 안렴사 박신(朴信)과 강릉 명기 홍장(紅粧)의 사랑 이야기.
집집마다[比屋] **가봉**可封**함** 집집마다 벼슬을 내릴 만함. 조선 시대에는 충신이나 열녀, 효자 등으
로 선정되어 홍살문이 세워지면, 양반 가문의 경우 과거 시험을 치르지 않고도 음서로 관직에 나
아갈 수가 있었다.

진주관眞珠館 죽서루* 오십천* 나린 물이

태백산 그림자를 동해로 담아 가니

차라리 한강의 남산[木覓]에 닿게 했으면

왕정王程*이 유한有限한데 풍경이 안 질리니

회포[幽懷]도 많고 많네 시름[客愁]도 둘 데 없다

신선 뗏목[仙槎] 띄워 내어 두우*로 향했을까

선인仙人을 찾으러 단혈丹穴에 머무실까

하늘 끝[天根]을 못내 보아 망양정*에 오르니

바다 밖은 하늘이니 하늘 밖은 무엇인고

가뜩 노한 고래 누가 놀랬기에

불거니 뿜거니 어지러이 구는고

큰 파도[銀山] 꺾어 내어 온 세상[六合]*에 내리는 듯

오월 하늘[長天]에 흰 눈[白雪]은 무슨 일고

잠깐 사이 밤이 들어 풍랑이 고요커늘

부상* 근처[咫尺]의 명월을 기다리니

서광瑞光 천 길[千丈]이 보이는 듯 숨는구나

죽서루竹西樓 강원도 삼척부의 객사였던 진주관의 부속 건물.
오십천五十川 죽서루 아래로 흐르는 큰 개천.
왕정王程 왕명으로 정해진 일정.
두우斗牛 북두성과 견우성.
망양정望洋亭 경상북도 울진군에 있음.
육합六合 천지와 동서남북, 즉 온 세상을 뜻한다.
부상扶桑 동쪽 바다의 해가 뜨는 곳에 있다는 신성한 나무. 서쪽에 해가 지는 큰 못은 함지(咸池)라고 한다.

주렴*을 다시 걷고 계단[玉階]을 다시 쓸며

샛별[啓明星]이 돋도록 곧추앉아 바라보니

흰 연꽃[白蓮花] 한 가지를 누가 보내셨나

이렇게 좋은 세계 남에게 다 뵈고져

유하주* 가득 부어 달에게 묻기를

영웅은 어디 갔으며 사선四仙은 그 누구뇨

아무튼 만나 보아 옛 기별 묻자 하니

선산仙山 동해에 갈 길이 멀도 멀샤

소나무 등걸[松根] 베고 누워 풋잠을 얼핏 드니

꿈에 한 사람이 나에게 이르기를

그대를 내 모르랴 하늘[上界]의 신선[眞仙]이라

황정경黃庭經 한 글자[一字]를 어찌 잘못 읽어 두고

인간에 내려와서 우리를 따르는가

잠깐만 가지 마오 이 술 한잔 먹어 보오

북두성北斗星 기울여 창해수滄海水 부어 내어

저 먹고 날 먹이거늘 서너 잔 기울이니

봄바람[和風]이 살랑살랑[習習] 겨드랑이[兩腋] 추켜드니

구만 리 먼 하늘[長空]에 제기면* 날리로다

- - - - - - - - - - - - - - - -

주렴珠簾 구슬을 꿰어 만든 발.
유하주流霞酒 신선이 마신다는 좋은 술.
제기면 발꿈치를 들면.

이 술 가져다가 온 세상[四海]에 고루 나눠

모든 백성들[億萬蒼生]을 다 취하게 만든 후에

그제야 다시 만나 또 한잔 하십시다

말 끝내자 학을 타고 하늘[九空]로 올라가니

공중의 옥퉁소[玉簫] 소리 어제런가 그제런가

나도 잠을 깨어 바다를 굽어보니

깊이를 모르거니 끝인들 어찌 알리

명월이 온 세상[千山萬落]에 아니 비춘 데 없다

―

　정철鄭澈(1536~1593년)은 1580년(선조 13년) 1월 강원도 관찰사로 임명되어 원주에 부임했는데 3월에 관동팔경과 내금강, 외금강, 해금강을 유람하고 이 작품을 지었다. 이 작품은 명종明宗 때 백광홍白光弘이 지은 「관서별곡關西別曲」의 영향을 받았으며 이후 조우인曹友仁의 「속관동별곡關東續別曲」(17세기)과 박순우朴淳愚의 「금강별곡金剛別曲」 등 많은 기행 가사의 표본이 된 작품으로 평가받고 있다.

　정철은 사간司諫으로 있던 1575년에 동서분당東西分黨으로 당쟁이 시작되자 사직 후 창평으로 귀향하여 42세까지 창평과 고양을 오가며 지냈다. 1578년(선조 11년)에는 사간원 대사간에 임명되나 탄핵을 받고 나아가지 못하였고, 이듬해인 1579년에도 승지에 임명되나 동인들의 탄핵을 받아 나아가지 않았다. 그러다가 45세 때인 1580년(선조 13년)에 외직인 강원도 관찰사로 임명되어 「관동별곡」과 「훈민가」를 지은 것이다. 따라서 「관동별곡」은 정철이 강원도 관찰사로 좌천된, 정치적으로 불우한 때에 지어진 것이라 할 수 있다. 정철의 입장에서 보면 소인배들의 비방과 참소 때문에 외직으로 좌천되어 임금을 지척에서 보필하지 못하고 자신의 뜻도 펴지 못한 것이다. 김만중金萬重이 『서포만필西浦漫筆』에서 「양미인곡兩美人曲」뿐만 아니라 「관동별곡」을 '동방의 이소'라고 칭송한 까닭도 이 때문이다.

굴원屈原의 「이소離騷」는 굴원이 임금 곁에서 쫓겨난 과정과 현실 정치에 대한 비판, 한북漢北으로 쫓겨난 상황에서의 울분과 이를 극복하기 위한 노력, 좌절과 죽음 다짐 등을 담고 있다.

지금까지 「관동별곡」은 주로 금강산을 포함한 관동 지방의 빼어난 풍광을 아름답고 뛰어난 언어로 표현했다는 점에 주목해 왔다. 이런 지적은 물론 타당하다. 그러나 정철이 「관동별곡」을 지은 가장 중요한 목적은 다른 데 있다. 이 작품은 작가가 관료로서의 직분과 포부, 임금에 대한 변함없는 충성심을 드러내기 위해 창작되었다고 할 수 있다.

회양에 도착해 급장유를 떠올리며 선정을 다짐하는 태도, 망고대와 혈망봉을 보면서는 "하늘에 치밀어 무슨 일을 사뢰려고 천만겁 지나도록 굽힐 줄 모르는가"라고 함으로써, 이익에 따라 움직이는 현실의 논리를 따르지 않고 옳다고 생각하는 바를 끝까지 지키려는 절개, 금강산의 만이천봉을 바라보며 봉마다 맺혀 있고 끝마다 서린 맑고 깨끗한

기운을 가져다가 인재를 만들고 싶다는 바람 등은 모두 관료로서의 직분과 포부를 나타낸 것이라 할 수 있다.

특히 화룡소의 천년 노룡을 생각하며, 풍운風雲을 얻어 삼일우를 내려 "음지에 시든 풀을 다 살려 내었으면" 하는 바람에는 관료로서의 포부뿐만 아니라 현실을 바라보는 태도가 담겨 있다. 현실은 풀들이 음지에서 시들며 말라 죽어 가는 난세亂世이다. 용은 물의 신으로 만물이 시들어 말라 죽을 때 비를 내려 만물을 소생시킬 수 있는 존재이다. 즉 소인배들이 권력을 잡고 마음대로 휘두르고 있는 난세에 용(임금)이 백성들을 구제할 수 있도록 돕고 싶다는 바람을 표현한 것이다.

꿈속에서 신선을 만나 술잔을 기울이다가 "이 술 가져다가 온 세상에 고루 나눠 모든 백성들을 다 취하게 만든 후에 그제야 다시 만나 또 한잔 하십시다"라는 표현도 도탄에 빠진 백성들을 구제하겠다는 의지를 표현한 것이라 할 수 있다.

조선 시대 사대부가 산수 자연을 즐기는 것은 두 가지 의미가 있다. 하나는 혼탁한 정치 현실을 멀리하려는 의도에서 청정한 자연에 머물며 수양을 하는 것이고, 다른 하나는 현실에서 유가적 이상 세계를 구현한 후, 나라와 백성에 대해 더 이상 걱정할 필요가 없는 상황이 되었을 때 산수 자연을 즐기는 것이다. 전자의 전형적인 예는 이황을 비롯한 영남 사림에게서 나타나며, 후자의 전형적인 예는 조선 전기 관료 문인들에게서 나타난다. "모든 백성을 다 취하게 만든 후에 그제야 다시 만나 또 한잔 하십시다"라는 말은 후자의 의미로, 현실에서 태평성대를 만든 후에 신선의 세계에서 놀겠다는 의미인 것이다.

한편 "진주관 죽서루 오십천 나린 물이 / 태백산 그림자를 동해로 담아 가니 / 차라리 한강의 남산에 닿게 했으면"이라는 구절은 아름다운 풍경을 임금에게도 보내고 싶다는 변치 않는 충성심의 표현이라 할 수 있다.

영삼별곡 寧三別曲

이 몸이 천지간에 쓰일 데 전혀 없어

삼십 년 세월[光陰]을 헛되이 보냈도다

성격[風情]이 호탕하여 강호[物外]의 인연[緣業]으로

녹수청산綠水青山에 분수대로 다니더니

갑자기 병이 들어 초가[林庄]를 닫았으니

어떤 뒷절 중이 오지랖도 넓도다

지팡이를 천천히 짚고 나에게 이르기를

"네 병을 내 모르랴 자연[水石]에 든 병[膏肓]*이니

봄기운[春風]이 늦어[緩晚] 꽃[百花]은 거의 다 졌는데

산중에 비 갓 개니 날씨[天氣]도 맑을시고

어와 이 사람아 철없이 누웠으랴

청려장* 바삐 짚고 갈 데로 가자꾸나"

언뜻 일어나 앉아 창을 열고 바라보니

맑은 바람[清風] 살랑 불고 새소리 지저귈 제

자연[水石]에 든 병[膏肓] 수석(水石)은 자연을, 고황(膏肓)은 불치병을 의미한다. 즉 자연을 사랑하는 병이 고칠 수 없는 상태에 이른 것을 뜻한다.
청려장青藜杖 명아주 지팡이.

시냇가 풀밭[芳草] 길이 동협*에 이어졌네

아이종 불러내어 뼈 걸린* 여윈 말에게

채찍을 걷어쥐고* 마음대로[任意] 놓아 가니

삼짇날[三三] 좋은 계절[佳節] 때마침 좋을시고

촌아이와 노인들[山童野老]이 춘흥春興을 못 이겨

탁주병 둘러메고 민요[村歌]를 느리게 부르며

오락가락 다니는 모습 한가도 한가할샤

말 등의 늦은 잠을 석양에 비껴* 들어

봉우리[千峰]와 골짜기[萬壑]를 꿈속에 지나치니

주천*에 내린 물이 청령포*에 닿았어라

말에서 내려 사배*하고 어이어이 하며 우니

절벽[石壁]은 높이 늘어섰고[參天] 인적이 그쳤는데

사철나무[冬靑樹] 옛 가지에 촉백성*은 무슨 일고

창오산* 저문 구름 갈 길도 깊을시고

동강*을 건너리라 물가에 내려오니

동협東峽   동쪽 골짜기.
뼈 걸린   뼈가 어깨에 걸린. 앙상한.
채찍을 걷어쥐고   채찍을 갈무리해서 쥐고. 말에게 채찍질을 하지 않는다는 뜻이다.
비껴   나른하게 늘어진 모양.
주천酒泉   강원도 영월에 있는, 북쪽으로 흘러 청령포로 이어지는 강.
청령포淸泠浦   영월의 태백산 아래 있는 지역. 단종이 유배되었던 곳.
사배四拜   네 번 하는 절.
촉백성蜀魄聲   소쩍새, 두견새의 울음소리. 촉나라의 패망을 슬퍼하는 새(귀촉도)의 넋이 우는 소리.
창오산蒼梧山   중국 호남성에 있는 산. 순임금이 남쪽을 돌아보다가 죽은 곳이다.
동강東江   강원도 영월을 가로지르는 강.

사공은 어디 가고 빈 배만 걸렸나니

상앗대[•] 손수 잡아 거슬러 올라가니

금강정[•] 붉은 난간欄干 아득[縹渺]히 내닫거늘[•]

잠깐 올라앉아 머리를 드니

봉래산[•] 제일봉에 채운[•]이 어렸는데

신선[仙翁]을 마주 보고 무슨 일 물어볼 듯

험한 시내 스무 굽이 건너고 다시 건너

청산은 은은하고 벽계수碧溪水 둘렀는데

운리촌 뫼밑마을[•] 이름도 좋을시고

산골집[山家]에 손님이 없어 개와 닭뿐이로다

귀리[•] 데친 밥에 풋나물[•] 삶아 내어

자리[蒲團][•] 펴 앉혀 놓고 싫도록 권하는구나

어와 이 백성들 기특도 하구나

십 리 긴 골짜기[長谷]에 절벽은 좋거니와

상앗대 얕은 물에서 배를 밀 때 쓰는 장대. 삿대.
금강정錦江亭 영월 동강가의 높은 절벽 위에 있는 정자. 세종 때 영월 군수 김복항(金福恒)이 세웠
다는 설이 있다.
내닫거늘 뛰어나가다. 난간이 곧게 뻗어나간 모양을 표현한 말이다.
봉래산蓬萊山 금강산의 봄 이름. 여름은 금강산(金剛山), 가을은 풍악산(楓嶽山), 겨울은 개골산(皆骨
山)이라고 부른다.
채운彩雲 여러 가지 빛깔로 아롱진 아름다운 구름.
운리촌雲離村 **뫼밑마을** 구름 속 산 밑 마을. 깊은 산속 산기슭에 있는 마을.
귀리 쌀처럼 먹던 볏과 식물.
풋나물 봄에 난 어리고 연한 나물.
포단蒲團 부들로 만든 방석.

서덜길* 험한 곳이 양협*에 닿았으니

머리 위 조각하늘 보일락 말락 하는구나

별이別異실 외딴 마을 해는 어이 쉬 넘나

밤중만 사립문 밖에 긴 바람 일어나며

봉당*에 자리 보아 더 새고 가자꾸나

새끼 곰 큰 호랑이 목 갈아* 우는 소리

산골에 울려서 기염氣焰도 겁[愳亂]이 난다

칼 빼어 곁에 놓고 이 밤을 겨우 새워

앞 내에 빠진 옷을 쥐어짜서 손에 쥐고

긴 별로* 돌아 나가 벌불*에 쬐어 입고

진秦나라 때 숨은 백성 이제 와 보게 되면

도원*이 여기보다 낫단 말 못 하리라

하늘가[天邊]에 갈라진 뫼 대관령에 이었으니

위태롭고 높은 댓재* 촉도난*이 이렇던가

하늘에 돋은 별을 제기면 만질 것 같다

- -

서덜길 강가나 냇가의 돌이 많은 길.
양협雨峽 양쪽 골짜기.
봉당封堂 안방과 건넌방 사이의 마루가 될 자리를 흙바닥으로 그대로 둔 곳.
목 갈아 성대를 긁으며.
별로別路 멀리 돌아가는 다른 길.
벌불 야외에서 지핀 불.
도원桃園 무릉도원(武陵桃源). 진나라 때 전란을 피해 숨어 들어간 곳이라고 한다.
댓재 대재, 즉 죽령(竹嶺)을 말한다.
촉도난蜀道難 촉나라로 가는 험한 길.

망망대양茫茫大洋이 그 앞에 둘러 있어

대지大地 산악山岳을 밤낮[日夜]으로 흔드는 듯

밑 없는 큰 골짜기에 한없이 쌓인 물이

만고에 한결같이 늘고 줆[盈縮]이 있던가

천지간 장한 광경[境界] 반 넘게 물이로다

아마도 저 기운이 무엇으로 생겼던고

성인을 언제 만나 이 이치를 여쭈리라

바위길 익은* 중에게 대 남여 늦춰 메워*

깎아지른 험한 벼랑[砅厓] 얼른 지나쳐

청옥산* 한 속으로 겹겹[疊疊]이 돌아드니

운모 병풍[雲母屛] 비단 장막[錦繡帳] 좌우로 펼쳤어라

운교*를 걸어 건너 솔숲 속에 쉬어 앉아

나무하는 아이들아 지난 일 물어보자

바람에 움직인 돌 날아간 지 그 몇 해며

짝 없는 옛 성문이 어느 때에 쌓았단 말고

이 손님 뉘시온데 어이 들어와 계신고

익은 익숙한.
대 남여藍輿 **늦춰 메워** 대나무로 만든 지붕과 벽이 없는 가마(대 남여)의 어깨 끈을 길게 늘여 메게
하여.
청옥산靑玉山 강원도 북평읍 삼화리와 하장면 중봉리의 경계에 있는 높은 산. 청옥(靑玉)이 났다고
한다.
운교雲橋 삼화리에 있는 높은 다리.

낫과 새끼 메고 차고 앞 절의 상좌°러니

나무 섶° 따러 와서 무심히 다녀오니

진관암眞觀庵 폐廢한 줄은 우리 다 알거니와

그 밖에 물을 일은 목적에 붙었어라°

뫼 밑에 서린[蟠]° 용이 변화도 무궁하여

음심°한 오랜 소°에 소굴[窟宅]을 삼고 있어

층층절벽[層厓] 백 척百尺에 비단 한 필[一匹練] 걸어 두고

한낮[白日]의 천둥소리[雷霆] 골짜기[洞壑]에 가득하니

구부리고 보던 것이 내 일이 싱겁구나

명사明沙를 따라 밟아 동해로 내려가서

백옥 기둥[白玉柱] 늘어선 곳에 헤치고 앉으니

동서를 모르거니 원근을 어이 알리

파도[滄波]에 떠 있는 돛이 줄줄이 펼쳐 있어

엊그제 어디 지나 어디로 간단 말고

어촌의 늙은 사공 손 저어 불러내어

바다[海上] 소식을 실컷 물은 후에

상좌牧笛 불가에서 스승의 대를 이을 여러 제자 중 가장 높은 승려.
섶 불을 붙이기 쉬운 작고 가는 나뭇가지나 풀.
목적牧笛**에 붙었어라** 목동의 피리(牧笛) 소리에나 붙어 있다. 기록이나 기억에 남아 있지 않고 모두 잊혀졌다는 뜻이다.
서리다[蟠] 똬리를 틀고 있다.
음심牧笛 어둡고 깊은.
소 폭포 등으로 인해 깊이 파여 깊은 웅덩이가 된 곳.

횃불을 재촉해 들고 성문을 들어가니

뚜우뚜우[嗚嗚] 피리 소리[群角聲]에 바다 달[海月]이 돋았어라

금소정* 돌아 나가 칠선七仙은 그 뉘런고

금잠구사*는 몇 해나 되었나니

소선蘇仙 적벽*에 학 그림자[鶴影] 그쳤는데

태평성대 붉은 봉황[瑞世丹鳳]을 헛되이 기다리네

장검을 빼내어 손에 걷어쥐고

긴 노래 한 곡조曲調를 목 놓아 부르니

산호벽수헌*에 바람에 비껴 앉아

이적선李謫仙 풍채를 다시 만나 볼 것 같네

장경성* 밝은 빛이 그 아니 그것인가

태백산 깊은 속에 거기나 안 가 있나

오르며 내리며 실컷 헤매 다니니

어와 헌사할샤 내 아니 허랑*하냐

유하주* 가득 부어 달빛을 섞어 마셔

금소정琴嘯亭　강원도 삼척에 있는 정자.
금잠구사金簪舊事　금비녀에 관한 옛이야기. 삼척 지방의 금비녀와 관련된 전설로 구문소와 비녀소 전설이 있다.
적벽赤壁　소동파의「적벽부(赤壁賦)」. 소동파는 중국 북송 때의 시인으로 그가 지은「적벽부」는 7월에 벗들과 적벽에 놀러간 흥취를 노래한 작품이다.
산호벽수헌珊瑚碧樹軒　삼척시 근덕면에 있는 객사의 이름.
장경성長庚星　태백성(太白星). 혜성의 하나이다.
허랑虛浪　생각과 행위가 헛됨.
유하주流霞酒　신선이 마신다는 좋은 술.

가슴 속[胸襟]이 밝아지니[晃朗] 제기면 날리로다

속세의 꿈속[一夢塵寰]에서 영욕榮辱을 내 알더냐

패랭이* 초草미투리* 다 떨어져 버리도록

산림山林 호해湖海에 마음껏 노닐면서

이렇게 저렇게 굴다가 아무려나* 하리라

一

　작가는 권섭權燮(1671~1759년)으로, 호號는 옥소玉所 또는 백취옹百趣翁이다. 명문 안동 권씨 상명尙明의 아들로 서울 삼청동에서 태어났다. 14세 때 부친을 여의고 백부인 권상하權尙夏의 양육과 내외가의 세도에 힘입어 벼슬길에 나아가지 않았다. 충북 일대로 옮겨 살았고 경북 문경과 지동에 자주 머물며 탐승 여행으로 일생을 보냈다. 「영삼별곡」 외에 가사로 「도통가」를 지었고, 「황강구곡가」를 비롯한 시조 75수가 있다.

　이 작품은 작가가 34세(1704년)에 장인이 벼슬살이를 하고 있던 삼척을 방문하고, 동해와 태백산, 영남 우도, 소백산 일대 등을 돌아본 후

패랭이　대나무로 엮은 갓.
미투리　짚신.
아무려나　아무렇게나. 억지가 아닌 자연스럽게.

지은 것이다. 작품은 충북 제천에서 출발하여 강원도 영월을 거쳐 삼척에 이르는 여정을 다루고 있다.

이 작품이 문학사에서 주목받는 이유는 관료가 되어 부임지로 가면서 지은 것이 아니라 개인의 순수한 여행 체험을 작품에 옮겼다는 점과 견문한 대상을 관념적으로 바라보지 않고 경험적 차원에서 사실적으로 그려 내고 있다는 점 때문이다. 즉 여행 성격(공적→사적)의 변화 및 자연에 대한 인식의 변화를 보인다는 점에서 조선 후기 문학사의 특성이 잘 드러나는 작품이라 할 수 있다.

18세기 이전의 기행 가사는 기행을 통한 견문과 주관적 정서를 담았더라도, 그것들은 유가 이념을 표현하기 위한 도구로써만 기능한다. 하지만 이 작품에서는 견문한 바와 화자의 정서가 유가적 이념에 속박되지 않았다. 때문에 이전의 기행 가사보다 객관적으로 견문한 바에 주목하여 그것들을 사실적이고 구체적으로 서술할 수 있었으며, 화자의 정서 또한 여행 자체의 감흥을 표출할 수 있었다.

> 원통골 가는 길로 사자봉을 찾아가니
> 그 앞의 너럭바위 화룡소가 되었어라
> 천년 노룡이 굽이굽이 서려 있어
> 밤낮으로 흘러내려 바다로 이었으니
> 풍운을 언제 얻어 삼일우를 내릴까
> 음지에 시든 풀을 다 살려 내었으면
>
> 「관동별곡」

뫼 밑에 서린 용이 변화도 무궁하여

음심한 오랜 소에 소굴을 삼고 있어

층층절벽 백 척에 비단 한 필 걸어 두고

한낮의 천둥소리 골짜기에 가득하니

구부리고 보던 것이 내 일이 싱겁구나

「영삼별곡」

인용문은 모두 화룡소를 소재로 하고 있다. 「관동별곡」은 화룡소의 모습보다는 풍운風雲을 얻고 삼일우를 내려 만물을 살려 내는 용의 이념적 의미에 초점을 맞추고 있다. 반면 「영삼별곡」에서는 깊은 소와 높은 폭포, 폭포의 우렁찬 소리, 그것을 바라보는 화자의 모습 등이 구체적으로 서술되어 있다.

이 외에도 별이실이라는 마을에서 맹수의 울음소리를 들으며 불안하게 밤을 보내야 했던 경험, 물에 빠져 젖은 옷을 모닥불에 말려 입었던 경험뿐만 아니라, 가난한 산가의 순박한 인심과 살림살이 등을 사실적으로 서술함으로써 근대 문학의 지표인 일상에 대한 관심의 확대 및 경험주의와 사실주의적인 특성이 나타난다. 「영삼별곡」의 이와 같은 특성들은 사실성을 중시했던 조선 후기 문학관의 변화 및 풍속화와 진경산수화의 발달로 대표되는 조선 후기 예술사의 변화와 궤를 같이한다는 점에서 주목된다.

탐라별곡 耽羅別曲

탐라耽羅 옛 도읍이 몇천 년 기업*인고

성주왕자* 지난 후에 변화된 지[物換星移]* 오래도다

성곽을 고쳤으니 백성[人民]인들 예 같을까

고려[聖朝]에 복속[臣屬]됨에 관리[命吏]를 보내시니

한 조각 작은 섬[彈丸小島]이 대해에 떠 있는데

세 고을[三邑]을 나누어서[分置] 솥발*같이 벌였으니

산 남쪽[山南]엔 두 현[兩縣]이요 산 북쪽[山北]은 중심지[州城]*라

토지는 그 얼마며 민물*도 장대하다

영문營門을 설치[隘設]하고 명위*를 중히 하여

절제사* 겸방어*로 섬 전체[一道]를 아우르니[彈壓]

기업基業 대대로 전해 오는 사업과 재산.
성주왕자星主王子 고려 초기 탐라국(耽羅國)의 태자 말로(末老)의 호. 독립국이었던 탐라국이 940년에 고려에 조공을 바치기 시작했고, 그로 인해 고려 태조부터 성주왕자라는 작호를 받았다.
물환성이物換星移 사물이 바뀌고 별이 움직임. 세월의 흐름과 변천을 의미한다.
솥발 세발솥 밑에 달린 세 개의 발. 세 개가 사이좋게 있는 모양을 비유적으로 나타낸 말이다.
주성州城 관아와 성이 있는 곳.
민물民物 백성들의 문화와 문물.
명위名位 명칭과 지위.
절제사節制使 지방에 파견되었던 2품 이상의 무관직.
겸방어兼防禦 방어사(防禦使)는 지방의 군사 요지에 파견되었던 무관직. 보통 지방 수령을 겸직했기 때문에 겸방어사(兼防禦使)라고 불렀다.

영해●에서 차던 인수● 새 사군●께 전달[傳掌]●하고

행장行李을 수습하여 영호●로 돌아와서

문서[諭書]●를 앞세우고 먼 바다[重溟]를 겨우 건너

화북진●에 정박[下碇]하여 동성문東城門 돌아드니

민가[閭閣]가 즐비[雜錯]한데 사면[四隅]이 돌담[石墻]이요

가로街路가 널찍한데[廣平] 양 길가[兩行]엔 수양버들[楊柳]

좌우左右를 둘러보니 장려●할손 관아[公廨]로다

관덕정觀德亭 넓게 앉혀 장사壯士의 모습[禮貌] 갖추고

전비●에 절[肅拜]을 하며 부월●을 손에 쥐니

어리숙한[公然] 백면서생● 대장大將의 위의威儀로다

연희각延曦閣 잠깐 쉬어 순력●길 바삐 나서

바다 쪽[海方]도 둘러보며 풍속도 살펴보니

불쌍하다 우리 백성 무슨 일로 편고●하여

영해寧海 작가는 경북 영해에서 부사를 역임했다.
인수印綬 벼슬에 임명될 때 임금으로부터 받는 관인(官印)을 몸에 차기 위한 끈.
사군使君 주(州)나 군(郡)의 최고책임자에 대한 높임말.
전장傳掌 전임자가 후임자에게 그동안 맡아보던 일이나 물건을 맡기는 것.
영호嶺湖 영남(嶺南 경상도)과 호서(湖西 충청도).
유서諭書 조선 시대에 임금이 군사권을 가진 관료에게 내린 명령서.
화북진禾北鎭 제주도 제주시 화북동에 있었던 군사 시설.
장려壯麗 웅장하고 아름다움.
전비殿碑 건물에 세워진 비석.
부월斧鉞 작은 도끼와 큰 도끼로, 임금이 내리는 무관의 징표.
백면서생白面書生 글만 읽고 세상일에 어두운 선비.
순력巡歷 관할 구역의 이곳저곳을 돌아보는 일.
편고偏苦 남보다 더 고통스러움.

의식이 궁핍[艱窘]하니 흥미가 있을쏜가

팔양족답* 겨우 하여 거친 밭[薄田]을 경작하니

짧은 호미 작은 보습 힘들게[辛苦] 산을 가꿔

오뉴월 힘을 다해[盡力] 서성*을 바라더니

조물주[造物]가 시기[忌劇]하고 기후[天時]도 그릇되어

거센 바람[惡風] 심한 장마[霖雨] 해마다 극심[孔極]하니

밭이랑[田畝]을 돌아보면 병마兵馬로 짓밟은 듯

각 곡식[各穀]을 둘러보면 쇠 채찍[鐵鞭]으로 짓찧은 듯

남은 이삭 주워 내니 빈 껍질뿐이로다

무엇으로 나라 빚[公債] 갚고 어떻게 살아갈고

거리거리 모인 기민* 가마[駕轎] 잡고 하는 말이

서러울사 우리 목숨[性命] 나라에 달렸으니

유민도* 옮겨다가 임금님[人君]께 아뢰고저

가죽옷 풀 벙거지[戰笠] 이 무슨 의관인고

메밀밥 상실죽*이 그 무슨 음식일고

팔양족답八陽足踏　팔양을 두루 밟다. 제주도는 땅이 척박하고 거름을 쓰기가 어려워서 해마다 같은 땅에서 농사를 짓지 못하고 땅을 쉬게 하였는데 이를 '쉬돌림'이라고 하였다. 쉬돌림 기간에는 담으로 둘러쳐진 밭에 소와 말을 사육해 소와 말의 배설물로 땅을 비옥하게 하였는데 이를 '바령' 또는 '팔양'이라고 불렀다.
서성西成　가을걷이. 음양오행설에서 서쪽은 가을을 의미한다.
기민飢民　굶주린 백성.
유민도流民圖　굶주리며 떠도는 백성의 참상을 그린 그림.
상실죽橡實粥　상수리 열매로 쑨 죽.

대대[歲歲]로 국은國恩 입어 나포이전* 허비하니

쌀 꾸기[請粟]도 낯이 없고 생계도 막막[茫然]하다

목자일족* 포작 구실* 이보다 더 서러우며

선격*의 무역貿易 무리 그 아니 난감한가

바다[滄溟]로 나뉘어 있고[限隔] 방금*이 엄[嚴截]하니

살 곳에 못 가기는 흘간산 언 새* 같다

슬프다 너의 고통[艱苦] 내 어이 모르리오

힘대로 구제키는 관장에게 달렸으나

견디어 지내기는 네 마음에 달렸으니

그럴수록 명심[惕念]하여 상심성* 보전하여

임금 은혜[天恩]를 잊지 말고 부자형제 사랑[相愛]하면

옥황상제[玉皇] 굽어 보셔 복록福祿을 주시나니

가난[窮困]을 한치 말고 네 도리를 다[盡心]하면

나포이전羅鋪移轉　나포창에서 꾼 쌀. 조선 시대에 제주도에서 재해가 발생한 해에 백성을 구휼하기 위해 쌀을 꾸어 주는 나포창(羅鋪倉)을 설치하였다.
목자일족牧子一族　목자로 일하던 한 집안. 목자는 나라에서 운영하는 목장에서 소와 말의 번식과 관리를 맡아보던 사람이다.
포작鮑作 **구실**　전복(鮑)잡이. 조선 시대에 제주에는 국가에서 백성들에게 부과한 여섯 가지의 힘든 일, 즉 6고역(六苦役)이라는 것이 있었다. 6고역은 목자(牧子)·답한(畓漢)·선격(船格)·과직(果直)·잠녀(潛女)·포작(鮑作)을 말한다.
선격船格　6고역의 하나로, 제주의 공물을 육지로 운반하는 배에서 일하던 사람.
방금邦禁　나라에서 금하는 일. 조선 시대에는 제주도 사람들이 육지로 이주하는 것을 금지했다.
흘간산紇干山 **언 새**　중국 산서성 대동시 동쪽에 있는 산으로, 흘건산(紇乾山) 또는 흘진산(紇眞山)이라고도 한다. 이 산 정상은 여름에도 눈이 쌓여 있을 정도로 매우 추워서 "흘진산 꼭대기에 얼어 죽은 참새, 어찌하여 살 곳으로 날아가서 즐기지 못했는고(紇眞山頭凍死雀 何不飛去生處樂)"라는 노래가 있었다고 한다.
상심성常心性　항상심(恒常心)과 같은 뜻. 언제나 변하지 않는 마음.

그 안[其中]에 영화榮華 있어 빈천貧賤을 벗어나니

옛 시절 돌아보면 그 아니 알 일인가

삼성신* 솟아난 후 민속이 순화하니*

농사[世事]도 풍년[豐登]이고 인축*도 번성하여

집집이 귤 숲[橘林]이요 곳곳이 준마駿馬러라

어승*도 여기서 나고 제우*도 여기서 나니

국축*도 번성[盛]커니와 사둔*인들 적을쏜가

비룡飛龍 같은 완마종* 각 목장에 가득하고

황금 같은 동정귤*은 공사원*에 향내 난다

화평한 별천지를 옛날[前古]에 일렀으니

좋은 때 그 세계에 너희처럼 설워하랴

하물며 한라산은 천하에 이름 있어

영주*가 기이함이 삼신산三神山의 하나이며

삼성신三聖神 우리나라의 민간 신앙에서 숭상하는 신의 하나이다.
순화淳和**하니** 순박하고 온화하니.
인축人畜 사람과 가축.
어승御乘 임금이 타는 것. 여기에서는 말을 의미한다.
제우祭牛 나라에서 지내는 제사에 쓰는 소.
국축國畜 나라에서 필요로 하여 기르는 가축.
사둔私屯 둔(屯)은 말을 기르던 목장. 사둔(私屯)은 개인이 운영하던 말 목장을 말한다.
완마종宛馬種 완마는 중국 한나라 때 서역에 있던 나라인 대완(大宛)의 말을 뜻한다. 대완은 명마로 유명한 나라였다.
동정귤洞庭橘 원래 중국 태호(太湖) 동정산(洞庭山)에서 났던 귤로, 조선 시대 제주도의 특산물 중 하나이다.
공사원公私園 공공기관의 정원과 개인의 정원.
영주瀛州 신선이 산다는 삼신산(三神山)의 하나로, 한라산의 다른 이름이 영주산이다.

노인성˙ 밝은 광채 장수 마을[壽域]을 열어 놓고

금강초˙ 푸른빛이 백발을 검게 하니

옛날의 진황한무˙ 못 보아 한이 남네[遺恨]

너희는 선분˙ 좋아 이곳에 나고 자라[生長]

영실˙을 곁에 두고 백록담 위에 앉아

술잔[流霞觴]˙ 가득 부어 노선老仙과 대작[酬酌]하니

익힌 음식[煙火食] 무관[不關]커든 다른 염려 있을쏜가

다툴 것이 무엇이며 구할 것이 무엇인가

높은 봉 올라서서 속세[塵土]를 굽어보면

큰 바다 잔만 하여 세상이 춘몽˙이라

그 가운데 있는 사람 사는 모습[營爲] 가소롭다

산방山房을 볼작시면 빈 절에 터[基址]만 있고

토성土城을 살펴보면 옛 진터 있었으니

만사를 헤아리면 뉘 아니 헛되리요

노인성老人星 남극성(南極星) 또는 남극노인성(南極老人星)이라고도 하며, 이 별을 보면 장수를 한다고 믿었다.
금강초金剛草 불로초로 여겨지던 약초. 판소리 「수궁가」에도 토끼가 불사약으로 금강초를 거론하였다.
진황한무秦皇漢武 중국 대륙을 최초로 통일한 진시황과 중국에서 가장 강성한 제국을 건설한 한무제.
선분仙分 신선과의 연분. 신선과의 인연.
영실瀛室 영실기암, 오백나한, 오백장군 등으로 불리는 한라산의 한 부분. 한라산의 다른 이름은 신선이 산다는 삼신산 중 하나인 영주산(瀛州山)이다. 따라서 영실은 영주산과 더불어 신선이 사는 곳이라는 의미로 사용된 것으로 보인다.
유하상流霞觴 신선이 마신다는 좋은 술인 유하주(流霞酒)가 든 잔.
춘몽春夢 일장춘몽(一場春夢). 한바탕의 봄꿈, 헛된 꿈을 의미한다.

김방경* 최영* 장군 왔던 종적踪迹 그 뉘 알며

이문경* 삼별초三別抄는 반란만 지어 있네

아홉 진[九鎭]이 벌어 있어 수비[防守]를 굳게 함에[申飭]*

병기兵器도 정교하고 무사武士도 강건하니

다른 나라[異國]가 엿본들 날아서 못 건너리라

군량미[軍餉]도 없다마는 천연 요새[天塹] 미덥도다

한가[閑漫]한 관아의 일[營中公事] 문만 여닫을[開閉門] 뿐이로다

차라리 막대 잡고 좋은 곳[勝地]이나 구경[遊賞]하러

취병담翠屛潭에 이름 쓰고[題名] 등령구登靈區 찾아가서

유상곡수* 놀이하며 꿩 사냥[追雉] 시작하네

기녀의 음악[歌管] 소리 선악仙樂과 화답함에

바람[天風]에 놀란 생학* 공중에서 내려오니

세상 인연[世緣] 다 떨치고 가슴[胸海]을 더 넓히니

적송자* 안기생*을 거의 서로 만날 듯

김방경金方慶 고려 후기의 무신으로, 삼별초를 토벌한 장수이다.
최영崔瑩 고려 후기의 무신으로, 고려 공민왕 때 원목자(元牧子)가 난을 일으키자 최영을 파견하여 토벌하였다.
이문경李文景 고려 후기의 무신으로, 제주의 진도에 주둔하고 있던 삼별초를 토벌하기 위해 가짜 장수로 파견되었다고 한다.
신칙申飭 단단히 타일러 조심함.
유상곡수流觴曲水 구불구불 흐르는 물에 잔을 띄우고 시를 지으며 노는 놀이.
생학笙鶴 신선이 타고 다니는 학.
적송자赤松子 중국 고대 제왕인 신농씨 때 비를 주관하던 우사(雨師)로, 곤륜산에서 서왕모의 석실에 들어가 비바람을 타고 놀았다는 전설 속의 신선이다.
안기생安期生 중국 진나라 때 사람으로, 하상장인(河上丈人)에게 신선술을 배워 장수하였다는 신선이다.

관원 임무[王事]를 못 잊어서 말 점검[驪點]을 시작한다

열두 목장[十二場] 차례대로 왕래하며 보살피니

무리무리 모인 말이 구름인가 비단인가

장관[壯觀]이 더하기는 산마 낙인찍기[山馬點烙]•로다

목책•을 굳게 닫고 일시에 몰아내니

나는 듯 뛰노는 듯 골짜기[巖谷]와 수풀[林藪]이로다

북소리 깃발[旗幟] 빛에 산짐승[山獸]조차 달아나니

건장한[豪健] 모든 장교[將校] 다투어 재주 뵌다

노루 사슴[獐鹿] 많거니와 용맹[武勇]도 장하도다

한바탕[一場] 좋은[勝] 놀음 보기도 좋거니와

백성 사정[民情] 헤아리니 마음[心膽]이 아득하여

근심스레[悄悄] 돌아와서 와선각[臥仙閣]에 비껴드니

난데없는[無端] 찬 비바람 귤 밭[橘園]에서 일어나네

시험 삼아 자던 꿈을 놀라 깨어 일어나서

망경루[望京樓] 넓은 난간 의지하여 멀리 보니

바다 빛 아득한데 장안•이 멀었어라

한양 궁궐[瓊樓玉宇]• 아득한[縹緲] 곳 우리 임금 추우신가

산마점낙山馬點烙 산마는 한라산 목장에서 길러지는 말을 뜻하고, 점낙은 쇠를 달구어 말에 낙인을 찍는 일을 뜻한다.
목책木柵 말뚝을 박아 만든 목장의 울타리.
장안長安 임금이 있는 한양.
경루옥우瓊樓玉宇 옥으로 만든 누각과 집이라는 뜻으로 임금이 사는 궁궐을 말함.

외로운 신하[孤臣]의 숨은 근심 곳곳[到處]에 맺혔으니

어느 때 순풍 만나 험한 바다[險海] 쉽게 건너[利涉]

이곳의 물정민우* 세세히 아뢰고저

묵묵히 혼자 앉아 백 가지로 생각[思量]하니

술이나 흠뻑 취해[盡醉] 잠시라도 잊으리라

한 잔 한 잔[一盃一盃] 또 한 잔[復一盃]을 끝도 없이[無盡無盡] 먹었으니

잠 고을[睡鄕]인 듯 술 고을[醉鄕]인 듯 회포 근심[客懷世慮]* 있건 없건[有無間]

바람결에 뿔피리 소리[畵角聲] 옥소선*에 닿는 듯

황홀한 이내 몸이 화서천*에 와 있는가

속인[塵客]인가 신선[仙官]인가 그 뉘라서 분별[分辨]하리

어와 이렁저렁 지내니 온갖[萬斛] 시름 다 풀어 버리거라

물정민우物情民憂　상황과 백성들의 근심거리.
객회세려客懷世慮　타지에서의 회포와 세상에 대한 근심.
옥소선玉簫仙　옥통소를 부는 신선.
화서천華胥天　남효온(南孝溫)의 몽유록 「수향기(睡鄕記)」에서는 취향(醉鄕)의 동남쪽에 수향(睡鄕)이 있으며, 수향에 들어가면 정신이 황홀해져서 모든 근심 걱정을 잊어버리게 된다고 하였다. 수향의 동쪽에 있는 나라가 화서국(華胥國)이며, 남쪽에는 괴안국(槐安國), 서쪽에는 나부국(羅浮國)이 있다고 하였다.

—

   정조 때 제주 목사를 지낸 정언유鄭彦儒(1687~1764년)의 작품이다. 본
관은 동래東來이며 호는 우헌迂軒이다. 온양 군수, 진수 목사, 영해 부
사 등을 거쳐 영조 25년(1749년)에 2년 동안 제주 목사를 지냈고, 형조와
호조 참판을 역임하였다. 이 작품은 제주 목사였던 영조 26년(1750년, 64
세)에 지은 것이다. 이 작품의 주된 내용은 곤궁함에 시달리던 제주 백
성들의 모습과 그것을 안타깝게 바라보는 화자(목민관)의 정서라 할 수
있다.

   서사에서는 탐라의 역사와 지리 및 행정, 제주 목사 임명장을 받고
제주의 관아에 도착하기까지의 여정 등을 개괄적으로 서술하였다.

   본사는 제주의 풍속과 백성들의 삶을 살펴보는 것으로 시작된다. 작
품에 제시된 백성들의 삶은 매우 곤궁하다. 백성들이 곤궁한 첫 번째
요인은 농사짓기에 매우 어려운 거친 토질과 험한 날씨(거센 바람과 심한
장마), 즉 척박한 자연환경이다. 농사가 잘 안되기 때문에 백성들은 세
금(公債)을 낼 수도 없다. 때문에 부임하는 감사의 가마를 붙잡고 자신
들의 참상을 임금님께 아뢰어 달라고 애원한다.

   제주의 일반적인 백성들은 가죽옷에 풀 벙거지를 쓰고, 메밀밥에 상
수리 죽으로 끼니를 잇는다. 그러나 그것만으로는 살 수 없어 매년 구
휼미를 빌려 겨우 연명한다. 특히 제주도의 백성들은 여섯 가지 고역에
해당하는, 소와 말을 관리하는 목자牧子, 전복 잡이를 하는 포작鮑作,
배로 공물의 운송을 맡은 선격船格 등의 힘든 노역으로 고통받고 있다.
게다가 제주민은 육지로 이주할 수 없도록 법으로 규정되어 있었기 때

문에 흘간산紇干山에서 얼어 죽는 새와 같은 처지라고 하여 제주민의 고통을 특별히 강조하였다.

백성들의 곤궁함을 해결하기 위해 화자는 관장官長의 노력과 백성들의 윤리적 무장을 강조하고 있다. 이러한 해결책은 이데올로기의 붕괴가 경제적 곤궁함 때문인 것으로 인식한 결과라 할 수 있다.

이어서 곤궁하더라도 도리를 지키면 다시 누릴 수 있는 세상의 예로 평화로웠던 과거가 제시되어 있다. 과거는 민속이 순박하고, 의식이 풍족했으며, 나라에서 필요로 하는 제주 특산물인 말과 소, 감귤 등이 모두 풍성했다. 한라산은 삼신산의 하나인 영주산으로서 천하에 이름을 떨칠 정도로 아름답고 신령스러우며, 백성들은 남극노인성南極老人星과 금강초金剛草 덕분에 건강과 장수를 누리며 신선처럼 살며 세상 사람들의 생애를 비웃었다고 하였다.

이상에서 화자가 견지한 시각이 백성들의 삶을 살피는 목민관牧民官의 그것이었다면, 후반부는 군사 및 행정 담당자로서의 시각에 의해 서술되었다.

먼저 제주가 지리나 군사력 면에서 방비가 튼튼하다는 점을 이야기하였다. 화자는 백성들에 대한 근심을 잠시 접어 두고 관료로서 누릴 수 있는 풍류를 즐기거나 공무를 수행한다. 악공과 기녀들을 동반하고 유상곡수流觴曲水와 꿩 사냥을 즐기기도 하고, 목장을 점검하면서 구름처럼 많은 말들과 말에게 낙인을 찍는 모습, 말들이 힘차게 뛰노는 모습, 장교들의 재주 등을 보며 흥취를 느끼기도 한다.

하지만 그것도 잠시, 생각은 다시 백성들의 곤궁한 삶으로 돌아온다. 화자는 어떻게 하면 제주 백성들의 곤궁한 삶과 고통을 임금께 아뢸 수 있을까 생각한다. 하지만 현실은 화자의 생각처럼 녹록지 않기에 술에 취해 근심을 잊는 것으로 결사를 마무리하고 있다.

이 작품은 제주라는 특정 지역을 노래한 작품이다. 따라서 지역 문학의 관점에서 주목된다. 제주 지역과 관련된 작품은 「표해가」, 『표해록』, 「만언사」 등이 있는데, 화자의 처지에 따라 제주를 바라보는 시선이 다르다. 이들의 제주를 바라보는 시선을 비교하는 것도 흥미로운 과제가 될 것이다. 또 하나 주목되는 점은 백성들의 곤궁함과 고난을 적나라하게 서술하고 있다는 점이다. 이는 조선 후기 가사의 사실주의적 특성과 관련이 있다. 또한 백성들의 고난과 궁핍함을 주된 내용으로 담고 있는 작품은 「갑민가」를 비롯한 현실 비판 가사이다. 현실에 대한 인식과 그에 대한 대응이라는 관점에서 현실 비판 가사와 비교해 볼 필요가 있다. 이들이 백성들의 간고를 해결하기 위한 방안으로 든 것은 목민관의 노력과 백성들의 윤리적 무장이다. 이런 접근은 근본적이고 현실적인 해결책이 되지 못한다. 화자가 술로 근심을 달래려 한 것은 이 때문이며, 이런 태도는 당대 관료의 의식적 한계로 지적할 수 있다.

일동장유가 日東壯遊歌

【대마도 도착】

포구로 들어가며 좌우를 둘러보니

산들이 삭립*하여 경치가 절묘[奇絶]하다

송삼죽백* 귤유등감* 다 모두 푸르네[等靑]

왜봉* 여섯 놈이 금도정에 앉았구나

인가가 스산하고[蕭條] 여기 세 집 저기 네 집

합하여 세게 되면 사오십 호 더 아니라

집 모양이 매우 높아 노적 더미 같구나

구경하는 왜인들이 모여 앉아 굽어본다

그중에 사나이는 머리를 깎았으되

뒤꼭지만 조금 남겨 고추상투 하였으며

발 벗고 바지 벗고 칼 하나씩 찼으며

왜녀의 치장들은 머리를 아니 깎고

밀기름 듬뿍 발라 뒤로 잡아매어

삭립削立 깎아지른 듯이 서 있음.
송삼죽백松杉竹柏 소나무, 삼나무, 대나무, 측백나무.
귤유등감橘柚橙柑 귤나무, 유자나무, 등자나무, 감자나무(홍귤나무).
왜봉倭奉 왜봉행(倭奉行). 사신을 모시는 일본인을 뜻한다.

160 • 기행 가사

족두리 모양처럼 둥글게 꾸몄고

그 끝은 두루 틀어 비녀를 질렀으며

노소 귀천 막론하고 얼레빗을 꽂았구나

의복을 보아하니 무● 없는 두루마기

한 동 단● 막은 소매 남녀 없이 한가지요

넓고 큰 접은 띠를 느슨하게 둘러 띠고

일용범백● 온갖 것은 가슴 속에 다 품었다

남편 있는 계집들은 꺼멓게 이를 칠하고

뒤로 띠를 매고

과부 처녀 계집들은 앞으로 띠를 매고

이를 칠하지 않았구나

외총● 낸 고운 짚신 남녀 없이 신었구나

비단옷에 연지 찍고 곳곳에 앉았으되

그중에 두 계집이

허연 무명 보자기로 머리 싸고 앉았거늘

통사에게 물어보니

벼슬 있는 사람들의 처첩妻妾이라 하는구나

무 웃옷의 좌우 겨드랑이에 대는 딴 폭.
한 동 단 하나의 동을 단. 동은 저고리 소매의 끝을 말한다.
일용범백日用凡百 매일 사용하는 모든 물건.
외총 총이 하나인 짚신. 총은 짚신의 앞쪽 올을 말한다.

【대마도주對馬島主의 접대】

이경●에 국서 뫼셔

세 사신使相이 함께 관소●로 내려가니

접대도 한이 없네

왜공●을 오늘부터 계속해서 한다 하네

배고프고 밤이 드니 내 배에서 시켜 먹고

저녁 상[宿供]을 받아 보니 녹육창어● 파와 나물[蔥菜]

밥 한 그릇 국 한 그릇 잡탕 하나 장 한 종지

또 무엇 드리는고

큰 접시 하나 속에 대여섯 가지 마른 것을

맨 나중에 한 그릇에 조금씩 한데 놓고

세 번째 들이는 것 가지김치 한 그릇과

무장아찌로다

감자를 가로 베어 차례로 와 드리니

돈 같은 세 조각과 귤 떡 같은 누런 떡을

두 개씩 놓아 내어

영리한 왜 아이가 차례로 와 드리니

보기에 가소롭다

이경二更　오후 9~11시 사이.
관소館所　사신이 머물던 집.
왜공倭供　왜인들이 음식을 마련하여 받드는 일.
녹육창어鹿肉鯧魚　사슴 고기와 병어.

나하고 여섯 비장 한방에서 같이 자고

자재 시온 사집*이는 배방에 가 잔다 하네

【바다에서의 고생 – 파선】

십구일 서북풍에 비로소 돛을 달고

여섯 배가 차례대로 악포*로 지나오니

병풍 같은 험한 바위 울산부터 여기까지

오백 리를 가로막아 물속에 숨어 있고

배 한 척 지날 만큼 한 곳이 터졌으니

만일 조금 잘못 가면 순식간에 파선*함에

왜놈이 두 척 배를 두 편에 벌려 서서

뱃길을 내어놓고 그 사이로 가라 하니

구당*과 염여퇴*인들 이보다 험할쏜가

여섯 배 조심하여 차례로 넘어갈 제

물결이 사나워 눈보라[雪散]*가 일어나니

배가 못 견디어 뒤틀리어 틈을 내네

위태롭고 무서워서 비할 데 전혀 없다

자재 시온 사집　자재(子才) 원중거(元重擧), 시온(時韞) 남옥(南玉), 사집(士執) 성대중(成大中)을 뜻한다.
악포鰐浦　대마도에 있는 포구.
파선破船　배가 파괴됨.
구당瞿唐　중국 사천성 봉절현 동쪽에 있는 험한 해협.
염여퇴灩預堆　구당 해협의 입구에 우뚝 솟은 암석. 이곳의 물결이 매우 빠름.
설산雪散　물보라가 눈처럼 하얗게 부서지는 모양.

거기를 넘어서니 긴 숨이 나는구나

바람이 사나워서 서박포●로 들어가니

인가는 수삼호數三戶요 풍경도 절묘하다

【대판성의 화려함과 웅장함】

백삼십 리 대판성●을 삼경●쯤에 들어가니

섭진주攝津州에 속하였고 강 이름은 낭화浪華로다

예부터 제술관이 국서國書 배에 오르더니

이번에 남시온이 사집과 원자재로

일복선一卜船에 앉았다가 국서선國書船에 못 올라서

뒤떨어져 있는지라 불쌍하고 가엾다

내리기[下陸]를 청하거늘

세 사신[三使相]을 모시고서 본사로 들어갈새

길을 낀 민가[閭閻]들이

집들이 즐비[接屋連墻]하고 번화하고 화려[富麗]하여

우리나라 종로보다 만 배나 더하도다

발도 걷고 문도 열고 난간도 의지하며

마루에 앉은 사람 집 안에 가득하고

서박포西泊浦 대마도에 있는 포구 이름.
대판성大阪城 도요토미 히데요시의 도읍지.
삼경三更 밤 11시~새벽 1시 사이.

기둥에 매였으되 어른은 뒤에 앉고

아이는 앞에 앉아 일시에 구경하되

그리 많은 사람들이 한 소리를 아니하고

어린아이 혹 울면 손으로 입을 막아

못 울게 하는 거동 법령도 엄하도다

나 탄 말이 크고 높고 놀라고 사나워

소리치고 뛰놀아서 거의 낙상할 뻔하니

이 앞 육로 천여 리를 어이 갈꼬 염려로다

관소로 들어가니 그 집이 웅장하여

우리나라 대궐보다 크고 높고 사려*하다

【우리나라 도성과의 비교】

우리나라 도성 안은 동에서 서로 오기

십 리라 하지마는 채 십 리가 못 되고

부귀한 재상들도 백 칸 집이 금법禁法이요

모두 다 흙 기와를 이었어도 장타는데

장할손 왜놈들은 천 칸이나 지었으며

그중에 부유[豪富]한 놈 구리 기와 이어 놓고

황금으로 집을 꾸며 사치하기 이상하고

사려奢麗 사치스럽고 화려함.

남에서 북에 오기 백 리나 거의 되데

민가가 빈틈없어 하나 가득 들었으며

한가운데 낭화강이 남북으로 흘러가니

천하의 이런 경관 또 어디 있단 말고

북경을 본 역관이 일행 중에 와 있으되

중원의 장려*하기 이보다 낫잖다네

이러한 좋은 세계 해외에 배치하고

더럽고 몹쓸 씨로 소굴을 삼아서

주평왕* 적 입국하여 이때까지 이천 년을

흥망을 모르고 한 성으로 전하여서

인민이 번식하여 이처럼 번성하니

모를 것은 하늘이라 한스럽도다[可歎可恨]

【일본의 미개한 풍속】

제 나라 귀족 부녀 깃접에* 다닐 적에

바지 아니 입었기에 서서 오줌 누게 되면

제 종이 그 뒤에서 명주 수건 가졌다가

달라 하면 내어 주니 듣기에 놀랍도다[駭然]

장려壯麗 웅장하고 화려함.
주평왕周平王 중국 주나라 13대 임금.
깃접에 새의 깃처럼 얇은 겉옷만 입고. 기모노만 입은 모습을 가리키는 듯하다.

제 형이 죽은 후에 형수를 계집 삼아

데리고 살게 되면 착하다 하고 기리되

제 아우는 길렀다고 제수는 못 한다네

예법이 전혀 없어 금수와 일반이다

대체로 평수길●이 사납고 강성하여

높은 산은 낮게 하고 낮은 산은 높게 하고

바른 물은 굽게 하고 굽은 물은 곧게 하여

물 하나 산 하나를 곱게 둔 것 전혀 없고

살인하기 마귀 같고 이웃 나라 침노하고

대명大明을 범하려니 제 어이 망찮으리

번화하기 제일이요 인물이 모이는지라

문사文士도 많거니와 호걸도 있다 하네

【섬 오랑캐(일본)에 대한 적개심】

이십 리 실상사● 가 세 사신 조복●할 제

나는 내리지 않고 왜성으로 바로 가니

인민이 부려●하기 대판만은 못하여도

서에서 동에 가기 삼십 리라 하는구나

평수길平秀吉 　도요토미 히데요시(豊臣秀吉).
실상사實相寺 　일본 본주 하내주에 있었던 사원 이름이다.
조복朝服 　관원이 조정에 나아가 하례할 예복을 입는 일.
부려富麗 　부유하고 화려함.

관사는 봉등사*요 오층 문루* 위에

여남은 구리 기둥 하늘[雲宵]에 닿았구나

수석水石도 기묘하고 대나무도 운치[幽趣] 있네

왜황이 사는 데라 사치가 한이 없다

산세[山形]가 웅장하고 강물[水勢]도 둘러싸서[環抱]

옥야* 천 리 생겼으니 아깝고 애달플손

이리 좋은 천부금탕* 예*놈의 물건[器物] 되어

황제 왕을 자칭[稱帝稱王]하고 자손 대대로 물려주니

개돼지 같은 더러운 무리 모두 다 소탕하고

사천 리 육십 주를 조선 땅 만들어서

왕화*에 목욕 감겨 예의국禮儀國 만들고저

··· 중략 ···

왜황倭皇은 괴이하여 아무 일도 모르고서

병농형정* 온갖 것을 관백*에게 맡겨 두고

관여하는 일이 없어 궁실화초 꾸미고

봉등사 본국사(本國寺)의 오기이다.
문루門樓 성문 위에 설치한 누각.
옥야沃野 비옥한 들.
천부금탕天府金湯 천부는 하늘이 내려 준 창고로, 땅이 기름져 재물이 풍부한 땅을 뜻한다. 금탕은 금성탕지(金城湯池)의 준말로, 끓는 물이 성을 둘러싸고 있어 외적이 접근할 수 없는 견고한 성을 말한다.
예穢 왜놈을 더러운 놈이라는 의미로 예놈으로 표기하였다.
왕화王化 임금의 은혜에 감화됨.
병농형정兵農刑政 군사, 농업, 형벌, 정치. 곧 나라의 모든 일을 의미한다.
관백關白 일본 막부의 최고권력자.

보름은 재계*하고 보름은 주색酒色하여

딸이나 아들이나 맏이가 선다* 하네

지금도 섰는 왜황 여왕女主이라 하는구나

사행이 들어올 제 구경을 한다 하되

일반 왜놈[凡倭]과 같은지라 몰라보니 애달프도다

一

　김인겸金仁謙(1707~1772년)은 조선 후기 세도가인 안동 김씨 가문에서 출생하였으며 1753년(영조 29년)에 사마시에 합격하여 진사가 되었다. 1763년 계미통신사행의 종사관인 김상익의 삼방서기三房書記로 뽑혀 일본에 다녀왔다. 「일동장유가日東壯遊歌」는 김인겸이 계미년(癸未年, 1763년) 8월 3일부터 이듬해 7월 8일까지 일본 통신사의 일원이 되어 수륙 6,000리를 견문하고 경험한 바를 일기 형식으로 기록한 국문 기행 가사이다.

　서기書記는 외국 문인들과 교유하며 문장文章으로써 조선의 문화적 수준을 과시하는 역할을 했기 때문에 「일동장유가」에도 일본인들에게

재계齋戒　부정한 일을 삼가고 몸을 깨끗이 함.
선다　서다. 왕위에 오른다.

시를 써 주거나 수창(酬唱 시를 주고받으며 읊음)한 경험을 기록한 부분이 많다. 그 외에 18세기 조선인 사대부의 눈으로 바라본 일본의 문물과 제도, 인정과 풍속, 풍경 등 자연 환경과 인문 환경 등이 자세하게 기록되어 있다.

안동 김씨 가문의 후손이라고는 하지만 지방에 거주하는 서얼 출신°이며 14세에 부친이 별세하여 가세가 어려웠기 때문에 출사에 많은 어려움을 겪었던 것으로 보인다. 이런 작가에게 통신사의 서기로 일본에 간다는 것은 대단히 영광스러운 일이었을 것이다. 통신사에 참여한 제술관製述官과 서기書記가 대부분 서얼 출신이기는 하지만, 지방의 가난한 서얼 출신이 오랑캐의 나라인 왜에 문명국인 조선의 문화적 우위를 드러내는 직분으로 선발되었다는 사실 자체가 개인적으로 크나큰 영광일 뿐만 아니라, 외국을 여행한다는 것도 당시에는 매우 특별한 일이었기 때문이다. 「일동장유가」 곳곳에서 드러나는 자부심은 이와 같은 김인겸의 현실적 처지와 무관하지 않다.

김인겸은 통신사를 따라 8월 3일 서울을 출발하여 용인-충주-문경-예천-안동-영천-경주-울산-동래를 거쳐 부산 도착한 후 8월 20일부터 10월 5일까지 부산에 머문다. 10월 6일 부산항을 떠나 대마도 대포에서 일지도 등을 지나 일본 막부가 있는 에도(江戶)에 도착한다. 에도에서 사신들이 막부의 최고권력자인 관백에게 국서를 전달할

° 김인겸은 김상헌의 아들 광찬(光燦)의 서자 수능(壽能)의 손자이다.

때 김인겸은 오랑캐에게 절을 할 수 없다며 관사에 머문다. 국서를 전달한 후 다시 귀환하여 임금께 사행의 결과를 보고(복명復命)하고 고향으로 돌아온다.

김인겸은 자신의 사행 경험을 주변 사람들에게 알려 줄 목적으로 이 작품을 지었다.°° 따라서 주변 사람들에게 관심과 흥미를 느낄 수 있는 많은 일화들이 삽입되어 있다.

일본에서는 쓰시마(對馬島)-이키시마(一岐島)-오사카(大阪) 성-에도(江戶)에 이르는 수륙 4,600리의 여정을 담고 있다. 여기에서는 특히 조선과는 전혀 다른 일본의 풍습과 화려하고 웅장한 도시의 모습을 서술한 부분에서 문명국으로서의 자부심과 임진왜란 때 조선을 침략한 일본에 대한 적개심을 강하게 표출하였다.

조선으로 다시 돌아오는 여정은 비교적 간단하게 서술되어 있는데, 회정길에 겪은 상방집사上房執事 최천종의 살해 사건은 매우 자세하게 서술하였으며, 사건 수사에 미온적인 일본인들에 대해 강한 적개심을 드러냈다. 또한 통역관(譯官)과 비장들이 무역 행위를 하기 위해 출항을 방해하는 행위를 비판적으로 서술하였다.

김인겸은 일본의 화려하고 웅장한 모습에 놀란다. 그가 본 오사카의 모습은 우리나라뿐만 아니라 중원보다도 훨씬 웅장하고 화려하였다. "천하의 이런 경관 또 어디 있단 말고"라고 하며, 상상 이상으로 화려

°° "자손에게 뵈자 하고 가사를 지어내니" 「일동장유가」

하고 웅장한 오사카 성의 모습에 감탄하지만, 그것은 예상하지 못한 웅장함과 화려함 그 자체에 대한 감탄일 뿐이다. 풍족한 자연 환경과 외적의 침입을 거의 받지 않는 지리적 조건 때문에 가능한 것으로 인식할 뿐, 문명국이라는 인식은 전혀 없다. 세계를 문화국(中華)과 오랑캐(夷)로 구분하는 화이관華夷觀으로 인식하는 중세 조선인의 입장에서 볼 때, 오랑캐의 나라인 왜가 이토록 장려壯麗한 이유를 이해할 수 없을 뿐만 아니라, 강성한 국력을 기반으로 문명국인 조선을 침략했다는 점에서 한탄스럽고 원망스러울 뿐이라고 하였다("모를 것은 하늘이라 한탄스럽도다").

연행가 燕行歌

【변방 지역(압록강 건너) 오랑캐의 풍속】

곳곳[處處]의 화톳불은 호인*들이 둘러앉고

밤새도록 나팔소리 짐승 올까 염려로다

밝기를 기다려서 책문*으로 향해 가니

목책으로 울타리 하고 문 하나를 열어 놓고

봉황성장* 나와 앉아 인마人馬를 점검하며

차례로 들어오니 변문신칙* 엄격[嚴切]하다

녹창주호* 여염들은 오색이 영롱하고

화사채란* 가게[市廛]들은 만물이 번화하다

집집의 호인들은 길에 나와 구경하니

의복이 괴상[乖戾]하여 처음 보기 놀랍도다

머리는 앞을 깎아 뒤만 땋아 늘어뜨려

호인胡人 오랑캐. 청나라 사람을 말한다.
책문柵門 구연성 서쪽에 있는 문.
봉황성장鳳凰省長 요녕성 관내 봉황성의 우두머리.
변문신칙辨問申飭 여러 가지를 묻고 경계하는 일.
녹창주호綠窓朱戶 푸른 창문과 붉은 문.
화사채란花紗彩欄 꽃무늬로 장식한 창과 단청을 입힌 난간.

명주실[唐絲]로 댕기 하고 마래기°를 눌러 쓰며

검은빛 저고리는 깃 없이 지었으되

옷고름은 아니 달고 단추 달아 입었으며

검푸른[鴉靑] 바지 반물° 속옷 허리띠로 눌러 매고

두 다리에 행전° 모양 타오구라 이름하여

회목°에서 오금°까지 회매°하게 들여 끼고

깃 없는 청두루마기 단추가 여럿이요

좁은 소매 손등 덮어 손이 겨우 드나들고

곰방대° 옥 물부리° 담배 넣는 주머니에

부시°까지 껴서 들고 뒷짐지기 버릇이라

사람마다 그 모양이 천만인이 똑같도다

모두 우리 온다 하고 저희끼리 지저귀며

무엇이라 인사하나 한마디도 모르겠다

계집년들 볼만하다 그 모양은 어떻더냐

머리만 추켜올려 가르마는 아니 타고

마래기 중국 청나라 때 관리들이 쓰던 투구 비슷한 모자.
반물 검은 빛을 띤 남색.
행전 바지나 고의를 입을 때 정강이에 감아 무릎 아래에 매는 물건.
회목 발목이나 손목의 잘록한 부분.
오금 무릎의 구부리는 안쪽.
회매 옷의 매무시나 무엇을 싸서 묶은 모양이 가볍고 단출함.
곰방대 짧은 담뱃대.
물부리 담배를 끼워서 빠는 부분.
부시 부싯돌을 쳐서 불을 일으키는 쇳조각.

뒤통수에 몰아다가 맵시 있게 치장[首飾]하고

오색으로 만든 꽃은 사면으로 꽂았으며

도화분● 단장하여 반쯤 취한 모양같이

불그레한 고운 모습[態度] 눈썹[蛾眉]을 치장하고

살쩍●을 고이 끼고 붓으로 그렸으며

입술 아래 연지 빛은 붉은 입술[丹脣] 분명하고

귓불 뚫은 구멍 귀고리 달았으며

의복을 볼작시면 사나이 격식[制度]이로되

다홍빛 바지에다 푸른빛 저고리요

연옥색 두루마기 발등까지 길게 지어

목도리며 소매[袖口] 끝동 꽃무늬[花紋]로 수를 놓고

품 넓고 소매 넓어 풍채[風神] 좋게 떨쳐입고

고운 손[玉手]에 금반지[金指環]는 외짝만 널찍하고

손목의 옥고리는 굵게 말아 둥글구나

손톱을 길게 길러 한 치만큼 길렀으며

발 맵시를 볼작시면 수당혜●를 신었으며

짚신[靑鞋]은 발이 커서 남자의 발 같으나

가죽신(唐鞋)은 발이 작아 두 치쯤 되는 것을

도화분桃花粉 불그레한 분.
살쩍 관자놀이와 귀 사이에 난 머리털. 귀밑털.
수당혜繡唐鞋 수를 놓은 가죽신.

비단으로 꼭 동이고 신 뒤축에 굽을 달아

위쭉비쭉 가는 모양 넘어질까 위태하다

그렇다고 웃지 마라

명나라 끼친 제도 저 계집의 발 한 가지

지금까지 볼 것 있다

아이들도 나와 구경 주렁주렁 몰려섰다

이삼 세 되는 것은 앞뒤로 이끈다

머리는 다 깎아다 좌우로 한 모둠씩

뾰족하니 땋았으되 붉은 실[唐絲]로 댕기 하여

복주감투* 마래기*에 채색 비단 수를 놓아

검은 공단* 선을 둘러 붉은 단추 꼭지 하고

바지며 저고리도 오색으로 무늬 놓고

배래기*라 하는 것은 보자기에 끈을 달아

모가지에 걸었으니 배꼽 가린 거로구나

십여 세 처녀들은 대문 밖에 나와 섰네

머리는 아니 깎고 한편 옆에 모아다가

사양머리* 모양처럼 겹겹이 잡아매고

복주감투 뺨까지 가리는 방한모자의 일종.
마래기 중국 관원들이 쓰던 모자의 일종.
공단貢緞 비단의 일종.
배래기 한복 옷소매의 아래쪽 둥그런 부분.
사양머리 머리털을 좌우 귀밑에서 두 갈래로 갈라서 땋은 머리.

꽃가지를 꽂았으니 풍속이 그러하다

호호백발晧晧白髮 늙은 년도 머리마다 조화[綵華]•로다

물론 남녀노소하고 담배들은 즐긴다

팔구 세 아이라도 곰방대를 물었으며

처소[下處]라고 찾아가니 집 격식이 우습도다

오장각五丈閣 두 칸 반[二間半]에 벽돌을 곱게 깔고

반 칸씩 칸을 지어 좌우로 대항•하니

항 모양 어떻더냐 항 제도•를 못 보거든

우리나라 부뚜막이 그와 거의 흡사하여

그 밑에 구들 놓아 불을 때게 마련하고

그 위에 자리 펴고 밤이면 누워 자며

낮이면 손님 접대 걸터앉기 가장 좋고

채사• 놓은 완자창•과 회를 바른[面灰] 벽돌담은

미천한 호인들도 집치레 과분[過濫]하네

때 없이 먹는 밥은 기장 좁쌀 수수쌀을

부드럽게[濃爛] 삶아 내어 냉수에 채워 두고

본래 맛[眞味]은 다 빠져서 아무 맛도 없는 것을

채화綵華   비단으로 만든 조화.
대항對炕   짝으로 구들을 설치함. 항(炕)은 가옥 난방 장치의 하나. 우리나라의 온돌과 비슷한 것으로, 중국 황허 강 이북에서 볼 수 있다.
제도制度   무엇을 만드는 법도(모양, 방법).
채사彩紗   수놓은 비단.
완자창[卍字窓]   창살이 '卍(중국 발음으로 완)' 자 모양으로 된 창.

남녀노소 식구대로 부모형제 처자 식구[眷屬]

한 상에 둘러앉아 한 그릇씩 밥을 떠서

젓가락으로 긁어 먹고 부족하면 더 떠 온다

반찬이라 하는 것은 돼지기름 생파 나물

큰독에 담은 장은 소금물에 메주 넣고

날마다 가끔가끔 막대로 휘저으니

죽 같은 된장 물을 장이라고 떠다 먹네

호인의 풍속들이 짐승치기 숭상하여

준총• 같은 말들이며 범 같은 큰 노새를

굴레도 아니 씌우고 재갈도 아니 먹여

백여 필씩 앞세우고 한 사람이 몰아가네

구유에 들어서서 달래는 것 못 보겠고

양이며 돼지를 수백 마리 떼를 지어

조그마한 아이놈이 한둘이 몰아가네

대가리를 한데 모아 헤어지지 아니하고

집채 같은 황소라도 코 안 뚫고 잘 부리며

조그마한 당나귀도 맷돌질을 능히 하고

댓닭• 장닭 오리 거위 개 고양이까지 기르며

발발이라 하는 개는 계집년들 품고 자네

준총駿驄 매우 빠른 말.
댓닭 힘이 세 싸움닭으로 기르며 고기 맛은 좋으나 알을 많이 낳지 못한다.

심지어 초롱 속에 온갖 새를 넣었구나

앵무새며 지빠귀[百舌鳥]는 사람의 말 능히 한다

어린아이 기르는 법은 풍속이 괴상하다

행담*에 줄을 매어 그네 매듯 추켜 달고

우는 아이 젖 먹여서 강보에 뭉뚱그려

행담 속에 놓아두고 줄을 잡아 흔들며는

아무 소리 아니하고 보채는 일 없다 하네

농사하고 길쌈하기 부지런히 일을 한다

집집이 대문 앞에 쌓인 거름 태산 같고

논은 없고 밭만 있어 온갖 곡식 다 심는다

나귀 말에 쟁기 메어 소 없어도 능히 갈며

호미 자루 길게 하여 김매기를 서서 한다

씨아질*에 물레질은 실타래 감는 계집이라

도투마리* 날*을 맬 제 풀칠 않고 잘들 하며

베틀이라 하는 것은 민첩[輕捷]하고 재치 있다

쇠꼬리*가 아니라도 잉아* 등락* 어렵지 않고

행담行擔 길 가는 데에 가지고 다니는 작은 상자. 흔히 싸리나 버들 따위를 엮어 만든다.
씨아질 목화의 씨를 빼는 일.
도투마리 베를 짤 때 날실을 감는 틀.
날 날실. 옷감을 짤 때 세로 방향으로 놓는 실.
쇠꼬리 베틀신과 신대를 잇는 끈.
잉아 베틀의 날실을 끌어 올리도록 맨 굵은 줄.
등락登落 올렸다가 내리기.

북을 집어 던지며는 바디질은 절로 한다

【명나라를 회고함】

대능하大凌河 다다르니 물빛도 적탁하며

기세가 위태로워 흉흉한 물결이라

슬프다 대명大明 적의 유장군 수십만 명

일시에 함몰하여 이 물에 빠졌다니

마침 이리 지날 적에 어찌 아니 슬프랴

소능하小凌河 건너서서 송산松山 행산杏山 지나가니

오호도嗚呼島라 하는 섬은 탑산소塔山所서 바라뵌다

제나라 전횡이가 한고조를 피하여서

저 섬에 살았다 함을 옛글에서 들었으며

주사하朱沙河 건너서서 조리산罩罹山 지나서니

구혈대嘔血臺라 하는 바위 쌍석성雙石省서 쳐다뵌다

대명장수 원숭환袁崇煥이 청병을 대적하되

북 베틀에서, 날실의 틈으로 왔다 갔다 하면서 씨실을 푸는 기구.
바디질 베나 가마니를 짤 때 바디로 씨를 치는 일.
적탁赤濁 붉고 탁함.
유장군劉將軍 유장군의 군사. 명나라 장수 유정(劉綎)이 적과 싸우다가 갑자기 일어난 모래 먼지 때문에 10만의 군사와 함께 죽었다.
제齊**나라 전횡**田橫 제나라 왕 전영의 동생으로 한고조의 부름을 받았으나 거부하고 부하들과 함께 어느 섬으로 피했다고 한다.
한고조漢高祖 한나라의 초대 황제 유방(劉邦).
청병靑兵 청나라 군대.

누르하치* 달아나다 피 토하던 곳이라데

영원성내寧遠城內 들어가니 조가祖家의 두 패루*가

의연하게 마주 있어 저렇듯 장하도다

들으니 대명 때에 영원백* 조대수*가

형제 세록지신*으로 변방에서 공 세움에

나라에서 정문*하사 패루 둘을 세우시고

충렬忠烈을 기리시니 나라 은혜 입었으되

무도한 조가 형제 그 후에 배반하여

청나라에 투항하니 부끄럽다 저 패루여

… 중략 …

제자산梯子山 지나갈새 과부성*이 있다 하니

옛적의 송 과부가 재물 많은[累巨萬財] 부자[巨富]로서

사사로이 성을 쌓고 삼층 포루* 높이 지어

도적을 방비하고 대대로 이어 사니

자손이 번성하여 여러 송씨 명문거족名門巨族

남은 성[殘城] 굳게 지켜 청나라에 불복하니

누르하치 청나라의 초대 황제.
패루牌樓 중국에서, 경축하는 뜻을 나타내기 위해 큰 거리에 길을 가로질러 세우던 시설물.
영원백寧遠伯 영원성의 최고위 관료.
조대수祖大壽 명나라 관료로 대능하에 성을 쌓았다가 청 태종에게 항복하였다.
세록지신世祿之臣 대대로 국록을 받은 신하.
정문旌門 충신, 효자, 열녀를 표창하기 위해 세운 문.
과부성寡婦城 송씨가(宋氏家)의 과부들이 살았다는 성.
포루鋪樓 성가퀴를 앞으로 튀어나오게 쌓고 지붕을 덮은 부분.

한 조각 외로운 성 대명천지 남았구나

【북경의 시장 풍경】
큰길로 찾아 나와 정양문 내달으니
오는 차며 가는 차가 나갈락 들어올락
박석˙ 위에 바퀴 소리 우루룩 딱딱 하여
청천백일˙ 맑은 날에 우레 소리 일어나듯
노새 목에 줄방울은 와랑저렁 소리 나고
발목 아래 매단 방울 월겅절겅 하는 소리
대가리 박는 망치 소리 또닥또닥 소리 나며
솜 타는 큰 활 소리 따랑따랑 소리 나고
외어깨에 물통 지게 지걱비걱 메고 가서
외바퀴에 똥거름차 각종 소들 몰아가고
머리 깎는 장사놈은 팽당동당 소리 나며
멜목판˙의 방울 장수 싸랑싸랑 소리 나고
떡장수의 종소리 기름 장수 목탁소리
두부 장수 큰 방울과 방물장수 징소리며
놋접시 둘 맞부딪혀 때깍때깍 수박 장수

....

박석薄石 얇은 돌로 포장한 도로.
청천백일靑天白日 맑게 갠 대낮.
멜목판 목판을 목에 멘 모습.

양철 여럿 달아 댕강댕강 바늘 장수

··· 중략 ···

유리창●이 여기더라 천하보배 쌓여 있다

천은 정은 엽자금●과 진옥 무부 비취옥●이다

수마노와 자마노●며 불호박과 명호박●과

금패錦貝 밀화● 산호가지 수정水晶 진주珍珠 청강석●과

보석 명주明珠 석웅황●과 통천서각● 대모● 조각

【북경의 연희】

마술[幻戲]을 구경코자 마술사[戲者]를 불러오니

세 놈이 들어와서 요술로 말[陳述]을 한다

앵두 같은 다섯 구슬 가지런히[整然] 나눠 놓고

사발로 덮었다가 열어 보면 간 데 없고

빈 사발 엎은 속에 서너 구슬 들어가고

유리창琉璃廠 정양문 밖에 있던 시장. 본래 유리기와 벽돌을 굽던 곳이었는데, 청나라 때 고서와 문방사우를 비롯한 온갖 물품을 파는 큰 시장으로 발달하였다. 조선의 사신들이 중국에 가면 반드시 가 보고 싶어 했던 곳이라고 한다.
천은天銀 **정은**正銀 **엽자금**葉紫金 금과 은의 종류.
진옥眞玉 **무부**珷玞 **비취옥**翡翠玉 옥의 종류.
수마노水瑪瑙**와 자마노**紫瑪瑙 마노의 종류. 마노는 보석의 일종이다.
불호박琥珀**과 명호박**明琥珀 붉은 호박과 투명한 호박.
밀화蜜花 호박의 종류.
청강석青剛石 단단하고 푸른 옥.
석웅황石雄黃 약간 탁한 누런빛의 물감.
통천서각通天犀角 통천에서 자라는 물소의 뿔.
대모玳瑁 바다거북의 등 껍데기.

하나가 둘도 되고 있던 것도 없어졌다

빈손 털고 비비면 홀연히 생겨난다

큰 쇠고리 여섯 개를 나눠 들고 맞부딪혀

사슬 고리 만들어서 어긋나게 이었다가

사발 하나 땅에 엎고 보자기로 덮어 놓고

발꿈치로 내리치니 사발이 간데없다

보를 들고 찾아보니 땅에서 솟아났나

바늘 한 줌 입에 넣고 끼룩끼룩 삼킨 후에

실 한 님*을 차차 삼켜 끝을 잡고 빼어 내니

그 바늘을 모두 꿰어 주렁주렁 달았구나

오색실 한 타래를 잘게 잘게 썰어서

활활 섞어 비벼서 한 줌이나 잔뜩 쥐고

한 끝을 잡아 빼니 끊어진 실 도로 이어

색색이로 연달아 빼면 실 한 타래 도로 된다

상아로 깎아 만든 이쑤시개 같은 것이

두 치 길이 되는 것을 한 개를 코에 넣어

눈구석에 끝이 나와 비죽하였다가

콧구멍으로 도로 빼니 연달아 재채기에

또 무수히 나오는 것 그와 같은 상아인데

님 바느질에 사용하는 토막 친 실을 세는 말.

빼는 대로 세어 보니 칠팔십 개 되는구나

색대자• 허리띠를 칼로 정녕 끊어다가

두 끝을 한데 대어 손으로 비비니

전처럼 도로 이어 흔적도 못 보겠고

빈 사발 엎었다가 열어 보면 가짜 꽃[假花]과

난데없는 유리 어항 금붕어도 뛰는 것과

창끝으로 사발 들어 떨어지지 아니함과

꽃그릇[花器] 한 죽• 이고 서서 뜀박질하는 것과

대나무 방울 놀리기와 공기알 던지는 것

이런 재주 저런 요술 이루 기록 못할레라

【북경의 음식 문화】

제상祭床 같은 교자상에 음식이 성대[大卓]하다

상가에 의자[交椅] 놓고 주객이 둘러앉아

다 각기 잔 하나와 저• 한 벌씩 차지하고

화접시 예닐곱에 과일이며 당속•이요

생 연근을 썰어다가 얼음 채워 담아 놓고

색대자色帶子 오색실로 엮어 만든 허리띠.
한 죽 그릇 열 벌을 이르는 말.
저 젓가락.
당속糖屬 설탕에 조린 음식.

연실행인* 껍질 벗겨 곁들여서 놓았으며

수박씨를 볶아다가 개암 비자* 섞어 놓고

땅콩[落花生]이 이상하다 먹어 보니 잣 맛 같다

토란이라 하는 것을 맛을 보니 생밤 같다

작은 접시 대여섯은 온갖 채소 담았구나

오이생채 무생채에 파 마늘 부추 양념

우무갓과 채갓버섯 간장물에 데쳐 놓고

미나리 볶은 나물 향기 있고 맛 좋으며

염제육*은 너무 짜다 돼지고기 절인 게라

술 붓는 놈 따로 있어 돌아가며 술 부으니

술 먹기를 서로 권해 한 모금씩 쉬엄쉬엄

먹다가 잔 놓으면 골은* 잔을 채워 부어

조금씩 마시면서 그 음식 다 먹는다

먹던 음식 물려 내면 새 음식 가져오니

아저찜* 영계嬰鷄찜과 오리 거위 탕이로다

잉어 농어 백숙이며 양 쇠고기[羊肉黃肉] 지짐이요

누런 해삼 흰 해삼은 국물 있게 삶았으며

연실행인蓮實杏仁　연밥과 살구씨.
개암 비자　개암나무 열매와 비자나무 열매.
염제육鹽豬肉　소금에 절인 돼지고기.
골은　가득 차지 않은.
아저兒猪**찜**　어린 돼지 찜.

오리 알과 거위 알은 껍질 벗겨 썰어 놓고

생새우를 산 채 담아 초를 쳐서 회로 먹고

붉은 연꽃 녹말 씌워 기름에 튀겨 지졌으니

바삭바삭 하는 것을 설탕 찍어 먹게 하고

이름 모를 온갖 떡은 몇 가진지 모르겠다

미음 같은 하얀 물은 찹쌀죽에 설탕 타고

수교 만두• 분탕 국수• 흰밥 지어 온다 하니

이런 음식 칠팔 개를 연이어 번갈아 들여

종일토록 먹고 나니 이루 기록 못할러라

【서양에 대한 인식】

황낭중이 필담으로 비밀히 이른 말이

근일에 서양[洋鬼子]놈 귀국貴國을 침노 운운云云

예부 상서 공문[咨文]으로 먼저 급히 알렸으니

존형尊兄은 아무쪼록 빨리 돌아갈지어다

이 말이 어인 말고 대경실색• 놀라운 중

감격할사 황낭중을 무수히 사례•하고

그로 인해 작별하니 이번 생[此生]에 못 만나리[闊別]

수교水餃 **만두** 물에 쪄낸 만두.
분탕粉湯 **국수** 여러 가지 고명을 넣어 만든 국수.
대경실색大驚失色 크게 놀라 얼굴빛이 하얗게 변함.
사례謝禮 감사의 말을 전함.

돌아오며 생각해도 서양놈 통분코나

황성皇城 안을 생각해도 서양관西洋館이 여럿이요

곳곳에 천주당天主堂과 사학*이 널리 퍼져

큰길의 서양놈들 멋대로 왕래하되

눈깔은 움푹하고 콧마루는 우뚝하며

머리털은 빨간 것이 곱실곱실 양피羊皮 같고

기골氣骨은 팔척장신八尺長身 의복도 괴이하다

쓴 것은 무엇인지 우뚝한 전립氈笠 같고

입은 것은 어이하여 두 다리가 팽팽하냐

계집년을 볼작시면 더구나 흉측하다

퉁퉁하고 커다란 년 살갗은 푸르죽죽

머리처네* 같은 것을 뒤로 길게 늘여 쓰고

소매 좁은 저고리에 주름 없는 긴 치마를

너절하게 휘두르고 휘적휘적 가는구나

새끼놈들 볼만하다 사오륙 세 먹은 것이

다풀다풀 빨간 머리 샛노란 둥근 눈깔

원숭이 새끼들과 비슷하게 흡사할사

정녕 짐승이요 사람 종자 아니로다

저렇듯 사악한 요물 아국我國 침노한단 말가

사학邪學 사특한 학문. 사학은 천주교를 말한다.
머리처네 조선 시대 후기에, 주로 낮은 계급의 부녀자가 나들이할 때에 머리에 쓰던 쓰개.

—

홍순학洪淳學(1842~1892년)은 조선 말기 문신으로, 본관은 남양南陽이며, 경기도 적성積城에서 나고 자랐다. 1857년(철종 8년) 16세의 나이로 과거에 소년 급제하여 대사헌, 대사간, 예조 참의 등의 중앙 관직뿐만 아니라, 감리인천항통상사무監理仁川港通商事務, 협판교섭통상사무協辦交涉通商事務 등 외교와 관련된 관직을 역임하였다.

「연행가燕行歌」는 1866년(고종 3년)에 고종이 명성황후明成皇后를 왕비로 맞아들이자, 왕비 책봉을 청나라에 알리고 허락을 받기 위한 가례주청사嘉禮奏請使의 서장관으로서 1866년 4월 9일부터 8월 23일까지 북경北京에 다녀온 경험을 서술한 장편 기행 가사(사행 가사)이다.

한양에서 의주까지 한 달가량 국내 관아에서 받은 융숭한 대접(지공支供)과 중국 변방 지역에서 겪은 어려움, 변방 지역민들의 기괴한 풍속과 낯선 풍물, 병자호란으로 청나라에 끌려간 효종孝宗의 치욕적인 역사, 북경의 화려한 도시 풍경, 그곳에서 본 환희幻戲와 요술妖術, 그곳 문인들과의 교유, 서양인들의 모습 등이 사실적이며 익살스러운 문체로 서술되어 있다.

이 작품에서 가장 주목되는 점은 숭명배청의식崇明排淸意識이다. 변발辮髮을 한 머리 모습과 소매와 바짓단을 좁고 단출하게 만든 복장을 한 청나라 사람(호인胡人)의 모습을 보면서 "의복이 괴상하여 처음 보기 놀랍도다"라고 표현하였다. 이 외에도 상자에 아이를 넣고 줄에 매달아 흔들어서 아이를 달래는 모습을 보며 "어린아이 기르는 법은 풍속이 괴상하다"라고 표현하였다.

그러나 명나라의 유풍인 전족纏足에 대해서는 이상하고 우습게 여기면서도 그것이 명나라의 유풍이기에 긍정적인 시선으로 보고 있다. 즉 풍속의 성격이 문제가 아니라 청나라의 풍속이면 부정적 시선으로, 명나라의 풍속이면 긍정적 시선으로 바라보고 있는 것이다.

이런 의식은 청나라에 대한 적개심을 표출한 부분에서도 나타난다. 심양에서 병자호란 때 청나라와의 화친을 반대하다가 청나라에 잡혀가 살해된 삼학사(홍익한洪翼漢, 윤집尹集, 오달제吳達濟)를 추모하고, 볼모로 잡혀가서 고초를 겪은 효종을 생각하며 원수를 갚고 싶은 마음을 노래하였다.°

반면에 명나라의 멸망에 대해서는 슬픈 심정을 노래하였다. 대능하大凌河에 이르러서 붉고 탁한 강물을 바라보며, 청나라 군대와 싸우다가 갑자기 일어난 모래 먼지 때문에 10만의 군사와 함께 죽은 명나라 장수 유정劉綎을 애도하였다. 또한 명나라에서 대대로 큰 벼슬을 했으면서도 청나라에 투항한 조대수祖大壽와 산해관山海關의 관문을 열어 청나라의 침입을 도와 명나라를 멸망하게 한 명나라 관리 오삼계吳三桂에 대해서는 무도한 역신逆臣이라며 적개심을 표현하였다. 반면에 청나라에 끝까지 항복하지 않은 '송씨 가문'의 성을 보면서 "한 조각 외로운 성 대명천지 남았구나"라며 찬양하였다.

° "슬프다 서문 밖의 삼학사(三學士) 충혼의백(忠魂義魄) / 만 리 밖에 외롭다가 우리 보고 반기는 듯 / 들으니 남문 안에 조선관(朝鮮館)이 있다 하니 / 효종대왕(孝宗大王) 들어오셔 몇 해를 욕보셨나 / 병자년 이 원수를 어느 때 갚아 보리 / 후세 신하 예 지날 제 분한 마음 뉘 없으랴"

서술 방식의 측면에서 주목되는 점은 같은 구조의 짧은 문장을 나열하는 방식이다. 북경의 시장 풍경을 서술한 부분에서 '~이 ~(의성어) 소리 나고(며)', '~(의성어) ~장수', '~의 ~소리' 등 동일한 어구(공식구)를 나열하고 있다. 뿐만 아니라 번화한 시장인 유리창琉璃廠을 노래한 부분에서는 안경풀이를 비롯하여 온갖 풀이°°를 나열하고 있는데, 이는 판소리에서 흔히 사용되는 '~치레'°°°나 '~타령'과 유사한 방식이다. 이처럼 치레나 공식구를 나열하는 방식은 서술에 율동성을 부여함으로써 왁자지껄하고 흥청거리는 시장의 분위기를 표현하는 데 유용하다. 특히 인용문처럼 '장사'를 '소리'와 연관시킴으로써 청각적 생동감을 더하고 있다.

°° 잡화풀이, 향풀이, 붓풀이, 먹풀이, 종이풀이, 책풀이, 비단풀이, 부채풀이, 담뱃대풀이, 약풀이, 차풀이, 그릇풀이, 가죽풀이, 의복풀이, 과일풀이, 채소풀이, 곡식풀이, 고기풀이, 생선풀이, 술풀이, 떡풀이, 목기풀이, 마구풀이, 철물풀이, 옹기풀이, 전당풀이 등.
°°° 이 외에 낙타(약대) 모습, 원숭이(잔나비) 모습, 상가 구경, 상여치레, 관치레, 상복치레 등도 모두 판소리의 '치레'와 동일한 방식으로 서술되어 있다.

교훈 가사

우부편 愚夫篇

내 말이 헛소린가 저 화상和尙을 구경하소

남촌한량南村閑良 말똥이는 부모 덕에 편히 자라

호의호식 무식하여 어리석고[愚蠢] 못나서[慵劣]

눈은 높고 손은 커서 능력[감냥] 없이 주제넘게

유행[時體] 따라 의관하며 남의 눈만 위하도다

긴긴 봄날[長長春日] 낮잠 자기 조석으로 반찬 투정

매 팔자●로 무상출입無常出入 매일 취(長醉)해 게트림●에

이리 모여 도리기●요 저리 모여 투전질

기생첩 집에 두고 오입쟁이 친구로서

사랑방엔 조방꾸니● 안방엔 뚜쟁이[老媼] 할미

유명 조상[名祖上] 으스대고 세도勢道 구멍 기웃기웃

권세[炎凉]● 보아 뇌물[進封] 하기 조상 사업[祖上之業] 까불리기

허욕虛慾으로 장사하기 남의 빚이 태산이라

매 팔자　매가 제 마음대로 날아다니듯, 집안 살림은 조금도 걱정 안 하고, 아무 일도 하지 않고 놀기만 하는 편한 팔자.
게트림　거만스럽게 거드름을 피우며 하는 트림.
도리기　여러 사람이 추렴하여 음식을 먹는 일.
조방꾸니　오입판에서 심부름을 하거나 남녀 사이를 주선하는 사람.
염량炎凉　권력의 성함과 쇠함.

내 무식은 생각 않고 착한 행실 질투[妬忌]하니

천한 사람 멸시하고 어진 사람 미워하며

후할 데는 박하여서 한 푼 돈에 땀이 나고

박할 데는 후하여서 수백 냥이 헛것이라

친구 벗은 좋아하며 제 집안에 불화[不睦]하고

잘난 사람[勝己者] 싫어하며 줏대 없이[反覆小人]● 욕심낸다

내 몸이 편할 대로 남의 말을 듣지 않고

병날 노릇 모두 하며 인삼 녹용 몸보신에

주색잡기 모두 하며 돈 걱정은 모두 한다

내 행동[行事]은 개차반●에 남 훈계[警戒板]●는 모두 하며

부모 조상 모두 잊고 제 식구만 생각한다

재물이나 찾아볼까 일가친척 구박하며

내 도리[人事]는 밤중이요 남의 흉만 잡아낸다

없는 말도 지어내며 시비하기 선봉장이라

날 데 없이 용전여수● 상하탱석● 끌어간다

손님은 빚쟁이[債客]요 의논은 재물[財利]이로다

반복소인反覆小人 줏대 없이 이랬다저랬다 하는 소인배 노릇.
개차반 개가 맛있게 먹는 음식. 즉 똥이라는 뜻이다.
경계판警戒板 남의 잘못을 깨우치는 말이 적힌 판자.
용전여수用錢如水 돈을 물 쓰듯 씀.
상하탱석上下撑石 아랫돌을 빼서 윗돌을 괴고 윗돌을 빼서 아랫돌을 괸다는 뜻. 빚을 내어 빚을 갚는 일을 말한다.

전답 팔아 이자놀이[貨利] 종 팔아서 월수쟁이*

돈벌이가 제일이라 돈 날 일을 하여 보세

구목* 베어 장사하기 책 팔아서 빚 주기며

동네 상놈 잡아 오기 먼 데 백성 행악질로

잡아 오라 꿇려라 몽둥이로 직접 치고[自將擊之]*

담보[典當]로 세간 잡기 계집 문서* 종 뺏기와

맨살 결박 소 끌기와 볼호령에 솥 떼면서

여기저기 간 곳마다 점점 인심 잃겠구나[積失人心]

사람마다 도적이요 원망하니 산소로다

천장*이나 하여 보며 이사나 하여 볼까

살림살이[家藏什物] 다 팔아서 상팔십*의 내 신세라

종손宗孫 핑계 위답* 팔아 투전 빚에 다 나가고

제사祭祀 핑계 제기祭器 팔아 술값이 모자란다

각처 빚이 뒤덮이고 환자구설* 일어나니

뉘라서 돌아볼꼬 외톨이[獨夫]가 되단 말가

월수月收**쟁이** 돈을 빌려 주고 매달 높은 이자를 받는 일 또는 그런 일을 하는 사람.
구목丘木 조상의 묘를 보호하기 위해 묘 주변에 심은 나무.
자장격지自將擊之 스스로 장수가 되어 군사를 거느리고 나가 싸움. 여기서는 남을 시키지 않고 자신이 직접 몽둥이로 때린다는 뜻이다.
계집 문서 남의 아내를 담보로 잡은 문서.
천장遷葬 조상의 묘를 옮기는 일. 이장(移葬).
상팔십上八十 중국 주나라 강태공은 160년을 살았다고 하는데, 문왕을 만나 재상이 되기 이전의 가난했던 80년을 상팔십(上八十), 재상이 되어 부귀영화를 누린 80년을 하팔십(下八十)이라고 한다.
위답位畓 제사 비용으로 쓰기 위해 집안의 장손에게 유산으로 물려주는 전답. 제위답(祭位畓).
환자구설還子口舌 환자를 갚지 못하여 일어나는 말썽. 환자(還子)는 관에서 꾼 곡식을 말한다.

가련타 저 모양이 하루아침[一朝]에 거지[乞客]라

대모관자* 어디 가고 물레줄*은 무슨 일고

통영統營 갓은 어디 두고 해진 갓[破笠]에 통모자*라

술에 체해[酒滯] 못 먹던 밥 숟가락이 달력[冊曆] 보고

육포[藥脯肉]는 어디 가고 씀바귀를 단꿀 빨듯

죽력고*는 어디 두고 막걸리[母酒] 한잔 어려워라

울타리가 땔나무요 동네 소금 반찬이라

고급 장판[角壯章板] 좋은[小欄] 반자* 당지* 도배 어디 가고

벽 떨어진 단칸방에 멍석자리 조각조각

호적 종이로 문 바르고 신주보*가 갓끈이요

은안백마* 어디 두고 앞뒤 종놈[前後驅從] 어디 두고

석새짚신* 지팡이요 정강말*이 제격이라

대모관자玳瑁貫子 망건에 달아 당줄을 꿰는 조그만 고리.
물레줄 실을 만드는 기구(물레)에 달린 줄.
통모자通帽子 갓의 테두리와 위 뚜껑을 따로 만들어 붙이지 않고 테두리와 뚜껑을 한 살로 만든 갓의 일종. 값이 싸고 허름한 갓이다.
죽력고竹瀝膏 푸른 대나무를 불에 구울 때 나오는 기름을 섞어서 만든 소주.
소관小欄 **반자** 나무를 가늘게 오려 붙여 문양을 만든 것.
당지唐紙 중국산 고급 도배지.
신주보紳主褓 신줏단지를 덮는 보자기.
은안백마銀鞍白馬 은빛 안장을 올린 흰 말. 화려하게 꾸민 좋은 말을 뜻한다.
석새짚신 총이 굵은 짚신. 값싼 짚신.
정강말 정강이의 힘으로 걷는 말이란 뜻으로, 아무것도 타지 않고 자기 두 발로 걷는 것을 놀림으로 이르는 말이다.

삼승[•] 버선 태사혜[•]는 끌레발[•]이 불쌍하다

털[氈] 주머니[•] 한포단[•]과 화류[•] 거울 어디 가고

버선목에 삼노끈[•]을 차고 나니 금낭[•]이라

돈피배자[•] 담비휘항[•] 비단 두루마기[綾羅周衣] 어디 두고

동지섣달 베 두루마기에 삼복三伏에 입던 바지 거죽

궁둥이는 울근불근 옆걸음에 개 쫓으며

담배 없는 빈 대통은 소일消日조로 손에 들고

비슥비슥 다니면서 한 되 곡식 돈 몇 푼을

역질疫疾 핑계 제사 핑계 야속하다 동네 인심

저 건너 곰생원은 원망하나니 팔자로다

제 아비 덕분으로 돈천[•]이나 가졌더니

삼승 질이 낮은 굵은 삼베.
태사혜太史鞋 비단이나 가죽으로 만든 수를 놓은 신. 여기서는 허름한 버선을 예전에 신었던 좋은
신(태사혜)으로 삼았다는 뜻이다.
끌레발 짚신을 질질 끌고 다니는 발.
털[氈] 주머니 모전(毛氈)으로 만든 주머니. 모전은 짐승의 털에 무늬를 넣고 두툼하게 짠 부드러
운 요나 양탄자를 말한다.
한포단漢蒲團 중국산 포단. 포단은 부들방석 또는 이불을 말한다.
화류樺榴 붉은 빛이 나는 고급 가구용 목재.
삼노끈 삼 껍질로 꼰 노끈.
금낭金囊 금실로 수놓은 고급 주머니. 버선목에 삼노끈을 단 주머니로 예전에 차던 고급 주머니
를 대신한다는 말이다. 앞의 '삼승 버선 태사혜'와 같은 표현이다.
돈피배자豚皮褙子 돼지가죽으로 만든 배자. 배자는 저고리 위에 덧입는, 단추가 없는 짧은 조끼
모양의 옷이다. 마고자와 비슷하나 소매가 없고 흔히 양단으로 만드는데, 속에는 토끼, 너구리, 양
등의 털을 넣어 가장자리에서 털이 밖으로 드러나도록 만든 방한용 고급 윗옷이다.
담비휘항 담비 털로 만든 머리에 쓰는 방한용 모자.
돈천 천 냥 단위의 많은 돈.

술 한잔 밥 한술을 친구 대접 하였던가

주제넘게 아는 체로 미신[陰陽術數]에 현혹[蠱惑]되어

천장遷葬도 자주 하며 이사도 힘을 쓰고

복 받을 곳[當代發福] 예 아니면 피난할 곳 여기로다

올 적 갈 적 길 위[行路上]에 처자식을 흩어 놓고

있고 없고 상관[有無相關] 없이 공짜를 바라도다

사기[欺人取物]를 치자 하니 두 번째는 아니 속고

공납범용˙ 하자 하니 일가 집에 부자 없고˙

뜬 재물˙을 경영하려 경향출입京鄕出入 싸다닐 제

재상가宰相家에 청탁하다 봉변逢變하고 물러서며

남의 고을에 걸태질˙하다 혼금˙에 쫓겨 오기

혼인중매婚姻中媒 선채돈˙에 흥미 없다[無聊] 뺨 맞으며˙

중개[家垈奐成]˙로 구문口文˙ 먹기 핀잔 보고 자빠지고

못된 행실 떼쓰기 문서 위조 비리호송˙

공납범용公納犯用 국고로 들어가는 세금이나 특산물(공물)을 가로채어 함부로 씀.
일가 집에 부자 없고 백성들로부터 공납을 모으거나 공물을 많이 낼 만한 부자가 친족 중에 없다는 뜻이다.
뜬 재물 뜻하지 않게 우연히 얻은 재물. 요행으로 재물을 얻는 것.
걸태질 염치나 체면을 생각하지 않고 탐욕스럽게 재물을 마구 긁어모으는 짓.
혼금閽禁 관청에서 잡인의 출입을 금하는 일.
선채先綵**돈** 혼례에 앞서 신부 집에서 채단을 마련할 수 있도록 신랑 집에서 보내는 돈.
흥미 없다 뺨 맞으며 중매를 서면서 채단을 핑계로 돈을 요구하자 속된 말로 '재미없다'며 뺨을 맞는 일.
가대환성家垈奐成 부동산 중개.
구문口文 구전. 수수료.
비리호송非理好訟 이치에 맞지 않게 소송을 제기하는 것을 좋아함.

부자나 후려 볼까 감언이설甘言利說 꾀어 보자

언막이●에 보막이●며 은점銀店이며 금점金店이라

대로변에 색주가色酒家며 노름판에 뒷돈 대기

남북촌南北村 뚜쟁이로 인물초인● 하여 볼까

산진매● 수진매●로 사냥질로 놀아나기

혼인 핑계 어린 딸이 백 냥짜리 되었구나

대종손大宗孫 양반 자랑 산소나 팔아 볼까

아낙은 친정살이 자식은 머슴[雇工]살이

일가에게 외톨이[獨夫] 되고 친구에게 손가락질

어디론가[不知去處] 나간 후에 소문이나 들었던가

산 넘어 껑생원은 그야말로 못난 놈[下愚不移]●이로다

거들먹거려 하는 말이 대장부의 기상으로

동네 어른[尊長] 몰라보고 어른 능멸[以少陵長] 욕하기와

의관 찢고[裂破] 사람 치고 맞았다고 떼쓰며

언堰막이 논에 물을 대기 위해 막은 둑.
보洑막이 논에 댈 물을 얻기 위해서 냇물을 막고 고이게 한 곳. 언막이와 보막이를 만들고 물을 팔아 이득을 취한다.
인물초인人物招引 초인은 죄인이 자신이 저지른 범죄에 다른 사람을 끌어넣는 일을 말한다. 여기서는 중매를 위해 이 사람 저 사람의 신상을 알아보고 연결시켜 주는 일을 말한다.
산진매 산에서 자란 야생 매.
수진매 집에서 기른 매.
하우불이下愚不移 어리석은 놈 중에서 더 이상 아래로 옮겨 갈 수 없는 가장 어리석은 놈.

남의 과부 보쌈하기 투장꾼*에 떡값 요구*

친척 집의 소 끌기와 장물매매[中目放賣]* 선수[一手]로다

부잣집에 긴한 체로* 친한 사람 이간질과

일숫돈 월숫돈에 장변리* 장체계*와

종친회빚 과부빚*을 오늘 내일[今日明日] 졸라 대네

제 부모께 몹시 굴어 못되게 말대답하며

투전꾼은 좋아하여 손목 잡고 술 권하기

제 처자는 몰라보고 남의 계집 유혹[情表]하기

자식 노릇 못 하면서 제 자식을 귀히 알며

며느리를 들볶으며 욕하면서 하는 말이

선살인先殺人 나겠구나 기둥 뽑고 벽 떨어라*

바람둥이 자처하니 부끄럼을 나 몰라라

주리 틀고 경친* 것을 옷을 벗고 자랑하되

술집은 안방이요 투전방이 사랑방이라

늙은 부모 병든 처자 손톱 발톱 젖혀지게

투장꾼偸葬　투장이란 몰래 무덤을 쓰는 일을 말하며, 투장꾼은 이를 전문적으로 하는 사람을 이른다.
떡값 요구　투장을 눈감아 주는 대가로 떡값(뇌물)을 요구하는 일.
장물매매中目放賣　남의 물건에 눈독을 들였다가 훔쳐다 파는 일.
긴緊한 체로　특별하게 중요한 일이 있는 것처럼.
장변리長邊利　1년 만에 원금과 이자를 한꺼번에 받는 고리대금업.
장체계場遞計　장에서 돈을 비싼 이자로 꾸어 주고 장날마다 원금 일부와 이자를 받는 고리대금업.
종친회빚 과부빚　종친과 과부에게 빌리는 돈.
기둥 뽑고 벽 떨어라　집안을 다 망하게 하라는 뜻이다.
주리 틀고 경친　혹독하게 벌을 받음.

누에 치고 길쌈한 걸 술 내기로 장기 두세

책망 없고* 버린 몸이 무슨 생각[生意] 못할소냐

누이동생 조카딸을 색주가로 팔아먹세

부모가 걱정하면 못되게 말대답과

아낙이 잔소리[辭說]하면 밥상 치며 계집 치기

저녁 먹고 나간 후에 논두렁을 베었는지

포도청 귀신* 되었는지 듣도 보도 못할러라

「우부편」에는 '말똥이(또는 개똥이)', '곰생원', '껑생원'의 세 인물이 제
시되어 있다. 세 인물에 대해서는 '양반, 중인, 상민'을 각각 대표한다
는 주장과 세 인물 모두 양반이라는 주장이 있다. 또 이 작품은 근대
로 넘어가는 시기의 인식의 변화를 적나라하게 담고 있는 작품이라고
보는 견해와 어리석은 인물의 행위를 통해 유교 윤리를 공고히 하려는
작품이라고 보는 견해가 있다.

「우부편」은 조선 후기 가장 대표적인 교훈 가사집인 『초당문답가』

책망責望 **없고** 꾸짖어 바로잡아 줄 사람이 없음.
포도청[捕廳] **귀신** 포도청에 잡혀가서 죽은 귀신.

연작 중 한 편이다. 『초당문답가』는 향촌 사회의 경제적, 윤리적 안정을 도모할 목적으로 창작, 향유된 교훈 가사 가집이다. 이 작품은 향촌 사회의 경제적, 윤리적 안정을 해치는 부도덕한 행위 및 그 결과 철저하게 몰락한 상황을 구체적인 인물을 통해 제시하는 방식으로 교훈을 전달하였다.

세 인물의 행위는 약간씩 다른 차원에서 향촌 사회의 안정을 해치고 있다. '말똥이'는 부유한 부모 덕에 일 없이 노는 '남촌의 한량'이다. 이 인물의 특징은 자신의 능력은 생각지 않고 세상의 평판에 집착하여 허욕과 허영을 부리는 인물이다. 이 인물을 통해 제시된 부정적 행위는 가정 경제와 가문의 결속 파괴, 사족으로서의 정체성 파괴(위답位畓, 제기祭器, 구목丘木, 서적과 지필묵 팔아먹기), 계급 간 갈등 초래(백성 침탈, 고리대금업) 등으로 요약할 수 있다. 가정의 안정과 가문의 결속은 조선 후기에 가장 강조된 윤리 강령이며, 고리대금업 등으로 인한 향촌민의 경제적 기반 붕괴는 민란 등을 통한 향촌 사회의 붕괴로 이어진다는 점에서 향촌 사회의 안정을 해치는 매우 심각한 문제였다. 또한 『양반전』 등에서 나타나는바, 사족이 사족다워야 봉건 질서가 바로 설 수 있다고 생각했기 때문에 사족의 정체성 파괴 또한 유교 이데올로기의 붕괴를 가속화하는 요인이었다고 할 수 있다.

다음 '곰생원'은 물려받은 유산이 많았던 부호층에 속한다. 이 인물의 인생 목표는 오로지 재산을 모으는 것이다. 곰생원은 돈이 생기는 일이라면 패륜과 범법 행위도 서슴지 않는다. 말똥이와 비교할 때 곰생원은 남의 눈을 전혀 의식하지 않는다. 치부에 대한 과도한 집착은

18세기 교훈 가사에서부터 지속적으로 봉건 질서 붕괴의 가장 근본적인 원인으로 지적되어 왔다. 따라서 이 인물을 통해서는 치부에 대한 집착이 결국은 패륜과 범법으로 이어지고 있음을 제시한 것이라 할 수 있다.

'껑생원'은 셋 중 가장 어리석은 인물로 규정되어 있다. 앞의 두 인물과 비교할 때 경제적 기반이 거의 없는 빈민층이라 할 수 있다. 껑생원은 기존 윤리를 파괴하며 마음대로 행동하는 것을 대장부의 기상이라고 생각하며 부끄러움을 전혀 모른다. 그는 남의 약점을 이용하거나 도둑질, 고리대의 사용 등을 통해 생활한다. 이는 말똥이나 곰생원과 달리 경제적 기반이 전혀 없고 문서를 위조할 능력도 없기 때문이다. 따라서 이 작품에 제시된 비판의 초점은 빈민층의 자포자기와 윤리 의식의 부재라 할 수 있다.

말똥이의 행위가 초래하는 계급 간 갈등과 곰생원의 범법 행위는 조선 후기 지방 사족들의 가훈에서 가장 경계하는 항목이었다. 이것이 향촌민을 교화하는 강령으로 전환된 것이다.

한편 세 인물은 모두 경제적으로 몰락한 후 공동체에서 추방된다. 이는 19세기에 경제적 안정이 사회 구성원들의 가장 주요한 관심사였음을 의미한다. 또한 중세에는 향촌 내의 배타성이 강했기 때문에 다른 지역으로 이주한다는 것은 자신의 계급적 정체성뿐만 아니라 생존을 위협받는 일이었다. 즉 당대인들에게 가장 주요한 관심사이자 위협이 되는 상황을 부정적 행위의 결과로 제시한 것이다.

「우부편」은 서술 방식의 측면에서도 주목된다. 조선 전기의 교훈 시조에서는 주로 '~하여라' 형식의 명령형을 통해 일상에서 실천해야 할 유교 윤리를 전달(보편화)하는 데 초점을 맞추었다. 유교 윤리가 보편화된 17세기로 넘어오면 '~하지 마라'의 부정적 명령형을 통해 현실에서 문제가 되는 국면들을 지적하였다. 유교적 봉건 질서의 붕괴가 가속화되는 18세기부터는 교훈 가사가 활발하게 창작되기 시작한다. 가사는 교훈 내용을 보다 장황하고 자세하게 서술할 수 있기 때문인데, 이는 봉건 질서의 붕괴가 자세하고 장황한 서술이 필요할 만큼 심각해졌음을 반영하는 것이다. 19세기로 넘어오면 '~하여라', '~하지 마라' 등의 명령형보다는 상황이나 인물의 행위에 대한 구체적인 묘사의 비중이 높아진다.

"어떤 놈의 거동 보소 부모 봉양 몰라라 하고 / 가사도 본체 아니하고 출입한다 자칭하고 / 꼭지 욱은 제통갓을 이마 끝에 숙여 쓰고 / 모시 당목 곰방창옷 휘두루쳐 떨쳐입고 / 굽지메틀 지총신에 외씨 같은 삼승 버선 / 질끈 매어 신고 나서 새끼 돈끈 한두 냥을 / 탁주 먹기 낙을 삼아 남도 권코 저도 먹고 / 낭자하게 먹은 후에 취흥이 도도하여 / 동갑이며 동류들로 손길 잡아 어깨 걸어 / 허튼 걸음 책상다리로 호중천지 취한 광담狂談 / 짧은 말들 길게 하여 남의 험담 육두문자肉頭文字 / 막된 짓은 모두 하니 버린 자식 되었구나 / 오히려 부족하여 모리배 모모인을 / 몇몇 명이 눈짓하여 으슥한 곳 찾아가니 / 저 무슨 의논인가 하는 짓을 알아보니 / 그 불과 노름

일세 누구누구 모였던고 / 질군이며 읍인이며 장돌뱅이 시정잡배 / 아이놈도 섞였더라 / 갓 벗어 후려치고 도리좌를 벌였으니 그 노름 무엇이뇨 / 갑오노름 사스랭이 '육목이며 팔목일세' / 솜씨 있게 빼 쳐들고 후 불림소리 길게 늘여 / 한 판 두 판 치고 나니 돈 만드는 곳[籌錢] 여기로다 / 선세유업 약간 재물 손끝으로 탕진한다 / 네 하는 짓 볼작시면 놀랍고도 부끄럽다 / 한두 돈에 정신 팔려 기괴망측 여편잡기 / 사람 몇 놈 모였으니 도적놈의 소굴인가 / 상투꼴로 앉았으니 탈옥한 놈 닮았도다 / 잠 못 자고 애쓴 거동 염병한 놈 그 아닌가 / 파장 무렵 풍파 일어 좋은 안면 낯 붉히고 / 일장 시비 욕설 소리 상하노소 분별없어 / 부모 혈육 받은 몸이 아주 그리 버렸으니 / 교화 밖의 너의 행실 선생 교훈이며 / 너의 부모 훈계런가 볼수록 참혹하다"

〈「오륜가(五倫歌)」 부자유친, 고려대학교 도서관 소장본〉

인용문에서 '어떤 놈'은 잘 차려입고 돈 한두 냥을 가지고 나가 동류들과 함께 술을 먹다가 모리배들과 함께 으슥한 곳에 모여 노름을 한다. 그 과정에서 조상이 물려준 유산을 모두 탕진하고 급기야 부인까지 노름의 판돈으로 건다. 즉 인물의 행위가 시간적인 순서에 따라 객관적으로 제시되어 있다. 뿐만 아니라 인물의 행색이나 주변 인물들, 노름을 하는 광경과 모습 등이 '불림소리(노름을 할 때 숫자를 노래로 부르는 소리)'의 직접 인용과 더불어 생동감 있게 묘사되어 있다. 서술자의 평가는

"돈 만드는 곳이 여기로다"라는 구절과 인물에 대해 개인적으로 느끼는 부정적 인상 등이 제시되었을 뿐이다. 즉 작중 상황에 대하여 서술자의 판단을 교훈 대상에게 직접 전달하지 않고, 전적으로 교훈 대상이 판단하도록 한 것이다.

인용문에 나타난 또 하나의 특징은 부정적인 인물들이 상당히 희화화되었다는 점이다. 이는 「우부편」과 「용부편」을 포함하여 19세기 이후에 창작된 교훈 가사에서 공통적으로 나타나는 현상이다. 18세기 교훈 가사 작품들에서는 부도덕한 인물의 행위 자체를 구체적으로 제시할 뿐 희화화하지는 않는다. 판소리에서 희화화된 놀부나 뺑덕어미의 모습은 등장인물과 청중의 심리적 거리를 확대시키며 청중으로 하여금 상대적인 우월감을 느끼게 하고 흥미를 유발시키는 기능을 한다. 인용문에 제시된 인물의 희화화도 이와 같은 의도가 작용한 것이라 할 수 있다.

「우부편」에는 이뿐만 아니라 인물의 부도덕한 행위를 동일한 문장 구조로 나열하는 '공식구를 나열하는 방식' 등을 사용하고 있는데, 공식구의 나열은 조선 후기 가사뿐만 아니라 판소리나 민요 등 구비 문학에서 관습적으로 사용되는 서술 기법이다. 짧은 공식구의 나열은 율동감을 높여 준다.

19세기 교훈 가사에 사용된 인물의 희화화와 짧은 공식구의 나열은 독자로 하여금 작중 인물과 심리적 거리감을 조성하고 흥미를 유발하며 음악적인 즐거움을 느끼게 하려는 의도로 사용된 것이다. 이전에 사용되었던 명령형이나 부도덕한 행위에 대한 엄숙한 훈계는 서술자가 독자보다 정신적으로 우월한 위치에서 일방적으로 교훈을 전달하는 방식이다. 이런 방식은 독자로 하여금 거부감을 느끼게 하기 때문에 아무리 옳은 훈계라도 효과적으로 전달될 수가 없었다. 이런 부작용을 줄이기 위해 서술자의 개입을 최소화하고 상황이나 인물의 행위를 객관적으로 보여 주는 데 초점을 맞추었던 것이다. 여기에 독자가 흥미와 즐거움을 느낄 수 있는 요소를 첨가함으로써 교훈의 효율성을 높인 것이다.

용부편 慵婦篇

흉보기도 싫다마는 저 부인 모양 보소

친정에 편지하여 시집 흉도 많고 많네

시집간 지 석 달 만에 시집살이 심하다고

게걸스러운 시아버님과 흉흉할사 시어머님

야유데기[•] 시누이들과 엄숙데기 맏동서와

간사한 아우동서와 여우 같은 첩년에

드세다 남녀노비 들며 나며 흠구덕이[•]

여기저기 사설이요 구석구석 모함이라

남편이나 믿었더니 십벌지목[•] 되었어라

시집살이 못 살겠네 간수병[•]이 어디 갔나

치마 쓰고 내닫기와 봇짐 싸고 도망질에

오락가락 못 견디어 중[僧]년이나 따라갈까

들 구경이나 하여 보며 나물이나 뜯어 볼까

야유데기 남에게 빈정거리는 사람. '데기'는 명사 뒤에 붙어서 그 명사와 관련된 일을 하거나 그 성질을 가진 사람을 낮추어 부르는 말이다.
흠구덕이 남의 허물을 심술궂게 퍼뜨림. 또는 그 말. 험담.
십벌지목十伐之木 열 번 찍어 안 넘어가는 나무가 없음. 남의 말을 계속 듣고 자신(부인)을 부정적으로 대한다는 뜻이다.
간수병 간수를 담은 병. 간수란 소금에서 저절로 녹아 나오는 짜고 쓴 물로, 극약으로 사용된다.

긴 담뱃대[長竹] 벗님이요 점치기[問卜] 소일消日이라

겉으로는 설움이요 속으로는 딴생각에

화장[牛粉黛]으로 일을 삼고 털 뽑기가 세월이요

시부모가 걱정하면 바락바락 말대답이며

남편이 잔소리하면 어깃장에 맞적수라

들고 나니 초롱꾼*이라 팔자나 고쳐 볼까

양반 자랑 모두 하며 색주가나 하여 볼까

남대문 밖 뺑덕어미 제 천성이 저러한가

배워서 그러한가 본데없이 자랐구나

여기저기 무릎맞춤* 싸움질로 세월이요

나가면 말전주*요 들어가면 음식 타박

제 조상은 제쳐놓고 불공佛供하기 일을 삼고

무당 소경 현혹되어 의복가지 다 내가고

남편 모양 볼작시면 삽살개의 뒷다리*라

자식 거동 볼작시면 털 벗은 소리개*라

엿장수와 떡장수는 아기 핑계 거르지 않고

들고 나니 초롱꾼 초롱을 들고 나서면 누구나 다 천한 초롱꾼이 되듯이 사람은 어떤 천한 짓이라도 다 할 수 있다는 속담.
무릎맞춤 두 사람의 말이 서로 어긋날 때, 제삼자를 앞에 두고 전에 한 말을 되풀이하여 옳고 그름을 따지는 일. 여기서는 시비에 참견하는 것을 말한다.
말전주 누군가에게 들은 말을 여기저기에 전하는 것.
삽살개의 뒷다리 삽살개는 털이 많아 뒷다리가 항상 더럽고 꼴사나움.
털 벗은 소리개 헐벗고 볼품이 없는 모습.

물레*앞 씨아* 앞은 선하품에 기지개라

이야기책이 소일이요 음담패설 세월이라

이 집 저 집 이간질로 모함 잡고 똥 먹이며

인물 품평[人物招人] 털어 내며 쪽박 차게 되었구나

세간이 줄어 가고 걱정은 늘어 가며

치마는 짧아 가고 허리통이 길어 간다*

총* 없는 헌 짚신에 어린 자식 들쳐 업고

혼인 장사(葬祀) 집집마다 음식 찾기 일을 삼고

꾼 양식 기울여라* 한번 음식 하여 보자

아이 싸움 어른 싸움 가부지죄*로 매 맞히고

일 없이 성을 내어 어린 자식 두드리고

첩실을 미워하여 중매 아비 원망이라

며느리를 쫓았으니 아들은 홀아비요

딸자식을 데려오니* 무례무의* 음란이요

두 손뼉 두드리며 대성통곡[放聲大哭] 해괴하다

물레　옷감을 짜는 틀.
씨아　목화씨를 빼는 틀.
치마는 짧아 가고 허리통이 길어 간다　벌이가 미처 씀씀이를 감당 못하는 지경을 뜻한다.
총　짚신이나 미투리의 앞쪽에 두 편짝으로 둘러 박은 낱낱의 올.
꾼 양식 기울여라　쌀독을 기울여 모두 쏟아 내는 것.
가부지죄家夫之罪　아이의 잘못은 부모의 잘못이라는 뜻.
딸자식을 데려오니　시집간 딸을 도로 데려옴.
무례무의無禮無義　예의에서 벗어남.

무슨 꼴에 생투기*로 머리 싸고 드러눕고

간부間夫* 달고 달아나서 관비정속* 잘됐도다

무식한 여자들아 저 거동을 자세히 보고

그른 줄을 알았거든 고칠 개改 자 힘을 쓰고

옳은 줄을 알았거든 행하기를 위주*하소

—

「용부편傭婦篇」에서 '저 부인'과 '뺑덕어미'를 통해 제시된 부도덕한
행위는 게으름, 사치, 음란한 행동, 남편과 시부모에 대한 저항, 가문
이나 향촌 구성원 간의 분쟁 유발 등이며, 그 결과는 자신의 신분 하
락, 가정이나 가문의 명예와 경제적 기반의 붕괴 등이다. 이들의 악행
은 「복선화음가」의 '괴똥어미'를 비롯하여 19세기 교훈 가사에 제시된
부녀자의 악행과 대동소이하다.

조선 전기와 비교할 때 조선 후기 교훈 가사의 두드러진 특성 중 하
나는 여성(부녀자)에 대한 규제와 억압의 강화이다. 18세기 교훈 가사에

생투기 아무 까닭 없이 질투를 부림.
간부間夫 몰래 사귀는 외간 남자.
관비정속官婢定贖 호적에서 제적된 사람을 관비로 삼음.
위주爲主 으뜸으로 삼음. 가장 중요하게 여김.

서는 가장의 역할에 많은 비중을 둔 반면, 19세기 교훈 가사에서는 여성에 대한 훈계가 대단히 확대되며 「부인잠婦人箴」과 같은 독립된 작품으로 창작되기도 하였다. 이는 이 시기에 부인의 역할이나 태도를 가정 및 가문의 존립과 화합을 결정하는 핵심적인 요소로 인식했음을 의미한다.

조선 후기는 종손에게 막대한 부를 상속하고 가문 내 대소사의 결정권을 행사하게 하는 종법제도宗法制度를 강력하게 시행하였다. 종법제도의 중요한 목적 중 하나는 '가문 내 경제적 상호 부조'이다. 형제간, 친족 간 경제적 상호 부조의 가장 큰 걸림돌이 살림을 맡고 있는 부녀자였기 때문에 부녀자에 대한 억압이 강화된 것이다.

한편 내외법內外法에 따라 집안의 가정 경제를 책임지는 사람이 부녀자였던 것도 부녀자에 대한 윤리적 억압이 강화된 또 하나의 원인이다. 이는 부녀자의 역할에 따라 가정 경제의 성패가 결정된다는 의식을 담은 「복선화음가」(일명 김씨계녀가)를 통해 확인할 수 있다.

또한 「계한가」를 통해 확인할 수 있는바, 부녀자는 희생과 의무만이 요구될 뿐 가장에 비해 가정 내 권한은 매우 약했기 때문에 사족 가문 내의 위계질서로 보면 가장의 지배를 받는 위치에 있었다. 이처럼 가정 및 가문 내 위상이 약했을 뿐만 아니라 남존여비 의식에 따라 사회적인 지위도 낮았기 때문에 윤리적으로 통제할 수 있는 가장 만만한 존재였다고 할 수 있다.

19세기 교훈 가사에서 여성에게 강조된 윤리 덕목 중 주목되는 것은 정절貞節에 대한 강조이다. 향촌지향형 교훈 가사에서 부덕으로 19

세기에 추가된 항목이 정절이다. 조선 후기에는 여성의 성을 통제하기 위하여 이전까지 여성에게 자유롭게 허용되던 혼인 전의 외출과 남녀 관계가 엄격하게 규제되기 시작하였다. 특히 여성의 정절이 강조된 이유로 흔히 두 차례의 전란으로 인한 여성의 실절失節이 윤리의 문란으로 이어지고 있다는 지배층 내부의 위기의식을 들고 있다.

교훈 가사에서 여성에 대한 경계로 제시된 남녀유별이나 시도 때도 없이 밖으로 나가거나 밤에 다니는 일 등에 대한 금지는 여성의 성에 대한 제약 강화의 직접적인 예에 해당한다. 이를 통해 혼전순결이 여성에게 가장 중요한 덕목으로 자리를 잡게 되었고, 혼인도 부모의 의사에 의해 결정되는 중매혼으로 바뀌게 되었다. 즉 가부장의 통제하에서 여성의 성, 출산, 노동력이 교환되는 가부장제적 혼인이 자리를 잡게 된 것이다.

혼인 후 여성의 성은 더욱 엄격하게 통제되었으며, 남편과 사별한 여성에게도 정절이 요구되었다. 그 구체적인 예는 남편과 사별한 여성에 대한 '재가 금지'라 할 수 있으며, 이에 대한 법적 장치가 재가한 여성의 자녀에게는 관직 진출 등에 불이익을 주었던 '재가녀자손금고법再嫁女子孫禁錮法'과 남편 사후에도 재가하지 않고 정절을 지킨 여성을 포상하는 '정표정책旌表政策'이라 할 수 있다. 여성의 정절은 남편에게 버림을 받았거나 남편을 사별했을 때도 한 남편만을 따른다는 일부종사一夫從事의 윤리에 따라 수절할 것을 요구한 것이다.

사족 부녀자의 재가를 막았던 재가녀자손금고법뿐만 아니라, 평민 부녀자가 수절을 했을 경우에는 요역을 감면해 주고, 천민에게는 면천

의 특전이 주어졌다. 이 때문에 평민과 천민 부녀자들 중에는 이와 같
은 특전을 누리기 위해 남편이 죽으면 자결을 하는 사람까지 나오게
되었다고 한다. 즉 정절 의식은 일반 백성에게는 신분 상승의 특전으
로 사족에게는 신분 유지를 위한 족쇄로 기능하게 함으로써 유교적 중
세 질서의 붕괴를 막으려 했던 것이다.

복선화음록 福善禍淫錄

임금은 신하로 벼리를 삼고

아비는 자식으로 벼리를 삼고

지아비는 지어미로 벼리를 삼느니라

어화 세상 사람들아 이내 말씀 들어 보소

이내 몸이 불행하여 여자가 되어 나서

김익주의 손녀 되어 가문[門閥]도 좋거니와

금옥金玉같이 귀히 자라 육칠 세가 되었으니

재주도 비범하여 달빛 아래 비단 짜기와

등불 아래 수繡놓기는 선아°의 솜씨[手法]요

여공°을 배웠으니 직녀織女의 솜씨로다

금의옥식° 쌓였으니 굶주림 추위[飢寒] 어찌 알리

열녀전烈女傳 효행전孝行傳을 십 세에 외워 내고

만화방초萬花芳草 화원에서 풍경도 구경하고

청풍명월淸風明月 규방[玉閨]에서 달빛도 구경하고

선아仙娥 달에 사는 선녀 항아(姮娥).
여공女工 바느질과 베 짜기 등 여성이 배워야 할 일.
금의옥식錦衣玉食 비단 옷과 좋은 음식.

신선한 열매와 차 입맛 없어 못 먹을 제

분벽사창* 촛불[玉燭] 아래 서책書冊도 구경하고

세시복랍* 좋은 때에 쌍륙*도 던져 보고

설연 옥매* 몸종[侍婢]들과 투호*도 던져 보며

호화로이 지내더니 나이[年光]가 십육 세라

고르고 고르다가 명문가에 출가하니

황설강의 손부* 되어 가문[門閥]은 좋건마는

살림이 가난하여 초가집이 가련하다

사방 벽이 비었으니 울타린들 있을쏜가

찬바람 부는 찬 부엌에 약탕관 하나뿐이로다

신행하인* 많으나 피죽인들 먹일쏜가

곰곰이 앉아 헤아리니 어이없이 설움 난다

배행* 오신 오라버님 울며불며 하는 말씀

분벽사창粉壁紗窓　하얗게 바른 벽과 비단으로 꾸민 창이라는 뜻으로, 여자가 거처하는 아름답게 꾸민 방을 뜻한다.
세시복랍歲時伏臘　설, 삼복(三伏), 납향(臘享)을 아울러 이르는 말. 납향은 납일(臘日, 섣달 그믐날)에 한 해 동안 지은 농사 형편과 그 밖의 일들을 여러 신에게 고하는 제사를 말한다.
쌍륙雙六　육(六)이 두 개라는 뜻으로 두 개의 주사위를 말한다. 민속놀이의 하나로, 여러 사람이 편을 갈라 차례로 두 개의 주사위를 던져서 나오는 사위대로 말을 써서 먼저 궁에 들여보내는 놀이이다.
설연 옥매　설연과 옥매는 시비(몸종)의 이름이다.
투호投壺　두 사람이 일정한 거리에서 청·홍의 화살을 던져 병 속에 많이 넣는 수효로 승부를 가리는 놀이.
손부孫婦　손자며느리.
신행하인新行下人　신부가 신랑 집에 올 때 함께 따라온 하인.
배행陪行　떠나는 사람을 일정한 곳까지 따라가는 것.

할 수 없다 도로 가자 여기에 두고 어찌 가랴

오라버님 웬 말씀이요 가잔 말씀 실언失言이요

여자 몸 되어 나서 삼종지의* 막중하니

부부를 정한 후엔 남편을 좇음이니

남편을 좇는 날에 빈부를 가릴까

별당화원別堂花園 좋은 집은 친부모 계신 집이요

쓸쓸한 몇 칸 초가 시부모[舅姑] 계신 내 집이라

연분을 어찌하며 팔자를 속일쏜가

출가외인 생각 말고 평안히 돌아가옵소서

시부모 뵙고 삼 일 만에 부엌에 들어가니

삼시*의 시부모 봉양 무엇으로 하잔 말가

금비녀를 전당 잡혀 쌀 사고 반찬 사니

사오일 지낸 후에 쌀과 반찬 다 떨어지니

혼수가 많건마는 그걸로 어찌 지탱하며

친정 도움 약간 한들 그것으로 지탱할까

지황씨* 서방님은 글만 외니 무엇 알리

시기하는 시누이님은 없는 흠은 무슨 일고

삼종지의三從之義　삼종지도(三從之道)의 의리. 혼인 전에는 아버지를 따르고, 혼인 후에는 남편을 따르며, 남편 사후에는 자식을 따르는 일.
삼시三時　아침, 점심, 저녁.
지황씨地皇氏　중국 고대의 전설상의 제왕. 천지인 삼재 사상에 바탕을 둔 삼황(三皇)의 하나. 여기서는 황제처럼 아무 일도 하지 않는 사람을 의미한다.

듣고도 못 듣는 체 보고도 못 보는 체

말 못하는 벙어린 체 생각 없는 병신인 체

죄 없이 꾸중하니 고개 숙여 잠잠하고

늙으신 부모님을 행여 혹시 거스를까

친정 생각하는 마음 어디서 드러내며

시부모 앞에 웃는 낯이 제 즐거워 그리할까

겨개떡° 보리죽을 좋게 여겨 달게 먹으며

육승목° 사승포°를 가늘어서 곱다 하며

기울고 투박한 사발 눈에 차서 좋다 할까

일곱 되 사온 쌀 꾸어 온 쌀 두 되 갚고

부족타 하지 않는 말이 뜻을 순하게 함이라

깨진 그릇 좋단 말은 시댁을 존중함이라

날고 기는 개와 닭인들 어른 앞에서 감히 치며

부인의 목소리를 문밖에 감히 내며

해가 져서 황혼 되니 무사한 하루 다행이요

닭이 울어 새벽 되면 오는 날을 어찌할꼬

전전긍긍[洞洞燭燭]° 조심 마음 잠시라도 놓을쏜가

겨개떡 곡식의 겨로 만든 개떡. 밀, 메밀, 보리 등의 겨 따위를 반죽하여 아무렇게나 반대기를 지어 찐 떡.
육승목六升木 여섯 새의 거친 무명. 승(升)의 우리말은 '새'이며, 피륙의 날을 세는 단위이다. 한 새는 날실 여든 올이다.
사승포四升布 넉새베. 320올의 날실로 짠 품질이 낮은 삼베.
동동촉촉洞洞燭燭 공경하고 삼가며 매우 조심스러움.

행여 혹시 눈 밖에 날까 조심도 끝이 없다

친정에 편지하여 서러운 사설 불가하다

시원치 않은 달란 말이 한 번 두 번 아니어든

번번이 염치없이 편지마다 하잔 말가

가난이 내 팔자니 뉘 탓을 하잔 말가

설매를 보내어서 이웃집에 꾸러 가니

돌아와서 우는 말이 "전에 꾼 쌀 아니 주고

염치없이 또 왔느냐 두말 말고 바삐 가라"

한심하다 이내 몸이 금의옥식 자라나서

돈과 곡식을 모르다가* 하루아침에 이런 일을 보니

이목구비 남 같으되 어찌 이리 되었는고

수족이 건강하니 내 힘써 벌게 되면

어느 누가 시비하리 천한 욕을 면하리라

분한 마음 다시 먹고 재산 증식[治産凡節] 힘쓰리라

김金 장자長者 이李 부자富者가 제 근본 부자런가

밤낮으로 힘써 벌면 난들 아니 부자 될까

오색당사* 가는 실을 한 올 한 올 자아내니

유황제 곤베틀에 한 필 한 필 자아내어

돈과 곡식을 모르다가 살림이 넉넉하여 돈과 곡식의 아쉬움을 모르다가.
오색당사五色唐絲 중국산 명주실.

한림˙ 주서˙ 관복[朝服]감이며

병사˙ 수사˙ 군복[戎服]감이며

길쌈도 하려니와 전답 빌려 농사[力農]하니

때를 맞춰 힘써 하니 살림 기반 일어난다

고운 의복 벗어 두고 몽당치마˙ 둘러 입고

오이와 가지 굵게 길러 농사철에 팔아 쓰며

닭과 개를 크게 길러 장에 가 팔아 오며

밤새도록 일을 하고 새벽밥 일찍 먹고

한 홉 한 홉 쌀을 모으고 푼푼이 돈을 모아

양을 모아 관이 되고 관을 모아 백이 되니˙

앞들의 논을 사고 뒤뜰의 밭이로다

울타리 헐고 담을 쌓고 띠˙를 걷고 기와 이고

가마솥이 죽죽˙이요 남녀 종이 쌍쌍雙雙이요

천문만호˙ 행랑˙에 노새 나귀 늘어섰고

- -

한림翰林 예문관에 속하여 사초 꾸미는 일을 맡아보던 정구품 벼슬.
주서注書 승정원에 속한 정칠품 벼슬.
병사兵使 병마절도사. 각 지방의 병마를 지휘하던 종이품 무관 벼슬.
수사水使 수군절도사. 각 도의 수군을 통솔하는 일을 맡아 보던 정삼품 무관 벼슬.
몽당치마 일하기 편한 짧은 치마.
양兩**을 모아 관**串**이 되고 관을 모아 백**百**이 되니** 한 냥 한 냥 모아 돈 한 꿰미 (串)가 되고, 꿰미를 모아 백 냥이 되니.
띠 초가지붕을 엮는 띠풀.
죽죽 '죽'은 옷, 그릇 따위의 열 벌을 묶어 이르는 말이다.
천문만호千門萬戶 문이 천 개에 이를 정도로 큰 집이라는 뜻.
행랑行廊 대문의 좌우로 줄지어 있는 행랑채.

돈 뒤주* 천 냥이요 쓰기에 풍족하다

시집온 지 십여 년에 재산이 수만 냥이라

삼생계견* 매일 잡아 시부모를 공양하고

능라금수* 옷을 지어 시부모 의복 매일 가니

비육불포 육십 세요 비백불난 연세로다*

효우*도 하려니와 목족*인들 아니하랴

목족도 하려니와 적선*도 하리로다

가족 친지 다 살리고 가난한 친척 구제한다

추운 사람 옷을 주고 굶주린 사람 다 살리며

혼인대사婚姻大事 못 지내면 전곡* 주어 지내게 하고

불쌍하고 가련한 이 불러들여 구제한다

하늘이 도우신가 귀신이 돌보신가

온갖 일에 널리 쓰니 쓰는 대로 생기는구나

태산같이 쌓였은들 절약 없이 어이하랴

돈 뒤주 돈을 넣어 두는 궤.
삼생계견三牲鷄犬 삼생과 닭과 개. 삼생은 옛날에 제사에 쓰던 세 가지 희생, 즉 소, 양, 돼지를 말한다.
능라금수綾羅錦繡 능라와 금수는 모두 비단의 일종이다.
비육불포非肉不飽 **육십 세요 비백불난**非帛不煖 **연세로다** 『맹자(孟子)』「진심장구상(盡心章句上)」의 "50세에는 비단옷을 입지 않으면 따뜻하지 않고, 70세에는 고기를 먹지 않으면 배가 부르지 않다(五十非帛不煖 七十非肉不飽)"라는 구절에서 유래한 말이다.
효우孝友 부모님께 효도하고 형제간에 우애를 돈독하게 하는 것.
목족睦族 친족 간에 화목함.
적선積善 가난한 이웃을 도와 선업을 쌓는 일.
전곡錢穀 돈과 곡식.

의복 사치 망신亡身이요 음식 사치 패가敗家로다

검소하고 절제하니 하루 비용[家間日用]● 규모로다

부귀하면 교사●하고 교사하면 게으르니

교사한 그 끝에는 가난하면 잠깐이라●

그럭저럭 사오십에 내외해로● 복력福力이요

아들 형제 두었으니 덕행 문장 제일이라●

문장으로 급제하고 학행●으로 천거되며●

대교● 한림翰林 처음 벼슬 홍문● 예문● 제한諸翰이요

팔도감사● 육조판서● 대광보국● 하였으니

딸 길러 출가하니 손을 잡고 이른 말이

가간일용家間日用 한 집안에서 매일 쓰는 비용.

교사驕奢 교만하고 사치스러움.

교사한 그 끝에는 가난하면 잠깐이라 교만하고 사치스러우면 마침내 잠깐 사이에 빈궁하고 천해
진다는 뜻이다.

내외해로內外偕老 부부가 생존하여 함께 늙는 것.

덕행德行 **문장**文章 **제일이라** 덕행과 학문적 능력으로 최고의 수준에 이름.

학행學行 학식과 덕행.

문장으로 급제及第**하고 학행으로 천거**[擧薦]**되며** 예전에 조정에 나가는 방식은 과거를 통하는 방
법과 학식과 덕행으로 과거를 거치지 않고 천거에 의하는 방식이 있었다. 본문에서는 두 가지를
모두 말한 것이다.

대교待敎 예문관에 속한 정팔품 벼슬과 규장각에 속한 정칠품에서 정팔품까지의 벼슬.

홍문弘文 홍문관(弘文館). 삼사(三司) 가운데 궁중의 경서, 문서 따위를 관리하고 임금의 자문에 응
하는 일을 맡아보던 관아.

예문藝文 사명을 짓는 일을 맡아보던 관아.

팔도감사八道監司 팔도의 관찰사. 지금의 도지사.

육조판서六曹判書 육조(이조, 호조, 예조, 병조, 형조, 공조)의 우두머리. 지금의 각 부처 장관.

대광보국大匡輔國 대광보국숭록대부(大匡輔國崇祿大夫). 조선 시대에 정일품의 종친, 의빈, 문무관에
게 주던 으뜸 품계.

천정배필* 된 연후에 부부지의* 지중至重하니

사랑은 남편이요 대의는 하늘이라*

네 몸의 평생고락* 그 한 몸에 매였으니

만일 행실 부족하여 한번 눈에 나게 되면

대장부 굳은 마음 다시 변하기 어려우니

금실 한번 끊어지면 네 한 몸 무엇하랴

온 집안이 천대하고 남편이 소박疎薄하면

독수공방 찬 자리에 누굴 의지 하잔말가

부부 한번 불화하면 너의 설움 말 못 한다

행동거지 밤낮으로 남편 한 몸 뜻을 받아

남편이 하는 일에 너의 고집 세우지 말고

순종하기 으뜸 삼고 행여 혹시 불화할까

남남끼리 서로 만나 정을 맺어 유별有別하니

이 정이 끊어지면 남만도 못하리라

매정할사 남자 심정 풀어낼 이 뉘 있으랴

애달플사 그리 말걸 아무리 후회한들

끊긴 정 다시 들며 엎어진 물 담을쏜가

천정배필天定配匹   하늘이 정한 부부.
부부지의夫婦之義   부부간의 의리.
사랑은 남편이요 대의大義**는 하늘이라**   사랑을 받고 안 받고는 남편에게 달렸지만, 부부의 인연은 하늘이 맺어 준 것이라는 뜻.
평생고락平生苦樂   평생의 즐거움과 괴로움.

딸아 딸아 아기딸아 부디부디 조심하라

지아비는 하늘이요 지어미는 땅이로다

넓고 푸른 높은 하늘 땅이 어찌 잊을쏜가

남자의 뜻을 받아 행동을 순하게 하고

입맛에 맞게 하여 음식을 공경하며

성내거든 웃고 받고 걱정하면 두려워하고

추한 거동 뵈지 말고 용렬한 말 거두어라

한 번 보고 두 번 보면 자연히 칭찬하리라

초갓 • 쓴 어린 신랑 부디 쉽게 보지 마라

죽어도 하늘이라 진노하면 어려우니

장성한 후 다른 날에 소박疎薄하면 저항할까

하늘이 하는 일을 능히 어찌 막을소냐

여자가 강성하고 남자가 심약하면

암탉이 새벽에 울어 집안 질서 없어지고

음양陰陽이 상하고 가세가 기울어져

재앙이 자주 나고 패가망신 하느니라

신하가 충성하면 국가가 태평하고

아내가 잘 살피면 집안이 융성하니

초갓　초립(草笠). 주로 어린 나이에 관례를 한 사람이 쓰던 갓. 가늘고 누런 빛깔이 나는 풀이나 말총으로 결어서 만든다.

푼전입미* 대소사大小事를 남편 속일 생각 마라

더럽다 질투 마라 칠거지악* 으뜸이라

죽을 것같이 조심하고 손님같이 공경하라

앞을 보고 걸음 걷고 생각하여 말하라

제사 음식 차릴 적에 부정不淨할까 조심하고

아무 때나 웃음 웃기 어른 앞에 더욱 말고

등잔 앞에 남 보기와 문밖에서 말 엿듣기

여자의 악행이요 망가망신 하느니라

남의 집 이야기와 이웃집 시비 말은

잡계집의 악행이니 부디 조심 실체* 마라

하인들의 그른 일을 못 듣는 데 말을 말고

좋은 의복 곱게 입고 헐벗은 이 비웃지 말고

제 몸을 제 자랑해 남의 비웃음 사지 마라

남의 집 부인네와 편지 왕래 하지 말고

수숙 간*에 예의를 차려 주고받기 서로 말고

일가 간一家間 수숙 간에 실없는 짓 부디 말라

해 저문 후 뒤뜰 출입 부질없이 가지 말고

푼전입미分錢粒米 한 푼의 돈과 한 톨의 쌀. 아주 적은 돈과 곡식을 의미한다.
칠거지악七去之惡 아내를 내쫓을 수 있는 일곱 가지 허물. 시부모에게 불손함, 자식이 없음, 행실이 음탕함, 투기함, 몹쓸 병을 지님, 말이 지나치게 많음, 도둑질이 그것이다.
실체失體 체면을 잃음.
수숙 간嫂叔間 형제의 아내와 남편의 형제 사이를 아울러 이르는 말.

정신을 가다듬어 어른 앞에 졸지 마라

물려받은[祖上傳來] 옛 그릇을 간직하여 잃지 말고

그릇이 모자라도 제기●를 쓰지 마라

악한 말과 음해●하면 도로 저에게 재앙 되니

부모에게 받은 몸을 상치 말고 보존하면

효도의 으뜸이요 여자의 선행이라

이 말 하나 어기면 불효 악녀 될 것이니

효제충신● 본받아 아무쪼록 본받아라

내 나이 오십이라 남편에게 조심하기

화촉동방● 첫날밤과 조금인들 다를소냐

하늘 아래 그른 부모 있단 말을 못 들었다

저 건너 괴똥어미 시집살이 하던 말을

너도 들어 알려니와 이르노니 들어 보라

제가 처음 시집올 제 재산이 수만 냥이라

안팎 대문 솟을대문● 하인과 종 허다하며

제기祭器   제사 때 쓰는 그릇.
음해陰害   남모르게 뒤에서 해를 끼침.
효제충신孝悌忠信   부모에 대한 효도, 형제끼리의 우애, 임금에 대한 충성, 벗 사이의 믿음을 통틀어 이르는 말.
화촉동방華燭洞房   동방화촉(洞房華燭). 동방(침실)에 비치는 환한 촛불이라는 뜻으로, 혼례를 치르고 나서 첫날밤에 신랑이 신부 방에서 자는 의식을 이르는 말이다.
솟을대문   행랑채의 지붕보다 높이 솟게 지은 대문.

쌀 노적* 베 노적을 누가 아니 부러워하리
시집으로 오던 날에 가마 문을 나서면서
눈을 떠서 두리번두리번 행동거지 괴상하다
큰상의 허다 음식 생밤 먹기 괴이하다
무슨 배가 그리 고파 국 마시고 수저 잡아
트림하고 방귀 뀌니 하는 거동 남 웃는다*
많은 손님 하인들이 뉘 아니 외면하리
행실 더욱 망측하니 삼 일 지낸 후에
담에 올라 사람 구경 문틈으로 엿보기와
마루 앞에 침 뱉기와 바람벽에 코 풀기와
화로 앞에 불 쬐기와 등잔 앞에 불 끄기와
어른 말씀 토 달기와 어린아이 울리기
일가친척 말 전달과 이웃집 흉보기와
젊은 종년 음란한 짓 늙은 종년 망령질과
아는 체와 시비하기 일을 삼아 말을 하고
행주치마 불태우기 고운 의복 기름칠과
제사 음식 주전부리 탕 그릇 대접 깨뜨리기
비켜서서 이 잡기와 드러누워 낮잠 자기
놋그릇 잃고 뻔뻔하기 밥그릇 잃고 악담하기

노적露積 가마니를 쌓아 놓은 것.
남 웃는다 남이 비웃는다.

모임에서 박장대소 서방 앞에 옷 벗기와

천석꾼●의 부만 믿고 굶는 사람 흉보기와

시부모 꾸짖는 말 대답하기 버릇이요

제 서방의 말을 듣고 포악 떨며 대답하고

발을 굴러 포악 떠니 온 동네가 요란하다

제 행실이 이러하니 바느질인들 어이 알리

할 일 체면 몰랐으니 서방인들 사랑할까

잘되는 사람 시기하기 불붙는 것 좋아하기

양반가의 법도로 차마 어찌 내칠쏜가

그래도 아내라고 살림을 맡겼더니

저 보소 저런 년의 살림살이 범절凡節 보소

가소롭다 넨들 어찌 동네 인심 모르던가

떡을 찌고 밥을 차려 오는 사람 다 주어서

이웃집 젊은 댁과 너도 좋자 나도 좋자

서방을 주자 하니 걱정 소리 괴롭거든

꿈에나 생각할까 바깥사랑舍廊의 늙은 시부모

살림살이 못한단 말 절통切痛하고 분하도다

그 누구라 시비하리 제 복으로 사는 것을

천석꾼 일 년에 천 석을 거두어들이는 부자.

왜포당포* 나이무명* 필필*이 사들여서

돈을 주어 표백하고 쌀을 주어 옷을 지으며

죽죽이 짝을 지어 자개함농* 넣어 두고

그릇도 많건마는 돈과 곡식을 두루 흩어

왜화기 당화기*며 놋동이 유리병을

죽죽이 사들여서 세 칸 창고에 쌓아 두고

편찮으면 무당 불러 푸닥거리 일삼는다

우리 내외 금실 좋게 굿으로 살을 풀고

자손 많고 부자 되게 정성스레 빌어 주소

장수하라 옷을 주고 액 막으라 돈을 주며

양돈* 주고 꿰미[串]돈 주며 그릇 주고 수저 주며

산에 가 제사하기 절에 가 불공하기

불효부제不孝不悌 제사를 한들 귀신인들 도와줄까

악병이며 중병이며 이질*이며 구창*이며

이질 앓던 시아버님 죽은들 상관하랴

저의 마음 그러하니 서방인들 온전할까

왜포당포倭布唐布 일본과 중국에서 들여온 비싼 베.
나이무명 '나이'는 '무명'과 같은 말이다.
필필 '필'은 일정한 길이로 짠 피륙을 셀 때 쓰는 단위이다.
자개함농 자개를 붙여 만든 옷을 넣는 함.
왜화기倭畫器 **당화기**唐畫器 왜화기와 당화기는 그림을 그려 넣은 일본과 중국의 사기그릇.
양兩돈 한 냥 정도의 돈.
이질痢疾 변에 고름이 섞여 나오며 설사가 잦은 증상을 보이는 전염병.
구창口瘡 입안에 나는 부스럼.

아들 죽고 울던 끝에 아기딸이 마저 죽어

세간이 탕진되니 종인들 있을쏜가

제사 음식 차릴 적에 정성 없이 하였으니

재앙이 어찌 없을쏜가 셋째 아들 반신마비

문전옥답門前沃畓 큰 농장이 물난리에 내가 되고

안팎 기와 수백 칸이 불이 붙어 밭이 되고

태산같이 쌓인 재물[錢穀] 누구 차지 됐단 말가

참혹하다 괴똥어미 단독일신뿐이로다

한 칸 움집* 얻었더니 추위와 굶주림 견딜쏜가

다 떨어진 베 치마를 이웃집에서 얻어 입고

뒤축 없는 헌 짚신을 짝을 모아 얻어 신고

앞집에 가 밥을 빌고 뒷집에 가 장醬을 빌고

초요기*를 겨우 하고 불 못 때는 찬 움집에

헌 거적을 덮어 쓰고 밤을 겨우 새고 나서

새벽바람 찬바람에 이 집 가며 저 집 가며

다리 절고 곰배팔*에 희희소리* 요란하다

불효악행 하던 죄로 재앙을 받았으니

움집 움을 파고 지은 집. 토굴집.
초요기初療飢 끼니를 먹기 전에 우선 시장기를 면하기 위하여 음식을 조금 먹음.
곰배팔 꼬부라져 붙어 펴지 못하게 된 팔.
희희소리 바보같이 웃는 소리.

복선화음[●] 하는 줄을 이를 보면 분명하다

딸아 딸아 요 내 딸아 시집살이 조심하라

어미 행실 본을 받아 괴똥어미 경계[證戒][●]하라

딸아 딸아 울지 마라 어미 마음 불안하다

여자 인생 예로부터 부모형제 멀리하니

지자우귀[●] 시집가서 공경 공경 잘 하여라

일가친척 화목하기 여자에게 달렸으니

형제간에 우애하기 종들의 충성하기와

손님 접대[接賓客] 하는 예절 제사와 다를소냐

아내가 현명하면 남편이 효제충신孝悌忠信

남편의 의복 예절 아무쪼록 잘하여라

남편을 위함이요 여자의 정성이라

백 년 의탁하는 일이 조금인들 그릇되랴

칠거지악七去之惡 경계[證戒]하고 삼종지의三從之義 막중하니

불행 악행 괴이하니 만일 네가 행하며는

네 남편은 못 들어도 남의 말이 무수하다

만일 한번 그릇하면 사람 무리에 못 섞이니

복선화음福善禍淫 착한 이에게 복을 주고 악한 이에게 재앙을 줌.
증계[證戒] 증거를 삼아 경계함.
지자우귀之子于歸 '이 여자의 시집감이여!'라는 뜻으로, 『시경(詩經)』 주남(周南) 「도요(桃夭)편」 "복사 꽃의 요요함이여, 곱고 고운 꽃이로다. 이 여자의 시집감이여, 그 집안을 화순케 하리로다(桃之夭夭 灼灼其華 之子于歸 宜其室家)."라는 구절에서 유래한 말이다.

사람 무리에 못 섞이면 재앙이 절로 난다

양반가의 여자로서 어이 아니 조심하랴

제 망신뿐 아니오라 남편 명예 깎이나니

남편 명예 깎이면 친부모의 죄악이다

네 한 몸 망신하면 몇 사람의 망신이냐

부모 효행 제일이요 남편 공경 으뜸이라

여자가 자라나서 부모 품 떠난 후에

부부밖에 없느니라 일신고락 해로●타가

선과 덕을 쌓는 집은 하늘님이 복을 주니

자손 낳아 대 이으니 팔자 아니 거룩하냐

어미 말을 명심하여 삼가 조심 잊지 마라

내년 삼월 돌아오면 너를 다시 데려오마

一

  '복선화음'이란 선업을 쌓으면 복을 받고(복선福善) 악업을 쌓으면 화를 입는다(화음禍淫)는 뜻이다. 「복선화음록」에서는 복선을 상징하는

일신고락一身苦樂 **해로**偕老 부부가 한 몸처럼 즐거움과 괴로움을 평생토록 같이함.

'김씨 부인'의 삶과 화음을 상징하는 '괴똥어미'의 삶을 대조적으로 제시함으로써 교훈을 전달하고 있다.

두 인물은 '선행·악행+결과'의 인과 구조로 서술되어 있는데, 이는 교훈 가사의 전형적인 구성 방식이다. 김씨 부인의 일생은 시간의 흐름에 따라 '성장→혼인→시집살이→치산→성취'의 순차적 구성으로 서술되어 있다. 순차적 구성에 의한 일대기적 구성은 신변탄식류 규방 가사의 전형적인 구성 방식이다. 즉 「복선화음록」은 부정적 인물과 긍정적 인물의 대립적 제시라는 교훈 가사의 전통적인 구성 방식에 신변탄식류 규방 가사의 일대기적 구성을 결합한 작품이라 할 수 있다.

일반적인 계녀가가 남성의 보조자로서의 역할에 충실한 유교적 여성상을 이상적인 여성상으로 제시한 반면 「복선화음록」은 두 여인의 대조적인 삶을 통해 일반 계녀가에서 강조한 전통적 부덕에다가 경제적인 문제를 해결해 나가는 강한 생활력까지 갖춘 여성을 이상형으로 제시하고 있다.

「복선화음록」에서는 특히 재산을 증식하는 치산治産의 중요성이 부각되어 있다. 재산 증식의 방법도 일반적인 계녀가에 제시된 길쌈이나 절약을 통한 소극적 방식에서 삯바느질, 양잠, 농사 등 수입을 목적으로 하는 적극적인 생산 활동이 제시되어 있다.

이는 여성에게 요구된 가정 내 역할이 가족 구성원을 보조하는 소극적인 차원에서 생계를 주도하는 적극적 차원으로 변화되었음을 의미한다. 괴똥어미의 악행도 윤리 도덕의 파괴뿐만 아니라 재산 관리의 실패를 포함하고 있으며, 악행의 결과도 경제적 파산이라는 점에서 이 작품이 치산에 많은 비중을 두고 있음을 알 수 있다.

조선 후기 교훈 가사에는 인물을 행위나 상황을 구체적으로 묘사하는 장면화 기법이 많이 사용되었다. 장면화는 인물의 행위가 시간적 순서에 따라 인과적으로 제시된다는 점에서 서사화의 단초가 된다. 하지만 대부분의 교훈 가사에서 장면화는 일반적으로 인물의 행위를 제시하는 부분에서 단편적으로 사용될 뿐이어서 서사물로까지 발전하지는 못하였다. 이에 비해 「복선화음록」은 김씨 부인의 일생 전체를 서사화함으로써 독자에게 소설을 읽는 듯한 느낌을 준다. 이는 딱딱한 교훈이 초래하는 교훈 대상의 거부감을 해소하기 위한 장치라 할 수 있다.

김씨 부인은 1인칭 자기 토로 형식으로 자신의 일생을 이야기하면서 자신의 시선과 목소리로 괴똥어미의 삶을 이야기한다. 이러한 구조는 다음과 같은 효과를 노린 것이다. 첫째, 선악을 대표하는 두 인물을 등장시킴으로써 복선화음의 주제를 부각시킨다. 둘째, 두 인물의 삶을 객관적으로 제시함으로써 서술자는 수용자와 동일한 지위에서 작중 상황을 바라보게 된다. 셋째, 김씨 부인의 1인칭 자기 토로 형식은 수용층과의 심리적 일치(공감)를 유도한다. 넷째, 김씨 부인이 괴똥어미에 대해 관찰자 시점을 유지함으로써 수용자로 하여금 괴똥어미에 대해 비판적 거리를 유지하게 한다.

교훈 가사는 장면화를 통해 전형적인 인물과 사건들을 창조하고 발전시킴으로써 서사화로 나아가는 단초를 마련하였다. 장면화의 초보적인 형태는 이미 17세기 말, 18세기 초의 작품인 곽시징의 「오륜가」에서부터 등장하는 점으로 보아, 교훈 가사가 나름의 필요성에 의해 인물이나 장면화를 발전시키고 있었음을 알 수 있다. 교훈 가사에서 장면화는 금지나 지시 등 직접적 명령을 통한 구체적인 윤리 강령의 제시에서 발전하였다. 이것이 가정이나 설명으로 구체화되면서 시간성을 획득하게 되고, 구체적인 인물의 행위나 행위가 벌어지는 상황과 결합하게 된 것이다.

장면화 중 특히 인물 형상화에 대한 문제는 서사화의 측면에서 주목되어 왔다. 가사는 대표적인 1인칭 장르이다. 따라서 인물이 등장하더라도 그것은 1인칭 서술자의 다른 모습이라 할 수 있다. 즉 인물을 통해 자신을 드러내는 '인물=서술자'의 관계로 서술되어 있는 것이다.

그런데 교훈 가사에 제시된 인물들은 서술자와 분리되어 있다. 인물과 서술자의 분리는 서사화의 중요한 지표이며, 이를 통해 서술자는 인물에 대한 비판이나 동조 등 다양한 서술 시각을 확보할 수 있다. 교훈 가사에서는 초기부터 이미 서술자와 분리된 인물이 등장하고 있다. 그러나 이들은 단지 서술자와 분리되어 있을 뿐 다른 인물들과 상호 관련을 맺거나 사건의 전개와 매개되지 않고 나타나기 때문에 소설과 같은 서사물로까지는 나아가지 못하였다. 그 이유는 가사의 인물이 서사물의 인물들과 작품 내 기능이 다르기 때문이다.

교훈 가사에는 중간적인 인물들을 동원하여 다양한 관계를 형성하게 하는 서사물과 달리 선악의 구별이 분명한 인물만 등장할 뿐, 중간적인 성격은 거의 등장하지 않는다. 즉 교훈 가사의 등장인물은 선악의 표본 기능만 할 뿐 상호 간에 아무런 연관이 없다. 인물 사이의 갈

등이 동반되는 예도 있지만, 소설만큼 긴장감을 갖지 못하고, 부정적 인물은 긍정적 인물을 부각시키는 역할을 할 뿐이다.

한편 장면화와 등장인물의 희화화는 교훈 가사뿐만 아니라 판소리의 특징이기도 하다. 판소리의 경우 모든 상황이 하나의 장면으로 제시되는 반면, 교훈 가사에서는 특별히 강조하는 부분이 장면화되며, 특히 부정적인 인물에 대한 장면화가 두드러지게 나타난다. 즉 극적 형식이 생명인 판소리의 경우에 장면화는 필수적 요소지만, 교훈 가사에서는 필요에 따라 선택된 부수적 요소인 것이다.

희화화는 어느 경우나 대상의 저열함을 강조함으로써 수용자로 하여금 상대적 우월감을 느끼게 하는 동시에 흥미를 유발한다. 판소리의 경우는 후자에, 교훈 가사의 경우는 전자에 더 큰 비중이 실려 있다. 이는 판소리가 흥행 예술임에 비해, 교훈 가사는 독자의 각성을 촉구하는 목적 문학이기 때문이다.

가사의 갈래 교섭

세장가 說場歌

달강 달강 달강 달강 달강 달강 달강 달강

세장 세장 우세장에 강남 시장 어제 가서

밤 한 되를 얻어다가 독 안에 넣었더니

머리 검은 새앙쥐가 다 까먹고 다만 하나 남았으니

밑 없는 가마에 물 없이 삶아 내어

껍질과 속(木)을랑은 누구를 주지 말고

다디단 점살●랑은 너고 나고 둘이 먹자

너희 외조 할아버지 그 나머지 주어 볼까

부질없는 충청忠淸 감사監司 임진년壬辰年에 얼핏 와서

관문● 놓고 면천● 군수郡守 날 쫓아 보내더니

이제라도 생각하면 밉고 밉고 또 밉도다

고마 수영● 생복●이야 아산牙山 평택平澤 황석수어●

점살 밤의 속살.
관문關文 조선 시대에 상급 관청에서 하급 관청에 보내는 공문서.
면천沔川 충청남도 당진군 면천면 · 순성면 · 송산면 · 송악면 · 우강면 일대에 1914년까지 있었던 행정구역.
수영水營 충청도 수영으로, 현재 충남 보령군 오천면 영보리. 일명 갈매못.
생복生鰒 불에 익히지 않은 전복.
황석수어黃石首魚 누런 빛깔의 참조기.

양지 방죽* 황금 붕어 두 눈구멍 말똥말똥

광천廣川장 청어는 하 흔하니 떼어 두고

기다란 낙지로써 넓적한 꽃게로써

오징어 꼴뚜기를 새우를 대* 바치라

이리 좋은 해산진미* 꿈속에나 먹어 본가

도연명 팽택령*을 가는 듯 돌아오니

이제라도 생각하면 밉고 밉고 또 밉도다

—

　이 작품은 이운영李運永(1722~1794년)의 가사작품집 『언사諺詞』에 수록
된 작품이다. 이운영은 조선 후기의 노론 벌열 가문인 한산 이씨 가문
의 일원으로, 1771년 12월에 면천 군수로 부임했다가 사돈인 송재경宋
載經이 충청 감사로 부임하자 친인척은 같은 지역에서 관직을 할 수 없
다는 상피相避 규정에 의해 이듬해 5월 군수직에서 물러나 서울로 돌

방죽　물이 넘치거나 치고 들어오는 것을 막기 위하여 세운 둑.
대　마련하여.
해산진미海産珍味　바다에서 나는 맛있는 음식.
도연명陶淵明 **팽택령**彭澤令　도연명은 중국 동진의 시인으로, 41세 때 팽택의 현령을 지내다가 80
일 만에 벼슬을 스스로 그만두고 고향으로 돌아왔다. 이때 지은 작품이 유명한 「귀거래사歸去來
辭」이다.

아온다. 이 작품은 서울에 돌아온 후에 지은 작품이다.

이 작품은 민요(자장가)°의 사설을 차용했을 뿐만 아니라 "이제라도 생각하면 밉고 밉고 또 밉도다"라는 후렴구에서 나타나는바, 민요의 형식을 활용하였다. 이운영은 이 작품 외에도 「수로조천행선곡水路朝天行船曲」, 「초혼사招魂辭」, 「임천별곡林川別曲」, 「착정가鑿井歌」, 「순창가淳昌歌」 등을 지었는데, 이중 「수로조천행선곡水路朝天行船曲」과 「초혼사招魂辭」도 민요의 형식을 활용하여 지은 작품이다. 나머지는 자신이 경험했거나 주변에서 들은 이야기를 가사화한 것이다. 즉 이운영은 시정의 이야기나 민요를 소재나 형식의 측면에서 활용하였다.

상층 계급의 장르인 가사에서 구비 문학의 형식과 소재를 활용하는 것은 조선 후기 문학의 중요한 특징 중 하나이다. 이는 문학 작품에 대한 인식이 고상함과 우아함을 추구했던 조선 전기의 경향에서 웃음과 흥미를 추구하는 방향으로 나아가는 것을 의미한다는 점에서 조선 후기 문학의 근대성과 연관된다. 근대 문학의 중요한 특징 중 하나가 대중성이라고 할 수 있는데, 대중성의 중요한 요소가 웃음과 흥미이기 때문이다. 웃음과 흥미를 통한 대중성의 확보는 조선 후기 사설시조와 고전 소설의 중요한 특징이다.

한편 규방 가사나 농부가류를 제외하면 사대부 남성들은 대부분 한

° "달강 달강 달강 달강 / 서울 길로 가다가 밤 한 되를 주워서 / 시렁 밑에 두었더니 머리 검은 생쥐가 / 들락날락 다 까먹고 밤 한 톨을 남겼더라 / 옹솥에 삶을까 가마솥에 삶을까 / 함박으로 건질까 조리로 건질까 / 할아버지 껍질 주고 할머님께 본을 주고 / 알맹이는 너구 나구 먹자" 「조선동요집(朝鮮童謠集)」(엄필진).

시漢詩를 통해 민요를 수용했으며, 민요의 한역으로부터 모티프, 시점, 정서, 시어, 세계관 등 다양한 측면에서 한시 수용이 이루어졌다.

이운영의 가사 작품들은 한역이나 한시를 통한 민요적 세계의 수용을 넘어, 우리말 노래인 가사로까지 확대시켰다는 점에서 커다란 의의를 부여할 수 있다. 게다가 그의 작품들에서는 원래 민요가 갖고 있던 정서적 특성과 형식이 정서 표출의 핵심적인 요소로 작용하고 있다는 점에서 당대 한시의 민요 수용과 변별된다.

여항의 이야기를 소재로 한 작품도 동일한 차원에서 의의를 부여할 수 있다. 규방 가사를 제외하면, 조선 시대 전 시기를 통해 사대부들이 일화나 야담 등 비교적 간단한 이야기를 서사적 양식으로 기록할 때는 주로 한자라는 표기 수단을 사용했다. 이운영은 여항의 이야기를 한자뿐만 아니라 우리말 노래인 가사에 담아냄으로써, 당대 사대부의 표기 수단의 한계를 뛰어넘고 있는 것이다.

이 작품은 자장가를 차용했다는 점에서 손자에게 불러준 노래로 추정된다. 임진년에 사돈인 송재경이 충청 감사로 부임했기 때문에 면천 군수에서 쫓겨났다고 하였다. 면천 군수에서 물러난 직접적인 이유가 손자의 외조부에게 있었기 때문에 밤 껍질은 외조부에게 주고 알맹이는 자신과 손자가 나눠 먹자고 하며, 자신을 쫓아낸 외조부가 "밉고 밉고 또 밉도다"라고 하였다.

그런데 충청 감사가 미운 이유가 재미있다. 맛있는 해산물(생복, 참조기, 붕어, 낙지, 꽃게, 오징어, 꼴뚜기, 새우)을 먹을 수 없게 되었기 때문이라고 하였다. 그러면서 면천 군수에서 물러나는 자신의 행위를 몇 푼 안 되는 녹봉 때문에 윗사람에게 머리를 숙일 수 없다고 생각하여 스스로 벼슬에서 물러나 고향으로 돌아간 도연명에 비유하였다. 그리고 "이제라도 생각하면 밉고 밉고 또 밉도다"라고 하며 사돈을 원망하였다.

사실 상피제도 때문에 면천 군수를 물러난 것이어서 사돈을 원망할 이유가 없다. 그러나 사돈인 송재경은 자신 때문에 면천 군수에서 물러날 수밖에 없었던 작가에게 미안함을 느끼고 있었을 것이다. 본래 희학戱謔을 좋아했던 이운영은 미안해하는 사돈에게 무겁고 심각한 어조로 괜찮다고 이야기하기보다는 벼슬에 연연하지 않는 마음을 전달함으로써 사돈의 불편한 마음을 풀어 주려 한 것이라 할 수 있다. 면천 군수라는 벼슬을 해산물 정도의 가치로 표현하고 도연명의 귀거래를 이야기한 것은 이 때문이다. 즉 이운영은 원천이 되는 민요(자장가)가 본래 가지고 있던 가볍고 장난스러운 특징을 작품에 활용하여 자신의 마음을 표현함으로써 상대방의 무겁고 미안해하는 마음을 풀어 준 것이라 할 수 있다. 이런 점에서 "밉고 밉고 또 밉도다"라는 후렴구는 우울한 심정이나 적개심의 표현이라기보다는 장난스러운 해학이라 할 수 있다.

계한가 鷄恨歌

만물이 번성한데 그중에 많은 것이

우리보다 상등*이요

부득지은* 우리밖에 없으리라

부생모육*할 제 세상을 귀히 여겨

가난한 주인은 한탄함이 소용[無益]없어

이웃집 곡식 보고 가만가만 걸어가서

한 번이나 집어 먹자 덕석*가에 다다르니

주인이 소리쳐서 개조차 휘 쫓거늘

급히[倉皇] 도주하여 집으로 돌아와서

고픈 배 못 견디어 채독*의 양식 보고

한 번이나 집어 먹자 죽기를 던져두고

허겁지겁[顚之倒之]* 날아드니

상등上等 높은 등급. 훨씬 우월한 존재.
부득지은不得至恩 조물주의 은혜를 받지 못한 존재.
부생모육父生母育 아버님이 낳으시고 어머님이 기르심.
덕석 멍석의 방언.
채독 싸릿개비 따위로 독 모양을 만들어 안팎으로 종이를 바른 그릇.
전지도지顚之倒之 엎어지고 고꾸라지며 급하게.

안마누라* 소리치며 모질게 꾸짖되

겨우 얻은 양식이 한구석이 다 긇았다

모가지 디디고자 발목 잡아 죽이고자

놀란 꼬리로 치고 마당에 내려서서

깜짝 놀라[驚驚] 이른 말이

미련한 저 주인아 야속한 저 마누라

우리 팔아 생계[生涯] 하고 우리로 양친*하며

그토록 생각 없어[無想] 내 고기 먹을 제는

아래턱을 자주 놀려 맛나게 먹은지라

이번은 별수 없으니 내 입으로 주워 먹자

비오는 날 젖은 땅에 진똥을 혜적이고

벌레를 뒤적일 제

저마다 아니 보려고 침을 뱉고 난리더라

며칠[數日]이 못 되어 사랑채[外堂]에 손님 오셨으니

닭 한 마리 잡으라 하니 안마누라 소리쳐서

행랑채 덕실 한실* 장태문* 반만 열고

더벅머리 들이밀어 대소大小를 고르는데

안마누라 '마노라'는 본래 조선 말기에 세자빈(世子嬪)을 높여 이르던 말이며, 고관대작의 부인을 높여 부르는 말로도 사용되었다. 여기서는 안주인을 이르는 말이다.
양친養親 부모님을 봉양함.
한실 마을 이름. 실은 곡(谷), 동(洞), 리(里) 등의 마을 또는 그 지역 출신 사람(여성)을 일컫는다.
장태문 장태는 대나무를 잘게 쪼개어 종횡으로 엮어서 부피가 큰 물건을 담을 수 있게 만든 도구의 하나로, 여기서는 닭장을 일컫는 말이다.

아무리 살려 한들[爭死] 어떻게 피할소냐

저 손에 잡힌 후엔 꼼짝없이 죽겠구나

기어이 나오니

모가지 틀어잡아 마당에 던지니

팔구 세 아희들이 날갯죽지 나눠 들고

머리 잡고 꼬리 잡고 붙들어 뜯어내니

헛것[幻影]은 무슨 일고

물에 가 씻을 적에

개들은 씻은 피를 다투어 핥아 먹고

창자는 까막까치[烏鵲] 물어 가고

밥통에 남은 곡식 새들[鳥雀]이 주워 먹고

이내 깃은 아이들이 머리에 꽂고

용그리고* 노는도다

내 몸 비쌈도 비쌀시고 버릴 게 전혀 없다

내 공로功勞 생각하면 뼈까지 좋는구나

솥 안에 물을 담고 부엌에 불을 넣어

아까운 이내 몸을 끓는 물에 들이치니

슬프고 가련하다

어린 넋이 화기火氣에 날아가서 처마에 의지터니

용그리고 빙글빙글 돌며.

식당을 살펴보니

십여 상 사랑상•에 무엇이 남을런고

나누던 안마누라 국자만 들고 할짝거리고

밥 짓던 여비女婢들은 못 먹노라 성을 내고

버릇없는 아기네는 적다고 투정하여

뿌리치고 돌아앉네

사랑의 늙은 손은 주인에게 치하致賀하되

맛난 고기 대접[厚待]하니 백세나 사소서

이웃 노인 전갈하되

노환[老病]이 깊이 들어[極重] 전혀 불식• 오래더니

맛난 고기 보내어서 싫은 밥 강잉•하니

정답고 안심찮네•

어와 이내 몸은 비쌈도 비쌀시고

날로 인해 인사 받고

사례• 고사告祀 명절[名日] 기제사•에도

어물魚物 곧 못 사 쓰면 잡느니 우리어든

사랑상 사랑방에 차려 놓은 상.
불식不食 밥을 먹지 못함.
강잉强仍 억지로 먹음.
안심安心**찮네** 과분한 대접에 마음이 편안하지 않다는 뜻의 인사말.
사례四禮 사람이 평생 동안 갖추는 네 가지 큰 의례. 관례, 혼례, 상례, 제례.
기제사忌祭祀 해마다 죽은 날에 지내는 제사.

노부인老婦人네 해소병*과 소부인少婦人네 해산병*에

생원님네 노병환老病患에 서방님네 보원기*에

잡느니 우리어든 이 아니 한심한가

탄식을 종일 하고 유명*이 길이 달라

한 가지로 못 들어가 장태 밖에 의지터니

어미는 슬피 여겨 죽은 새끼 생각하고

자는 아비 깨워 놓고

목청 좋고 힘 곧 쓰면 사오 년씩 살건마는

불쌍할손 우리 목숨 불쌍하고 가련하다

장닭이 하는 말이 요망한 저 계집아

너무 심히 한탄 말고 새끼나 잘 길러라

새끼 곧 기르면 계불삼년*이라

깊은 산에 오는 꿩이 가족[一族]이 다 죽었거든

하물며 우리 등은 개 앞에 쫓길 제

사람이야 이를소냐*

삵 앞에 잡힐 제 그물 쳐서 둘러 주니

해소병咳嗽病 기침을 심하게 하는 병.
해산병解産病 아기를 낳은 후에 앓는 병.
보원기補元氣 기운을 보충하는 것.
유명幽明 죽음과 삶. 이승과 저승.
계불삼년鷄不三年 계불삼년 구불십년(鷄不三年 狗不十年), 닭은 삼 년 이상 키우면 안 되고 개는 십 년 이상 키우면 안 된다는 말. 닭이나 개를 오래 키우면 영물이 되어 집안에 재앙이 미친다는 속설에서 나온 말이다.
사람이야 이를소냐 개에게도 쫓기는데 사람이야 더 말할 나위가 있겠느냐.

우리 등이 으뜸에 올라 발목에 사지* 감고

사람은 아래 서서 절[揖]하여 공경할 제

세상에 통쾌한[快] 것이라

—

　「계한가鷄恨歌」는 아무런 보상 없이 희생만 당하는 닭의 열악한 처지를 한탄한 작품이다. 작가는 알 수 없으며 용인龍仁 이씨李氏라는 여인이 필사한 것으로 기록되어 있다. 이 작품은 게으른 아녀자를 경계한 「나부가懶婦歌」와 자식을 남기지 못하고 세상을 하직한 연안 김씨의 한스러운 일생을 기록한 「연안김씨유훈延安金氏遺訓」과 함께 『나부가懶婦歌』라는 필사본 가사집에 수록되어 있다. 세 작품의 내용뿐만 아니라 「나부가懶婦歌」를 책의 제목으로 삼은 것으로 보아 규방 여성들에 의해 창작, 향유되었던 가사임을 알 수 있다. 창작 시기는 19세기로 추정된다.

　이 작품은 기존의 민요를 활용하여 닭의 일생을 서술한 우화寓話 가사歌辭이다. 이 작품 외에 동물이 자신의 고단한 삶을 노래한 작품으로는 「탄우가嘆牛歌」가 있는데, 「탄우가」는 화자인 소가 자신의 힘든 삶

사지絲紙　제사나 잔치에 쓰는 것으로, 누름적이나 산적을 꽂은 꼬챙이 끝에 감아 늘어뜨리는 가늘고 길게 오린 종이.

을 토로한 데 비해, 이 작품은 새끼 닭의 고난과 죽음, 새끼 닭 사후의 상황 등이 여러 인물의 목소리(시점)를 통해 서사적으로 서술되었다는 점에서 한 편의 완벽한 우화 서사물이라고 할 수 있다.

이 작품은 아래 민요를 활용하였다.

> "꼬끼리요 / 양모 비단 겹저고리 / 요리 공단 깃을 달고 / 조리 공단 고름 달고 / 손이 오면 대접하고 / 병이 들면 보신 하고 / 조선 땅에 떨어진 곡식 / 남김없이 다 주워 먹고 / 그리 하여 그 짐승을 / 어이 그리 천대할꼬."
>
> 〈경북 경산 민요 「닭노래」 현대 역〉

닭의 외양을 노래한 전반부를 제외하면, 닭의 효용성을 노래한 중간 부분(손님 대접, 병 보신)과 닭을 천하게 여기는 인간들의 시선은 「계한가」와 동일하다. 민요는 가난한 백성들의 마음을 담고 있다는 점에서 닭의 삶에 백성들 자신의 삶을 투영하고 있다고 할 수 있다.

「계한가」에서 닭이 고난을 겪는 1차적인 원인은 주인의 가난 때문이다. 그러나 더 근본적인 원인은 닭에 대한 인간의 인식에 있다. 인간은 닭을 여러 가지 용도로 요긴하게 사용한다. 인간뿐만 아니라 개와 새들까지 닭의 죽음에 혜택을 받는다. 하지만 닭의 열악한 처지에 대해서는 아무도 신경을 쓰지 않는다. 높은 효용 가치에도 불구하고 아무런 보살핌이나 보상 없이 희생만을 감내해야 하는 것이 닭의 운명이다.

우화는 인간 세계의 단면을 동식물 등을 통해 비유적이고 상징적으로 반영한다는 점에서 새끼 닭과 주변 등장인물이 상징하는 바를 이해하는 것이 가장 중요하다. 이 작품에서 '닭(특히 새끼 닭)'은 부녀자의 삶을 상징한다. 아기를 낳고 기르는 일부터 가족들을 보살피고 손님을 대접하며 조상을 모시는 일까지 가정 내의 대소사는 모두 부녀자의 책임이다. 그럼에도 불구하고 모든 결정의 권한은 가장이 가지고 있다. 즉 효용성은 매우 높은 데 비해 가정 내 위상과 권한은 매우 약한 것이다. 이는 닭을 잡아 손님을 대접하는 상황에서 잘 드러난다.

닭을 잡고 음식을 마련하는 일은 모두 '안마누라'의 책임하에 이루어진다. 내외의 손님을 대접하느라 고기가 풍족하지 못해 가장과 손님, 이웃집 노인 외에는 고기를 거의 맛보지 못한다. 때문에 안마누라 본인도 국물만 할짝거릴 뿐이고 종과 아이들은 불만을 표출하는데, 이들이 불만을 표출하는 대상은 안마누라이다. 이처럼 안마누라는 책임과 희생만이 요구되는 반면, 손님 대접이나 노인 공경으로 인한 모든 감사와 칭찬은 가장이 받는다. 인간을 위해 무조건적으로 희생하면서 지배를 받는 닭처럼 부녀자도 가족들을 위해 무조건적으로 희생하면서 가장의 지배를 받는다는 점에서 닭과 부녀자의 삶은 상응한다.

희생과 피지배의 보상은 새끼 닭의 부모인 장닭과 암탉의 대화에서 드러난다. 장닭이 제시한 보상은 '보호'와 '사후의 영광(제사)'이다. 장닭의 훈계로 작품을 마무리하고 있다는 점에서 봉건 질서의 부조리를 비판하는 데까지 나아가지는 못했지만, 일방적으로 희생만을 요구당하는 부녀자의 삶을 우화를 통해 예리하게 포착했다는 점에서 문학적 의미가 있다. 또한 단편적인 삶의 괴로움이 아니라 봉건적 가족 제도라는 구조적인 측면에서 여성 문제를 다루고 있다는 점에서 인식의 발전을 읽어 낼 수 있다.

조선 시대, 다양한 사람들이 짓고 즐기던 유장한 노래

가사는 시조와 더불어 조선 시대를 대표하는 고전 시가 문학이다. 시조는 짧은 노래(단가短歌)이고, 가사는 긴 노래(장가長歌)이다. 시조는 주로 하나의 소재에서 순간적으로 포착된 단상을 세 줄이라는 짧은 형식에 압축적으로 담아냄으로써 화자의 정서를 표출하고 주제를 표현하는 양식이다. 반면에 가사는 다양한 소재들이 가진 이미지의 연쇄나 인과적 결합을 통해 화자가 구현하고자 하는 공간(세계)이나 현실의 모습, 사건의 전말 등을 길게 표현하는 양식이다. 이런 점에서 시조가 스냅 사진이라면 가사는 여러 장의 스냅 사진을 다양한 방식으로 결합한 것이라 할 수 있다. 소설은 영화와 같은 영상물에 비유할 수 있다.

가사는 자연물과 같은 소재를 통해 촉발된 정서를 표출하기도 하고, 사건이나 정황에 대한 판단을 제시하기도 하며, 개별적인 사건들을 인과적으로 결합하여 이야기를 만들어 내기도 한다. 때문에 가사는 작품에 따라 서정성이 강할 수도 있고 교술성이 강할 수도 있으며 서사성이 강할 수도 있다. 이는 가사가 그만큼 갈래적 개방성이 강하며, 다양한 글쓰기에 활용될 수 있음을 의미한다. 실제로 가사는 정서의 표출, 정보의 전달, 흥미 있는 이야기의 창조 등 다양한 목적의 글쓰기에 가장 넓게 활용된 갈래이다. 따라서 가사는 오늘날에도 어떤 소재를 활용하든 누구나 쉽게 쓸 수 있는 좋은 글쓰기 양식이 될 수 있다.

고전을 어려워하는 것은 한자어가 많을 뿐만 아니라 오늘날에는 쓰지 않는 오래된 말들이 많기 때문이다. 따라서 이 책에서는 작품 해독에 막혀서 내용 감상이 어려운 독자들을 위해 어려운 한자어나 옛말을 최대한 오늘날 우리가 쓰는 말로 바꾸려 노력했다. 다만 율격이 심각하게 파괴되거나 옛이야기(故事) 와 관련된 내용들은 그대로 두었다. 또한 본래의 한자어가 무엇인지 궁금해 하 는 독자를 위해 필요한 경우에는 한자를 병기하였고, 현대어로 바꾼 경우에는 본래의 한자를 [ ] 안에 표기하였다.

우리 사회는 여전히 조선 시대의 지배 이념이었던 유교 윤리에서 물려받은 위계와 체면, 염치, 의리 등을 중요시하기 때문에 오늘날 우리 사회의 속성을 이해하려면 유교 이념의 특성을 잘 파악해야 하며, 그것을 구체적으로 알 수 있 는 자료가 바로 우리의 고전 문학이다. 이와 같은 생각에서 이 책에서는 단순한 용어의 설명을 넘어 조선 시대 가사 작가들의 가치관과 행동 양식을 이해하는 데 도움이 될 수 있도록 주석과 해설을 첨가하였다. 다만 이 책이 조선 시대 가 사 문학뿐만 아니라, 작품을 짓고 향유했던 사람들과 그들이 몸담았던 사회의 문화를 이해하고 그들과 소통하는 데 조금이라도 도움이 되길 바랄 뿐이다.

가사 문학의 특성

앞부분에서 시의 제재인 경물이나 정황을 제시하고, 뒷부분에서 재제에 의 해 환기되거나 촉발된 정서를 표출하는 선경후정先景後情의 구조는 시조나 가사 뿐만 아니라 한시 등에서도 흔히 활용되는 보편적인 작시 방식이다. 다만 시조는 선경후정의 구조가 하나로 이루어진 반면, 가사는 시조에 비해 경景의 수가 늘어날 수 있고, 복수의 선경후정 구조가 나열되며 이것들이 통합되어 보다 큰 시상을 형성한다는 점에서 차이가 있다. 가사가 이완되고 유장한 정서를 담아내기에 적합한 것은 이런 특징 때문이다.

조선 전기 가사는 노래로, 조선 후기 가사는 일부(12가사가 대표적인 예이다)를 제외하고는 읽을거리로 향유되었다. 노래하기는 읽기와 비교할 때 많은 차이점이 있다. 첫째, 노래는 일정한 선율과 노랫말의 조화를 통해 정서적 공감을 불러일으키는 데 초점이 맞추어져 있다. 때문에 노래는 서정적 성격이 강하다. 둘째, 노래는 기억에 의존하여 노랫말을 재생하는 형식으로 이루어지기 때문에 분량의 제한을 받는다.

때문에 조선 전기 가사는 조선 후기 가사와 비교하여 상대적으로 서정적 성격이 강할 뿐만 아니라 작품의 길이도 짧았다. 16세기에 창작된 「서호별곡西湖別曲」의 음악적 표시나 오늘날 가창되는 12가사의 가창 방식으로 볼 때, 가사는 중심 선율과 그것을 변주한 선율을 반복하는 방식으로 가창된 것으로 보인다. 즉 변화가 크지 않은 선율을 사용했던 것이다. 선율의 변화가 정서적인 변화를 초래할 정도로 크지 않았다는 것은 노랫말 또한 정서적으로 큰 변화를 동반하지 않았음을 의미한다. 조선 전기 가사가 강호한정江湖閑情이나 연군戀君 등 단일한 정서를 담아낸 것은 가사가 노래로 가창된 것과 큰 관련이 있다. 작자층이 주로 관료 문인층이었던 것도 이들만이 상층 음악을 자주 접할 수 있었기 때문이었을 것이다.

그러나 조선 후기로 넘어오면 가사가 더 이상 노래로 가창되지 않게 되자, 한글을 아는 사람이면 누구나 가사를 지을 수 있게 되었다. 조선 후기에 사대부 남성뿐만 아니라 여성을 포함한 다양한 계층으로 작자층이 확대될 수 있었던 것은 이 때문이다. 즉 가사가 한글을 아는 사람이라면 누구나 짓고 즐길 수 있는 장르가 된 것이다.

가사가 독서물로 변한 데는 몇 가지 중요한 요인이 있다. 첫 번째, 우리말의 구문 특성 및 근대 이전의 읽기 방식과 관련이 있다. 오늘날에는 소리를 내지 않고 글을 읽지만(묵독黙讀), 근대 이전에는 글을 소리를 내어 읽는 방식(성독聲讀)이 일반적이었다. 눈으로만 읽을 때와는 달리 소리를 내서 읽을 때는 일정한 리듬을 갖게 된다. 우리말로 대상을 표현할 때 가장 많이 사용되는 구문 형식은 '수식어+피수식어'의 2음보 형식이다. 시조, 가사, 민요, 판소리, 단가 등과 같은 노래뿐만 아니라 조선 시대에 창작된 일부의 소설 및 각종 실용문에도 2음보를 중첩한 4음보 형식이 널리 활용되었음을 알 수 있다. 이는 2음보를 중첩한 4음보 리듬이 노래하기뿐만 아니라 소리를 내서 읽는 방식에도 가장 자연스러웠기 때문이다. 즉 2음보를 중첩한 4음보 형식을 사용하는 가사는 노래뿐만 아니라 읽기 형식에도 잘 맞았기 때문에 자연스럽게 독서물로 전환될 수 있었던 것이다.

두 번째 요인으로는 사회 및 인식의 변화를 들 수 있다. 조선 전기에는 주로 성리학적 이념에 대한 깨달음이나 그 과정에서 느낀 감흥을 표출하는 데 가사 창작의 초점이 맞추어져 있었다. 그러나 임진왜란과 병자호란 이후 세계관 및 가치관의 변화와 봉건 질서의 붕괴 등 많은 변화가 일어났다. 전란이 일어난 원인 및 구체적인 실상과 대안(전란 가사), 봉건 질서 붕괴의 구체적인 실상과 대안(교훈 가사), 다양한 계층의 다양한 경험(기행 가사, 규방 가사) 등 사회적으로 큰 이슈뿐만 아니라 다양한 계층의 다양한 관심사와 경험을 담아낼 문학 양식이 필요했다.

이런 제재들은 서정적인 내용뿐만 아니라 서사적이거나 산문적인 내용들이 다수 포함되어 있어서, 서정적 성격이 강한 노래로 부르거나 압축적이고 상징적인 짧은 시에 담기에는 적합하지 않은 경우가 많았다. '가사체'는 산문과 더불어 서사적이거나 산문적인 내용들을 담아내기에 적합한 글의 종류(문체)였다고 할 수 있다.

가사문학 이해를 위한 기본 지식 몇 가지

문학을 감상하는 목적은 다른 이의 삶과 생각, 문화 등을 이해하고 소통하며 공감하는 데 있다. 소통하고 공감하려면 글쓴이의 입장에서 그가 쓴 글의 의미를 정확히 파악하는 것이 가장 중요하다. 그러나 남의 말을 정확하게 이해하는 것은 생각보다 쉬운 일이 아니다.

동시대의 같은 문화권에서 생활하는 사람들 사이에서도 세대와 삶의 환경에 따라 소통에 어려움을 겪는 경우가 많다. '쌍둥이도 세대 차이가 난다'는 말에서 알 수 있듯이, 소통의 어려움은 같은 세대 내에서도 일어난다. 하물며 시공간적 거리로 인해 사회·문화적으로 전혀 다른 외국 문학이나 고전 문학을 이해하고 소통하는 것은 훨씬 어렵다.

소통의 어려움은 사용하는 언어의 차이뿐만 아니라 동일한 언어(또는 단어)를 다른 의미로 이해하거나 같은 상황이나 행동 등을 전혀 다르게 이해하고 판단하는 데서 발생한다. 일례로 이념 갈등이 심한 오늘날 한국 사회에서 동일한 사안이나 인물을 전혀 다르게 이해하고 평가하는 경우를 자주 목격하게 되는데, 이럴 때 우리는 '코드'가 다르다고 한다. 코드가 맞는다는 것은 동일한 단어나 상황, 행동 등을 동일한 시각에서 이해하고 받아들이는 것을 의미한다. 어떤 사람(세대, 문화)에게는 개성인 것이 다른 사람(세대, 문화)에게는 버릇(예의)에 어긋나거나 생각 없음으로 받아들여지는 것은 두 사람(집단) 간에 '코드'가 다르기 때문이다. 예전에는 바람직했던 행동이 오늘날 한국 사회에서는 옳지 않은 행동으로 받아들여지는 경우도 있고, 이 문화권에서는 당연하게 받아들여지는 것이 저 문화권에서는 금기시되는 것은 동서고금의 코드가 서로 다르기 때문이다. 따라서 개인이건 나라건 문화권이건 타자와 소통하기 위해서는 코드를 공유해야 한다.

주지하다시피 가사 문학의 중심 담당층은 조선 시대에 유학을 세계관과 가치 판단의 기준으로 삼았던 사대부들이었다. 따라서 '중세', '유학', '사대부'는 가사 문학 담당층의 코드를 결정하는 가장 기본적인 개념이라고 할 수 있다.

중세中世

중세는 고대와 근대 사이의 시기를 말한다. 문학사에서 고대는 불교, 유교, 기독교, 이슬람교 등의 거대 종교가 지배하기 이전의 시대, 즉 민족 종교의 지배를 받던 시기를 말한다. 단군 신화나 주몽 신화, 그리스·로마 신화 등 이른바 신화의 시대가 고대에 해당된다. 이 시기에는 거대 종교를 매개로 한 '문화권'이라는 개념이 설정되기 이전의 시기로, 각 국가나 부족들이 자신들이 숭배하는 신과 종교적 계율에 따라 독립적인 가치관을 가지고 있던 시대이다. 반면에 중세는 거대 종교의 지배를 받던 시기를 말한다. 근대는 사람들의 가치관과 행동이 종교의 계율에서 벗어난 시기, 즉 개인의 개별적인 가치관이나 생각들이 허용되고 존중받는 다원화된 시대를 의미한다. 유교의 이념이 붕괴되기 시작하고 자본이 새로운 가치 판단의 기준으로 영향력을 발휘하기 시작하는 조선 후기 문학에서 근대의 씨앗을 찾는 것은 이 때문이다.

우리 문화에서 중세인을 쉽게 설명하면, 기독교나 불교 등을 믿는 독실한 신도 모임을 떠올리면 된다. 독실한 종교인들은 인간을 포함하여 우주 만물이 탄생하게 된 계기나 선악에 대한 기준이 명확하다. 경전에 의거하여 모든 것을 이해하고 판단하면 되는 것이다. 경전에 의거한 종교적 계율에 따라 생각하고 행동하는 것은 선善이며, 그것에 반하는 일체의 생각과 행위는 악惡이 되는 것이다. 같은 종교를 믿는 집단 내에서 경전에 대해 전혀 다른 이해와 신념을 가지고 있다면 그는 악이자 이단異端으로 취급당한다. 중세에는 다름이 틀림으로 인식되며, 다름이 다름으로 인정되는 사회가 근대인 것이다. 하나의 종교(또는 이념)가 사회 구성원 전체의 세계관과 가치 판단의 기준이 되는 사회, 즉 보편성만이 허용되는 사회가 중세이며, 개성(자아)과 다양성이 인정되는 사회가 근대인 것이다.

중세인의 입장에서 보았을 때, 유토피아는 종교적 이념이 완벽하게 구현된 세상이다. 그런 세계가 현실에서 구현되지 못하는 것은 사회 구성원 전체가 종교적 계율을 철저하게 수행하지 않았기 때문이다. 아무리 교세가 위축되고 국가적 환란이 초래되더라도 그것은 모두 종교적 계율에 어긋난 삶을 살았기 때문이며, 그와 같은 상황을 타개할 수 있는 유일한 방법도 종교적 계율을 더욱더 엄격하게 지키는 데 있을 뿐이다. 이것이 바로 '중세'와 '중세인'의 가장 핵심적인 특징이다.

중화中華와 오랑캐(夷)의 구분 – 화이관華夷觀

조선 시대는 유교의 지배를 받던 시기이다. 달리 말하면 적어도 문학을 창작하고 향유했던 지배층들 모두 이른바 독실한 유교 신자였다고 할 수 있다. 따라서 조선 시대 사람을 이해하려면 먼저 그들이 철저한 유교 신자였다는 점을 고려해야 한다. 부처님이나 하느님이 불교와 기독교의 절대적인 신이듯이 공자와 맹자는 유교 신자들이 가장 숭앙하는 성현聖賢이었다.

이들이 생각하는 가장 이상적인(선한) 세계는 유학에서 지향하는 가치가 완벽하게 구현된 세계이다. 유교 이념의 지배를 받지 않는 국가나 문화는 이단, 즉 오랑캐에 해당된다. 이른바 중화中華와 오랑캐(夷)는 이렇게 구분된다. 중화는 국가의 개념이 아니다. 현재 중국 지역에 자리를 잡았던 나라들 중에 유교 이념을 기반으로 국가를 운영했던 한나라, 당나라, 송나라, 명나라는 중화에 해당하지만, 몽고족의 원나라와 만주족의 청나라는 중화를 침범한 나라였기 때문에 오랑캐로 인식되었다. 중화는 바람직하고 올바른 문명이었기에 간헐적으로 위축되는 경우는 있어도 결국은 오랑캐를 교화시키고 승리한다는 것이 이들의 생각이었다.

청나라가 명나라를 멸망시키고 조선을 침략한 사건은 국가 간의 전쟁이라는 의미보다는 오랑캐가 중화를 굴복시킨 사건이며, 우주의 질서가 전도된 상황으로 인식되었다. 그러기에 국가 간의 전쟁이라는 의미의 '조청朝淸전쟁'이 아니라 오랑캐(胡)가 일으킨 난리(亂), 즉 '호란胡亂'으로 기록된 것이다. 이것이 바로 화이관°이다.

이렇게 생각했기 때문에 동아시아에서 현실적으로 가장 막강한 강국으로 자리를 확고히 잡았던 청나라를 문화적으로 인정하지 않고 이미 망한 명나라를 존숭하며 명나라의 황제를 추모하기 위해 충북 화양동에 만동묘萬東廟까지 세웠던 것이다. 17세기 가사에서 급격히 늘어나는 유가적 유토피아의 상징인 요순堯舜 시대에 대한 갈망, '한·당·송'을 역사 속에 존재했던 가장 이상적인 국가로 인식하는 태도, 유학의 조종祖宗인 공자와 맹자가 태어난 나라, 즉 추로鄒魯를 유교의 성지聖地로 인식했던 태도 등도 모두 이와 같은 화이관에 기반한 현실 인식을 반영하고 있는 것이다.

이런 인식은 조선 시대를 넘어 서구 열강의 식민지 확장 정책이 동아시아까지 미쳤던 21세기 초반까지 지속된다. 「한양오백년가」나 조선 후기에 활발하게 창작된 교훈가류 가사에서 일본과 청나라 및 서구 열강의 침략으로 인한 혼란 및 국권 상실의 원인을 유가 이념의 붕괴에서 찾고 이런 상황을 돌파할 수 있는

° 화이관(華夷觀) 또는 중화사상(中華思想)은 사대주의(事大主義)와 전혀 다른 차원의 개념이다. 사대주의는 동아시아에서 화이(華夷)에 상관없이 강한 나라와 약한 나라가 정치적으로 맺는 상호 우호조약이라 할 수 있다. 이는 청나라를 오랑캐로 인식하여 문화적으로 인정하지 않았지만, 군사력의 열세 때문에 사대 관계를 맺은 예에서 알 수 있다.

유일한 대안으로 유가 이념의 강화를 내세우고 있는 시각 등에서 이를 확인할 수 있다.

사대부士大夫

사대부°는 조선 시대의 지배 계급이자 문학의 중심 담당층이었다. 유학에서는 담당해야 할 직분에 따라 백성을 사농공상士農工商의 네 계급으로 나누고 각 계급에게 직분을 부여하였다. 농공상農工商은 각각 1, 2, 3차 산업에 종사하며, 사士의 직분은 이들이 자신의 직분에 충실할 수 있도록 사회를 조직하고 안정시키는 것, 즉 정치를 담당하는 것이었다.

사대부의 직분은 치인治人, 즉 관료가 되어 백성들을 올바르게 다스림으로써 유가의 이상 세계를 구현하는 것이다. 아무런 이유 없이 자신의 직분에 관심을 두지 않는 사대부는 방외인方外人이거나 이단異端이었다. 다만 시대적으로 자신의 직분을 올바르게 수행할 수 없는 상황에서는 차선책으로 관직에서 물러나 고향으로 돌아가거나(귀거래歸去來), 자연에서 은거하며 심신을 수양하는 데(수기修己) 힘썼던 것이다.

유가에서는 군자君子가 관료가 되어야 유가의 이상을 현실에 실현할 수 있다고 본다. 군자는 학문적, 도덕적으로 완성된 인간을 의미한다. 개인의 영달과 부귀만을 탐하는 소인小人이 나라를 다스리면 난세亂世가 된다고 생각하였다. 군자가 되기 위한 수양을 수기修己라고 한다. 이런 점에서 수기는 치인治人의 전

° 사(士)는 학문에만 힘쓰며 아직 관직에 나아가지 않은 집단을 가리키고, 관직을 얻어 다스리는 위치에 나아간 집단을 대부(大夫)라고 한다. 사(士)와 대부(大夫)는 언제든지 그 지위가 바뀔 수 있었기 때문에 통칭하여 사대부(士大夫)라고 부르는 것이다.

제 조건이 된다. 성리학에서 수기는 성현의 경전뿐만 아니라 우주 자연을 관찰하여 그것들이 존재하는 원리를 이해하고 몸과 마음으로 우주 자연의 이법에 어긋나지 않는 삶을 실천하는 것이다. 우주 자연을 관찰하고 그것의 존재 원리에 대한 깨달음과 흥취를 노래한 작품이 강호 시가이다.

'중세'와 '중화', '유학' 등의 기본 개념뿐만 아니라 '가난'이나 '안빈낙도安貧樂道' 등 사대부의 삶과 관련된 코드, 조선 시대 여성의 삶과 관련된 코드, '용', '종과種瓜'와 같은 당대인들의 단어에 담긴 문화적 함의에 대한 이해 등 조선 시대 문학을 제대로 읽고 이해하며 소통하기 위해서는 많은 노력이 필요하다. 이 모든 것을 한 권의 책에 담기는 불가능하다. 아무쪼록 이 책이 독자들에게 조선 시대를 이해하고, 그 시대를 살았던 사람들을 이해함으로써 고전 문학을 포함한 전통 문화에 대한 이해는 물론 시간적, 공간적으로 다른 문화 속에서 살았거나 살고 있는 사람들을 이해하고 그들과 소통하는 데 조금이라도 도움이 될 수 있기를 바란다.